Das Schneebrett

Das Buch

Das Unvorhersehbare trifft Fabian Feuerbach, als er, den
Kopf von ungewisser beruflicher Zukunft beschwert, mit
seiner Freundin zu seiner Hütte in den Alpen aufsteigt
und dabei in ein Schneebrett gerät. Er überlebt ohne
Schaden, für sie kommt die Rettung zu spät. Jahre später, im Schutz der Nacht, in der Abgeschiedenheit eines
italienischen Bergdorfes und mit der Hilfe seiner Frau,
versucht er das Ereignis zu entschlüsseln. Er rekonstru-
iert die Pfade, auf denen er sich ihm genähert und die
Verzweigungen, auf denen er sich wieder davon entfernt
hat...

Der Autor

Volker Jentsch studierte Physik und Geophysik. Er arbeitete an zahlreichen Universitäten und Forschungsin-
stituten im In- und Ausland und beschäftigte sich mit
mathematisch-physikalischen Modellen für die Weltraum-
und Klimaforschung. Am Ende der Reise landete er in
der Bonner Universität. Dort gründete und gestaltete er,
zusammen mit Wissenschaftlern aus verschiedenen Fach-
richtungen, das *Interdisziplinäre Zentrum für komplexe
Systeme*. Heute befasst er sich, neben anderem, mit den
Eigenschaften und Gemeinsamkeiten extremer Ereignisse, indem er die objektive mit der subjektiven Betrachtung konfrontiert.

Volker Jentsch

Das Schneebrett

Bibliographische Information der Deutschen National-bibliothek: Die Deutsche Nationalbibliothek verzeichnet diese Publikation in der Deutschen Nationalbibliogra-phie; detaillierte bibliographische Daten sind im Internet über http://dnb.dnb.de abrufbar.

Herstellung und Verlag:
BoD – Books on Demand, Norderstedt
ISBN 9783752817447

Inhalt

Der Aufstieg	7
The hours	15
Mikado	23
Die Vorsehung	29
Die erste Nacht	43
Risiko, gefühlt	79
Die zweite Nacht	87
Der Halbkreis	105
Die dritte Nacht	117
Die vierte Nacht	129
Ortsbesichtigung	153
Risiko, geschätzt	163
Die Motive	169
Die fünfte Nacht	183
Korrekturen	203
Die Erleuchtung	223
Die Ermittlung	233

Der Aufstieg

Er lag ausgestreckt im Liegestuhl auf seiner Terrasse, südlich der hohen Alpen, westlich des großen Sees. Gegenüber den bewaldeten, gerundeten Ausläufern des Gebirges. Umhüllt von der flüchtigen Luft eines trockenen, lauen Spätsommertags. Über den Leinenstoff des Stuhls hatte er, der Behaglichkeit halber, ein aus mehreren Stücken genähtes Schaffell ausgebreitet. Er liebte das Schaffell, es ist für ihn ein Symbol des Natürlichen, und dem Natürlichen gehört seine Zuneigung. Im Übrigen wusste er das Innovative im Künstlichen zu schätzen, war sich bewusst, dass unter gewissen Umständen das Künstliche dem Natürlichen überlegen, ihm womöglich sogar vorzuziehen sei. Da das Künstliche oft in natürlicher Verkleidung daherkommt, hielt er eine genaue Prüfung des Sachverhalts für unerlässlich, um das eine nicht mit dem anderen zu verwechseln. Aber er kam nicht umhin zuzugeben, dass jede Diskussion über das Natürliche und Künstliche, über deren Vor- und Nachteile, Gegensätze und Gemeinsamkeiten, zu kurz greift, wenn die materielle und die immaterielle, respektive die technische und die philosophische Seite der Angelegenheit nicht gewürdigt werden. Von derlei Erwägungen unbeeindruckt hat die überwältigende Mehrheit der Gesellschaft die Frage längst entschieden. Seinen Beobachtungen zufolge bevorzugen die Konsumenten das Künstliche, oder gleichbedeutend, das Synthetische: man kleidet, ernährt, bewegt sich künstlich, fährt auf Kunstschnee und überlebt mit künstlichen Organen.

Wenn unumgänglich, liebt und befruchtet man sich sogar auf künstliche Weise. Und manche meinen gar, der Mensch selbst sei aus Kunststoff. Warum also nicht mitmachen in einer Welt, wo das Künstliche zum Natürlichen gemacht wird? Die lustig, luftig, locker und lebensfroh daherkommt? Nein und nochmals nein. Er war fest entschlossen, sich das Natürliche nicht ausreden zu lassen.

Fabian Feuerbach war zutiefst beunruhigt. Die Erinnerung an den Aufstieg hatte sich zurückgemeldet. Nah und scharf war er, wie im April 1984. Die Zeit, die große Verbündete im Kampf um das Vergessen können, hatte ihn im Stich gelassen.

„Herr Feuerbach, wir haben Sie vorgeladen, da Strafantrag gegen Sie gestellt worden ist. Sie werden wissen, warum. Es ist der Vorwurf der fahrlässigen Tötung erhoben worden. Ich will ermitteln, ob der Vorwurf zu Recht besteht. Ich verstehe, wenn es Ihnen schwerfällt, über das Ereignis zu reden. Dennoch möchte ich Sie bitten, mir einige Fragen zu beantworten, damit ich weiß, wie ich im Weiteren vorzugehen habe. Natürlich haben Sie das Recht, die Aussage zu verweigern. Aber aus der Tatsache, dass Sie gekommen sind, schließe ich, dass Sie sprechen wollen."

Der Ermittlungsrichter war kaum älter als Feuerbach, um die vierzig Jahre. Sein Hemdkragen geöffnet, ohne Krawatte, darüber ein Jackett. Wäre er Richter, hätte er sich ähnlich angezogen, befindet Feuerbach. Überhaupt hätte er gern die Rollen getauscht. Hätte den Richter zum Physiker und sich selbst zum Richter gemacht. Aber das Leben war anders verlaufen. Der Richter sah über ihn hinweg ins Grüne.

„So ist es", sagte Feuerbach, der ihm gegenüber Platz

genommen hatte.

„Dann sagen Sie mir doch bitte, ob Sie sich verantwortlich fühlen." Feuerbach betrachtete die gegenüberliegende Wand. Er sah keine Unregelmäßigkeiten, sie war weiß und nackt. Aus ihr konnte er nichts herauslesen.

„Ich gehe nicht wieder mit dir, wenn du dich so verhältst, es ist mein Ernst." Der Rest ihrer Ankündigung war an mir vorbeigeflogen und in den Schnee gefallen. Ich hatte gezögert, wollte ihn aufheben und hatte ihn doch liegen gelassen. Es gab Wichtigeres zu tun. Ich musste mich auf den Aufstieg vorbereiten.

Ich hatte nicht den stärksten Tag erwischt. Ich war matt aus den Träumen gestiegen und lehnte jetzt genauso matt an diesem Berg. Der Berg war eher harmlos; unter normalen Bedingungen und flottem Schritt brauchte es eine Stunde. Aber heute — heute war nichts normal. Der Berg schien schier unüberwindlich.

Ich stand unentschlossen im knietiefen Schnee. Die vergangene Nacht war chaotisch gewesen. Alles war durcheinandergefallen, ich sah mich oben und unten zugleich, mal rechts, mal links und irgendwer hatte mir gesagt, sie sei tot. Ich habe geträumt, du seiest tot, hatte ich ihr morgens im Bett berichtet, und du hattest gefragt, wie hast du dich dabei gefühlt. Und ich hatte erwidert, ich habe es nicht geglaubt. War ja eben nur ein Traum.

Die Woche hatte viel Schnee gebracht. Fünfhundert Meter höher würde er sich jetzt wohl auf zwei Meter häufen, sich auf dem Dach türmen und den Eingang versperren. Weniger wäre uns lieber, weniger bedeutete eine stabilere Schichtung. Wir sollten warten. Aber sollten wir bis in Ewigkeit warten? Die Ferien neigten sich dem Ende zu, und Ferien ohne den Geschmack von unberührtem Schnee auf den Lippen waren eben keine richtigen Ferien. Ein paar Tage in unserem Elysion, das konnte uns niemand verwehren, schon gar nicht eine zu große Menge Schnee.

Zum Teufel mit den Lawinen, versicherte ich mir, wir sind vertraut mit den Gegebenheiten, wir sind den Weg oft genug gegangen, um zu wissen, wann und woher sie kommen. Es ist gut, das zu wissen, schließlich sind wir besonnene Leute, keine Himmelsstürmer, keine Heißsporne, keine Hasardeure. Wir springen nicht vom Felsen ins Wasser, rasen keine Single-Trails bergab, springen nicht Bungee, sind keine Rooftoppers, balancieren nicht auf dem Hochseil, kurzum: Wir vermeiden das Extreme, sind ziemlich normale Bergwanderer. Wir überlegen uns vorab, worauf wir uns einlassen, vergewisserte ich mich. Und zu ihr gewendet:

„Bist du bereit?"

Sie stand auf den Ski und knüpfte den Rucksack fest um ihren Bauch. Sie schwieg. Kein gutes Zeichen. Normalerweise reagierte sie schnell, war um Antworten selten verlegen. Wenn sie schwieg, wurde es ernst. Dann war sie beleidigt, gekränkt oder verletzt. Vielleicht auch nur pikiert. Weil ich ihre in den Schnee gefallene Bemerkung nicht aufgehoben hatte? Ich wollte keine Auseinandersetzung, jedenfalls jetzt nicht. Ich war mir sicher, dass sie mir dieses Versäumnis ins Gesicht werfen würde, sobald wir unser Ziel erreicht hätten. Das war ihr gutes Recht, sie liebte die Auseinandersetzung, insofern nichts Neues, nichts was nach sofortiger Reaktion verlangte. Dann dieses:

„Liebst du mich?"

Himmel, auch das noch. Eine derartige Frage vor dem Aufstieg. Immer, wenn Zwietracht aufkam, wollte sie sich der Liebe vergewissern. Aber so richtig ernst war der Test nicht gemeint. Sie tat es wohl eher, um mich zu ärgern.

Mich regte auf, dass sie eine so schwerwiegende Frage zu taghelller Stunde aussprechen mochte. Die war, wenn überhaupt, nur einem innigen, ich würde sagen außergewöhnlichen, vor allem abgedunkelten Augenblick vorbehalten. Dieser schneegrelle hier, dessen war ich mir sicher, gehörte jedenfalls nicht dazu.

Ich wünschte mir, wie sie, eine Beziehung, in der mehr Einigkeit wäre. Irgendwie harmonischer, was das auch immer sein mochte. Eher merkwürdig, weil ich selbst nicht gerade ein harmonischer Mensch bin, vielmehr wohl eher stachelig, wie man sagte. Aber das schloss ja nicht aus, im Gegenteil, war nur allzu naheliegend, dass ein beständiges Verlangen nach einer gewissen Milde und Einträchtigkeit vorherrschte.

Wer die Gefahr scheut, kommt in ihr um. Vor einigen Jahren hatte ich einem Arbeitskollegen diese verführerische Verdrehung der Wirklichkeit gewidmet, in der Absicht, ihn zum Kämpfer zu erhöhen, der er nicht war und auch gar nicht sein wollte. Allerdings war er doch um einiges mutiger und aufrechter als so viele andere. Er war in eine ziemlich erbitterte Kontroverse mit seinem Chef geraten, den es vor etlichen Jahren im Zuge einer allgemeinen Beförderung nach oben gespült hatte. Sein Aufstand war indessen nur von kurzer Dauer; er wurde kraft Amtes niedergeschlagen, und der Kollege sah sich gezwungen, seine durchaus hoffnungsvoll begonnene akademische Laufbahn vorzeitig zu beenden. Dann wurde er Lehrer und kam in den Genuss der unwiderruflichen Sicherheit des lebenslänglichen Beamtentums, um die ich ihn beneidete, wenn ich das Elend meiner eigenen beruflichen Lage vergegenwärtigte.

Im Norden hatten sich schöne weiße Wolken aufgebaut. Sie würden herüberziehen, sich verdichten oder auflösen, jedenfalls ihre Form verändern, alles in allem kaum oder nur schwer vorherzusagen.

„Lass uns die Gunst des Himmels nutzen und unter der Sonne den Berg ersteigen", sagte sie. Hatte sie das gesagt? Oder hatte ich? Das ließ sich nach so langer Zeit unmöglich klären.

„Geh nur voran, ich komm gleich nach", rief ich ihr zu. Es war drei Uhr am Nachmittag. Ich wusste, dass die Verantwortung bei mir lag. Ich hatte die Naturwissenschaften studiert, deshalb vertraute sie meiner Einschätzung. Ich war kein Lawinenexperte, aber ich verstand etwas von den zugrunde liegenden Gesetzen. Und auch vom generellen Charakter der Prognosen. Gesetzt den Fall, dass eine Lawine mit einer Wahrscheinlichkeit von zehn Prozent abgeht, dann kann mit Fug und Recht behauptet werden, dass der Abgang unwahrscheinlich ist, gleichwohl aber möglich sein kann. Was nichts anderes bedeutet, als dass man den feinen Unterschied zwischen Wahrscheinlichkeit des Eintritts eines Ereignisses und dessen Möglichkeit im Blick behalten muss. Im vorliegenden Fall war eine Prognose nicht möglich, dazu fehlten mir die meteorologischen Daten und die Berichte über die aktuelle und zurückliegende Schneebeschaffenheit. Unzweifelhaft aber bestand die Möglichkeit, dass sich Lawinen bilden könnten. Folglich verspürte ich ein hintergründiges Unbehagen, das, wenn ich mich recht erinnere, sich während des Aufstiegs immer wieder in Erinnerung brachte.

„Herr Feuerbach, ich habe eine Frage gestellt. Ist Ihnen das entgangen?"

„Entschuldigung, Herr Richter", sagte Feuerbach, „ich war mit den Gedanken beim Aufstieg. Besagtem Aufstieg, Sie verstehen. Meine Antwort auf Ihre Frage lautet: Ich fühle mich mitverantwortlich. Da die andere Hälfte der Verantwortung nicht mehr vorhanden ist, liegt sie allein bei mir. Also verantwortlich, Herr Richter."

„Sie wissen zu unterscheiden", sagte der Untersuchungsrichter. „Andererseits, die Unterscheidung obliegt mir. Gehen wir die Angelegenheit Punkt für Punkt durch. Es hängt von Ihnen ab, was dabei herauskommt."

Es hängt von mir ab, dachte Feuerbach im Stillen. Es hängt alles ganz allein nur von mir ab. Er wollte einen aufmerksamen, selbstbewussten und geständigen Eindruck hinterlassen. Folglich setzte er sich gerade, die Schultern zurückgenommen, den Kopf hoch, die athletische Brust raus, die Hände auf den Oberschenkeln abgelegt. So wie es Luise ihm eingeschärft hatte. In dieser Haltung erwartete er die weiteren Fragen des Richters.

The hours

Was hatte das Ereignis, den Aufstieg, reaktiviert?

Als Feuerbach kürzlich mit dem Fahrrad auf Tour war, auf einer seiner vertrauten und nicht anspruchsvollen, nach Länge und Neigung tatsächlich eher einfachen Strecke, geschah das Unerwartete: Er hatte die Kontrolle über Körper und Bewusstsein verloren, weil die dafür erforderliche Energie komplett, so schien es, gewichen war. Er war allein unterwegs, er fand es schön so alleine und bedauerte stets die Radfahrer, die sich am Sonntag nur in Clustern größeren Ausmaßes auf die Straße wagten. Obwohl alleine, mussten ihn – welch merkwürdige Fügung der Ereignisse – zwei kräftige männliche Arme gepackt und vor dem unsanften Aufschlag auf den Asphalt bewahrt haben, allerdings auf Kosten einer gebrochenen Rippe. Der Mann hatte ihn am Straßenrand positioniert und befahl ihm, in dieser Position zu verharren, bis ärztliche Hilfe eintraf.

Die klinischen Untersuchungen ergaben nichts Auffälliges. Aber was heißt das schon. In dem Unauffälligen steckt das Auffällige. Kleine Veränderungen mussten sich akkumuliert haben, versuchte er zu rekonstruieren. Es waren diese Kleinigkeiten, denen er sich kontinuierlich angepasst und die ihm das Gefühl von Fitness vorgetäuscht hatten. Erst das Überschreiten einer unbekannten Schwelle, dem der abrupte Verlust des Bewusstseins gefolgt war, erst dieses Ereignis hatte ihn alarmiert. Auch wenn die Bewusstlosigkeit nur kurz gewesen sein konnte, wie lang genau, wusste er nicht zu sagen, hatte sie

Zeichen gesetzt, musste eine Warnung und weitere Informationen über seinen Zustand enthalten, die zu entschlüsseln waren. Kurzum, es war dieses überraschende Ereignis, das die Erinnerung an den Aufstieg vor dreißig Jahren, der doch am Boden seines Gedächtnisses abgesetzt zu sein schien, ordentlich aufgerührt hatte.

Ob er wollte oder nicht, er musste einsehen, dass er nicht mehr der Jüngste war. Er hatte vor einigen Monaten seine berufliche Tätigkeit beendet, nicht aus eigenem Antrieb, sondern weil es das Gesetz wollte; dem hatte sich der Arbeitgeber angeschlossen. Der Mitarbeiter, so hieß es in verräterischer Einfühlsamkeit, habe den Ruhestand verdient, eine darüber hinausgehende Beschäftigung würde gegen das Prinzip der Fürsorge verstoßen, dem sich der Arbeitgeber in besonderer Weise verpflichtet fühle. Ursachenforschung zu seiner Bewusstlosigkeit war also schon aus Altersgründen geboten. Was er insgeheim geahnt hatte, bestätigte sich: Die genauere medizinische Analyse einige Wochen nach dem Unfall zeigte eine Verengung der Herzkranzarterie. Die ließ sich weiten, insofern sollte die Angelegenheit ausgestanden sein, sagten die Ärzte. Das aber war sie nicht. In der Folge überkam ihn vor allem nachts eine mit Angst gefüllte Erregung. Erfahrene Psychologen würden das als posttraumatisches Belastungssyndrom bezeichnen, worüber im Zusammenhang mit den militärischen Aktionen der Moderne, insbesondere denen im Irak und Afghanistan, heftig debattiert worden war. Also konnte er gewissermaßen als afghanischer Kämpfer durchgehen. Mit der Eigenschaft eines Kämpfers hätte er sich noch anfreunden können, aber nicht mit den Unglücklichen, die im Auftrag der westlichen Welt in Afghanistan Angst und Schrecken verbreiten. Aber auch die Erkenntnis, unter einem Belastungssyndrom zu leiden, half nicht weiter. Im Gegenteil.

Er durchwachte die Nächte mit gespannter Aufmerksamkeit. Dann sprang er aus dem Bett und versuchte es mit Ablenkung. Er stellte sich vor den Spiegel und versuchte die Mimik aktueller Berühmtheiten nachzubilden. Eine davon war die stets amüsierte Fernsehmoderatorin. Er legte seinen Kopf nach links, dann nach rechts, dann wieder nach links, schürzte die Lippen, rollte, schloss und öffnete die Augen, malte mit seinen Fingern einladende Kreise in den Spiegel, öffnete die Handflächen, hob sie nach links, um links zu ermutigen, senkte sie nach rechts, um rechts zu disziplinieren, spitzte die Zeigefinger und senkte das Haupt, so unschuldig, wie das eben nur die kokette, in sich selbst verliebte Talkshowfrau kann. Es half nicht, es blieb sein Gesicht, traurig und aufgeregt. Er versuchte es mit der Ministerpräsidentin, ehemals Unternehmensberaterin und dann zur Landesmutter aufgerückt, abgewählt und nicht wieder gesehen. Er blies die Backentaschen, dem Vorbild entsprechend, wie ein Hamster auf und ließ aus einem lippenlosen Mund kurze und Widerspruch ausschließende Sätze rutschten. Er versuchte es auch mit dem Literaturkritiker, der Trivialliteratur in die Tonne zu werfen pflegt. Selbst das war schwerer als erwartet. Nichts bekam er hin, weder dessen pompöse Auftritte, noch dessen gepolsterte Hände, das verdoppelte Kinn, das wohlgenährte Gesicht und die ausladenden Rockschöße; schon gar nicht das lustige Element, das in dessen Mimik waltete, eher an einen Spaßmacher als an einen feinsinnigen Mann des Buches erinnernd. Zum Glück war wenigstens das Bücherwerfen nicht schwer. Er nahm sich ein paar seiner Bücher; wollte sie wie das Vorbild nach kurzer Ansprache in gut und schlecht trennen. Doch was war gut, was schlecht? Alles letztlich nur eine Frage des persönlichen Geschmacks? Umsonst. Er scheiterte schon an dieser Frage. Er fand keine Ruhe.

Er gab nicht auf. War da doch noch der gerade abgetretene Präsident. Er gab seiner Stimme etwas Geschwelltes, feierlich Gestelztes und dem Inhalt seiner Rede das von Politik und Wirtschaft Erwartete. Beschwichtigte und verharmloste, tadelte und lobte, ermahnte und ermutigte wie das lebende Vorbild. Aber so viel er auch redete und predigte und sich mühte, die Rede sachte dahinfließen zu lassen, seine Resonanz tendierte gegen Null – es gab keine Begeisterungsstürme der Journalisten, und die Stimme des Volkes, das diesen Präsidenten, so sagten die Umfragen, liebte und so gerne selbst gewählt hätte (aber nicht durfte), blieb stumm. Er versuchte, dem Vorbild entsprechend, die Oberlippe verschwinden zu lassen; das wollte noch leidlich gelingen. Dagegen stellte es sich als unmöglich heraus, das Faltenfeld, das des Präsidenten Gesicht profilierte, in sein eigenes zu graben, denn die Rinnen und Spalten mussten, um eine eindeutige Zuordnung zur Person zu ermöglichen, tief sein, sich in allseits geschätzter Verbindlichkeit, gepaart mit protestantischer Selbstgefälligkeit, verzweigen, was ohne weitere Hilfsmittel mit seinem Gesicht nicht zu machen war.

Am wenigsten gelang es ihm, in einer vorläufig letzten Anstrengung, den mächtigsten Mann in Europa nachzustellen. Den Banker, der alles darf, was mit der Euro-Währung und darüber hinaus zu tun hat: Scheine drucken, Zinsen senken, Staatsanleihen aufkaufen, Kredite vergeben. Vergeblich versuchte er, das diabolische Grinsen des Allmächtigen nachzuahmen, mit dem dieser seine neusten Gemeinheiten der staunenden Finanzwelt unterbreitet, aussichtslos, dessen Stimme zu imitieren, die mit ein bis zwei Sätzen Luft zerschneiden kann. Der Chef der Zentralbank war absolut ungeeignet, von seinen Albträumen abzulenken, im Gegenteil, er verstärkte sie nur noch.

Feuerbach musste einsehen, dass seine Verwandlungskunst begrenzt war. Mithin auch sein Vermögen, sich von einer Welt abzulenken, die ihm Angst machte. Er war und blieb ein Wissenschaftler, ein mittelmäßiger zumal, dem der große Wurf nicht gelungen war und der sich jetzt als privatisierender Ruheständler ohne Aufgabe, Wirkung und Nachfrage von einer von der Vergangenheit infizierten Gegenwart beunruhigen ließ.

Wäre nur Luise hier! Sie würde seine Verwirrung, das gereizte Nervensystem, das punktförmig auftretende Stechen und Ziehen seines Körpers in erster Linie ganz physikalisch und rational auf einen Mangel an Sauerstoff zurückführen. Ein warmes Bad verordnen, um die körpereigenen Regulatoren zu aktivieren, und sich anschließend daran machen, die druckempfindlichen Stellen seines Körpers zu bearbeiten, ihn auf diese Weise mit einer Wahrscheinlichkeit nahe hundert Prozent neu ordnen und seine Nerven beruhigen. Aber sie war nicht da. Die Phobien hatten sich eingenistet und ließen sich nicht vertreiben. Sie erwiesen sich als unerhört eindringlich und robust und verdrängten schnell beruhigende Bilder, wie etwa die geglückten Augenblicke seines bisherigen Lebens, die er, gleichsam als Abwehr, in der Tiefe seines Bewusstseins zu stimulieren versuchte. Die Ängste stürmten von allen Seiten auf ihn ein. Wie er sich auch wendete, es gab keine Deckung. Auch tagsüber fand er keine Entspannung. Er bemerkte bei Unternehmungen eine Unsicherheit, die er zuvor nicht gekannt hatte. Er verstand, dass die Zeit der Selbstverständlichkeiten sich dem Ende zuneigte. Alte Zweifel bestätigten sich, neue tauchten auf. So kam es, dass die noch frische Herzattacke sich verselbstständigt hatte und zu einem virtuellen Begleiter der vergangenen Monate geworden war. Er fing an, sich die Endlichkeit seiner Existenz zu vergegenwärtigen und die Unendlichkeit zu fürchten, die auf die Endlichkeit seines eigenen Lebens folgen würde. Eine unbestimmte, tiefgründige Melancholie hatte Besitz von ihm genommen, die seine Handlungen und Gedanken überschattete und Zuversicht nicht aufkommen ließ.

Feuerbach zählte die Berge. Gegenüber waren sie bewaldet und gerundet, rechts im Westen eher gezackt wie eine Säge und zugespitzt wie ein Pfeil. Einige verbargen sich hinter den anderen, sodass die Ermittlung der genauen Zahl dieser fraktalen Gebilde volles Licht und vollständige Aufmerksamkeit erforderte. Er zählte einmal, dann noch einmal, die Ergebnisse stimmten überein. Die Übereinstimmung wertete er als positives Ergebnis. Doch dann waren die Blockaden zurück, das Denken gefesselt, die Übereinstimmung dahin. Er zählte mal mehr und mal weniger. Entgegen sonstiger Erfahrung hatten heute weder die Wärme noch die Umgebung einen aufhellenden, klärenden Einfluss. Das Übel kommt von innen, da hatte Luise recht, es kommt das Äußere nicht gegen das Innere an. Er musste eine Entscheidung treffen, die sich mit dem weiteren Gang seines Lebens befassen würde. Aber er wusste weder, wie diese aussehen würde, noch welches Risiko damit verbunden wäre. Entscheidung unter Unsicherheit. Das klassische Problem. Mathematiker, Psychologen und Ökonomen haben sich daran abgearbeitet und es nicht gelöst. Sie werden es auch in Zukunft nicht lösen. Feuerbach sprang auf, stieß den Liegestuhl zur Seite, rannte zum Geländer, das seinen weiteren Bewegungsdrang funktionsgerecht aufhielt. Er versuchte sich zu beruhigen, indem er seine Fantasie über die Berge fliegen ließ. Er umrundete auf dem Sattel seines Fahrrads die Höhen und Tiefen und drehte dabei die Wolken um, wobei die zerklüftete Oberkante nach unten und die glatte

Unterkante nach oben zu liegen kamen. Die umgedrehten Wolken würden eine andere Welt ergeben, mit anderen Temperaturen und Niederschlagsraten. Das hat noch niemand gerechnet, vermutete Feuerbach. Aber würden sie auch seine Unruhe bändigen? Er suchte nach schnell wirkenden Möglichkeiten. *The Hours* von Philip Glass könnten helfen. Er blätterte hastig durch die Scheiben, die er in der Nähe des CD-Spielers deponiert hatte. Er fand und startete sie. Die feurige Monotonie der vor- und zurücklaufenden Töne füllte die Terrasse, sie verstärkte seine eigene Schwermut, aber jetzt, in diesem Augenblick, tat sie gut, denn sie vertrieb seine Aufregung, umhüllte ihn fest und schützend zugleich. Er legte sich wieder in den Liegestuhl und war dankbar für die Umgebung, in der er sich befand, dankbar der Frau, die ihn begleitete und umsorgte, dankbar denen, die ihn mochten (auch wenn es vermutlich nicht viele waren), und dankbar für die Behausung, die ihm durch ihre Festigkeit und Unverrückbarkeit das Gefühl von Zuverlässigkeit und Geborgenheit vermittelte.

The Hours entspannten. Er fühlte ein Nachlassen des Drucks, den die Befürchtungen und Belastungen der vergangenen Monate auf seine Brust gelegt hatten. Er überlegte: Wenn ich das Zurückliegende aktualisiere, mir den Schatz an Erfahrungen bewusst mache, den dieses enthält; wenn ich meine Geschichten erzähle, sie neu zusammensetze, wenn ich Stücke herauslöse und abstoße, rekonstruiere oder projiziere, indem ich erinnere, behalte, vergesse, ja wenn ich all das tun würde, was dann? Es könnte eine etwas andere Geschichte dabei herauskommen, die sich von der alten in mehreren Punkten unterscheidet: Das Destruktive, also Angst, Enttäuschung, Eifersucht, Neid würden reduziert, das Konstruktive, nämlich Zuversicht, Mut und Nachsichtigkeit gestärkt werden. Es könnte, aber müsste nicht. Das wäre ein hartes Stück Arbeit. Wenn ich mich dieser Aufgabe stelle und mich mit Bestimmtheit und Beharrlichkeit daran mache, würde das helfen, Selbstvertrauen und Selbstverständlichkeit zurückzugewinnen? Würde ich die tiefe Krise, in die ich mit Schaudern hinabblicke, überwinden?

Er hielt es für möglich. Er streckte sich im Liegestuhl, deutete das als Zeichen einer gewissen Zufriedenheit, die er seit Tagen vergeblich erhofft hatte. Jetzt, im Anschluss an seine Überlegungen, früh am Nachmittag des Spätsommertages auf seiner Terrasse, südlich der Alpen, westlich des großen Sees, nahm sie überraschend leicht Besitz von ihm.

Mikado

„Du meinst Miriam", stellte Luise fest.

Der Tod, das Ende: Seine Freundin Miriam war von einem Schneebrett begraben worden. Das war lange her, ziemlich genau dreißig Jahre. Dann begegnete er Luise, ein dreiviertel Jahr lag zwischen den Ereignissen, dem unglücklichen und dem glücklichen.

Er hatte die Geschichte des Unglücks aufgeschrieben. Auf vierzig Seiten hatte er, mehr stichwortartig als kontinuierlich, das Geschehen festgehalten. Und wenn er die Aufzeichnungen jetzt, nach dreißig Jahren sich vergegenwärtigen würde? Es war ein eher sentimentales Bedürfnis. Es war zugleich ein gefährliches, denn er wusste nicht, wie er darauf reagierte. Aber könnte er sich durch die erneute Befassung nicht von der aktuellen, Unruhe stiftenden Umklammerung von Selbstmitleid und später Trauer befreien? Er wusste sich unterstützt durch Luise, die für Sentimentalitäten nicht viel übrig hatte und ihn, notfalls recht unsanft, aus der unheilvollen Selbstbetrachtung zurück ins gemeinschaftliche Leben stupsen würde.

„Richtig. Ich meine Miriam. Luise, was sagst du dazu. Ist es vernünftig, mir die Aufzeichnungen zum Tod von Miriam nach so langer Zeit wieder herauszusuchen und zu lesen? Es könnte ja das eine oder andere darin enthalten sein, was die kritische Situation, in der ich mich aktuell befinde, entspannen würde."

Luise überlegte, dann sagte sie:

„Ich bin nicht sicher, aber soweit ich erinnere, war die

Situation damals mit der heutigen nicht vergleichbar. Die heutige ist ungleich milder. Ich fürchte, dass die alte Geschichte Wunden aufreißt, die jetzt besser geschlossen bleiben sollten. Also ich glaube, du solltest dich im Augenblick keinem neuen Stresstest aussetzen."

„Meinst du? Ich weiß nicht. Eigentlich ist doch alles inzwischen begraben."

„Stimmt nicht, das Ereignis hat dich begleitet und wird dich bis ans Ende begleiten", sagte Luise.

Er würde es nicht vergessen. Es drängte sich in die Gegenwart, zufällig, unvorhersehbar, Raum und Zeit füllend. Er war davon ausgegangen, dass es seinen Biss verloren hatte, dass die Zeit, diese mächtige Instanz, es gedehnt, geglättet und gewissermaßen abgestumpft hatte. Er hatte sich geirrt.

Feuerbach machte sich daran, die Aufzeichnungen zu finden. Der Terrasse angeschlossen war ein Zimmer, das er logischerweise das Terrassenzimmer nannte. Er vermutete die Aufzeichnungen dort, nachdem er im Frühjahr alles, was er an Schriftlichem und Papiernem gesammelt hatte, in dieses Zimmer verlagert hatte. Das Zimmer lag jetzt unter der Nachmittagssonne und war erfüllt vom Duft des Zirbenholzes, das Feuerbach in langwieriger, aber letztlich erfolgreicher Arbeit zu Tafeln geformt unter das Dach gesetzt hatte. So ergab sich eine gemütliche Decke, die zugleich noch eine gewisse Isolationswirkung gegen die Temperaturdifferenzen der Jahreszeiten entfaltete. In diesem Zimmer machte Feuerbach seine Notizen. Wenn er des Schreibens überdrüssig war oder nicht weiter wusste, bot sich die Gelegenheit, ohne Umschweife die frische Luft zu erreichen, die überdies die freie Aussicht auf die Bergwelt südlich der Alpen, westlich des großen Sees ermöglichte.

Die Luft war vor allem im Winter belastet. Die Häuser hatten zwar größtenteils auf Gasheizung umgestellt, aber es blieben einige, die dem Holzfeuer nicht entsagen wollten, und in großen Mengen Rauch, auch schwarzgefärbten, erzeugten, der nach uraltem, sich selbst überlassenem, das heißt nie gekehrtem Kamin roch.

„Man rühmt das Holz aus Gründen der Ökobilanz", murrte Feuerbach ein ums andere Mal, „aber vergisst dabei regelmäßig, dass eine Menge Rauch erzeugt wird, der gefährlichen Feinstaub enthält, den wir einatmen und vermutlich gar nicht wieder loswerden." Den allerdings schien auch er vergessen zu haben, verbrannte doch auch er Jahr für Jahr eine Tonne Holz, um Wärme zu erzeugen. „Ich hab's, hab es schon gefunden", rief er.

„Wie das?", rief Luise.

„Ganz einfach. Ich warte seit Jahren darauf, dass ich dieses Heft anfasse, ich hatte immer die Absicht, mich erneut daranzumachen, aber immer gab es scheinbar Wichtigeres, du weißt, und so ließ sich diese Angelegenheit ein ums andere Mal verschieben."

„Dann hast du jetzt den richtigen Augenblick erwischt", sagte Luise. „Aber ich bleibe dabei, wir machen das nicht jetzt. Wir werden uns das Heft vornehmen, irgendwann, im richtigen Augenblick. Ich verspreche dir, dass ich dabei bin."

Fabian stand die Enttäuschung ins Gesicht geschrieben. Ohne sie würde es nicht gehen. Er gab nach.

„Aber dann als Ausgleich noch eine Tasse Tee", bat Feuerbach, und nachdem Luise nachgefüllt hatte, erinnerte sie ihn daran: „Trink und lass ihn nicht wieder kalt werden."

Feuerbach trank den Assam-Tee aus einer Glastasse, die der Farbe des Tees volle Entwicklung ließ. Das Glas war dünn und von geringer Wärmespeicherung, und da er den Tee nur heiß mochte und dieser aus den besagten Gründen rasch erkaltete, war voraussehbar, dass ein Drittel des Tees im Durchschnitt verloren ging. Für die sparsame Luise war das eine Katastrophe. So sehr sie auch mahnte und gegen die Verschwendung rebellierte, immer landete beim Teetrinken eine Tasse oder mehr im Spülbecken oder im Blumentopf. Diesmal wollte er jeglichen Konflikt vermeiden. Es stand Wichtigeres zur Debatte. Er beugte sich nach vorn und trank den Tee in einem Zug.

„Ein bisschen zu alt und deshalb zu bitter und nicht in der richtigen Temperatur", murmelte er. Sie hörte es nicht. Gewöhnlich war ihr Tee von ganz besonderer Qualität, im Geschmack wie in der Wirkung auf das Nervensystem. Regelmäßig versetzte ihn der Genuss des Tees in eine leichte Beschwingtheit, welche ihn die Dinge milder sehen ließ.

Es war warm geworden auf der Terrasse, Schatten gab es nur innerhalb eines schmalen Streifens in direkter Nähe des angrenzenden Terrassenzimmers. Feuerbach schob den Liegestuhl dorthin. Er blätterte in den Aufzeichnungen, legte Blatt für Blatt um, jedes Blatt vollgeschrieben, dann war er angekommen und fand die Tiroler Alpen, es war ein kalter sonniger Tag Anfang April, stand dort geschrieben, ein verspäteter Wintertag mit viel lockerem Schnee oberhalb 1400 Metern. Nach wiederholten nächtlichen Schneefällen bestand nord- bis nordwestseitig die Gefahr von Schneeabgang, hatte er hinzugefügt.

„Komm, wir spielen eine Runde Mikado zur Abwechslung", schlug Luise vor.

„Meinst du das ernsthaft?"

„Du weißt doch, ich bin immer ernsthaft. Also ich meine, was ich sage. Ich habe die beliebte Spielerei mit den Wörtern nie gelernt, es im Übrigen abgelehnt, sie so zu drehen oder biegen, manchmal auch zu pressen, schon gar nicht zu polieren, damit es rhetorisch passt, um mit ironischen, sarkastischen oder – noch schlimmer – sogar zynischen Satzfiguren aufzufallen. Diesen ganzen linguistischen Quatsch mag ich nicht. Ich reihe die Wörter und Sätze aneinander, ohne solche teuflischen Absichten zu verfolgen."

Feuerbach kannte ihre Abneigungen gegen die Verdrehungen und Verwirrungen, die Ironie hervorrufen kann. Luise war so schrecklich gradlinig. Oft so unerbittlich ernst. Die spitzfindige Redeweise wurde in seinen Kreisen, dort wo er arbeitete oder gearbeitet hatte, genussvoll zelebriert. Ihre Abschweifung in die Bereiche der Linguistik fand ein jähes Ende, als Luise die Mikado Stäbchen in die Hand nahm.

„Wenn es bei einer Runde bleibt, bin ich einverstanden. Eine Runde heißt: Einmal wirfst du und einmal werfe ich", sagte er.

„Dann darf ich beginnen?", sagte sie erleichtert. Sie bündelte die Stäbchen in der Hand, ließ ihnen etwas Spiel, sodass sie einen auf der Spitze stehenden Kegel bildeten, die kreisförmige Grundfläche oberhalb ihrer Hand. Sie ließ die Stäbchen auf die Tischplatte fallen. Sie fächerten sich dabei ziemlich regelmäßig auseinander.

„Du hast geworfen, dann darf ich loslegen", sagte er und begann mit dem weit außen liegenden Stab, weil er unbedrängt schien. Aber schon beim zweiten scheiterte er.

Luise sagte: „Du bist nicht bei der Sache. Stellst dich beim Abheben der Stäbchen ungeschickter als sonst an. Was ist?"

„Einfach nur Pech. Die Bewegung der Stäbchen unterliegt allen möglichen Einflüssen, die nicht vorhersehbar sind. Der Zufall spielt wieder einmal eine große Rolle."

„Quatsch", sagte Luise und griff geschickt nach den

Stäbchen. Es war ihr Spiel. Sie räumte eines nach dem anderen ab, und kein einziges bewegte sich dabei in unerlaubter Weise. Das Unvorhersehbare geschah. Sie gewann das Spiel, ohne es auch nur ein einziges Mal aus der Hand zu geben. Fabian kam aus dem Staunen nicht heraus.

„Wer hat deine Hand geführt?", fragte er.

„Ja, das möchtest du wissen. Mach's nach, wenn du kannst."

„So oft kann das Glück nicht am Werke gewesen sein. Also verfügst du über geheime Kräfte?"

„Viel einfacher", sagte Luise. „Es war die Vorsehung."

Die Vorsehung hatte sie nicht nur das Spiel gewinnen lassen, die Vorsehung, so schien es, hatte ihn zu ihr geführt. Das war so gegangen.

28

Die Vorsehung

Sie kam in halblangem Rock auf die Terrasse und reichte ihm eine Schale mundgerecht zubereiteter Pfirsiche.

„Wie komme ich zu dieser Ehre? Als hättest du es erraten. Es ist genau das, wonach mir der Sinn steht", bedankte sich Feuerbach. Er war Luise, wie gesagt, vor dreißig Jahren begegnet, und zur Überraschung beider waren sie seitdem zusammen. Die Situation war insofern etwas ungewöhnlich, als er sich mit ihr weder in einer Bar noch auf der Straße oder, wie heute üblich, im Internet auf einer Dating Seite verabredet hatte. Er hatte sie, ganz einfach, eher altmodisch, im Haus ihrer Eltern kennengelernt. Eine Arbeitskollegin hatte ihn dort eingeführt. Ihr Sohn hatte Luises Schwester zur Frau und wollte seiner Mutter die Welt zeigen, in die er eingeheiratet hatte. Die Mutter wollte aber nicht alleine auf Reisen gehen und nahm die Einladung zum Anlass, ihrerseits Feuerbach zu fragen, ob er sie nicht begleiten möchte. Das würde ihn auf andere Gedanken bringen, und überhaupt sei die Gegend zauberhaft und würde, dessen sei sie sich sicher, alle seine Wünsche erfüllen. Ob das wohl gut gehen würde mit ihr und ihm, hatte er zu bedenken gegeben. Die Aussicht auf eine gemeinsame Reise mit der Kollegin erfüllte ihn mit einem gewissen Unbehagen, denn ihre Gegenwart war nicht die von ihm begehrte. Aber Brigitte, so hieß die Arbeitskollegin, hatte sich diese Reise in den Kopf gesetzt, und sie köderte ihn mit der Bemerkung, dass er an Ort und Stelle natürlich frei sei, all das zu tun, was er sich wünsche; Berge und Schnee und Sonne gäbe es im Überfluss, und sie würde gut für ihn sorgen. Es solle ihm an nichts mangeln. Womit sie letzten Endes recht behielt.

Eines Tages hatte sie gemessenen Schrittes sein Arbeitszimmer betreten. „Guten Tag, wie geht es denn jetzt so?"

„Mäßig", erwiderte er und wollte aus dem Zimmer heraus. Sie stelzte hinterher, schneller als erwartet, und bevor das Ende des Korridors erreicht war, hatte sie ihn eingeholt. Auf gleicher Höhe fragte sie ihn, ob man nicht mal zusammenkommen wolle, sie habe von seinem Missgeschick gehört, ein Gespräch täte doch gelegentlich Wunder, das wisse sie aus eigener Erfahrung. Ob er sie nicht mal um eines Gespräches willen besuchen wolle?

„Ja, warum nicht, des Gespräches wegen", wiederholte er und fragte:

„Unterhalten wir uns am Donnerstag nach der Arbeit?"

„Mit dem größten Vergnügen", erwiderte sie, um Gefallen bemüht, und wendete ihren Kopf, sodass sie, wie im Fernsehen vorgemacht, aus schrägem Winkel zu sehen war. Feuerbach bedauerte in diesem Augenblick, dass ihre Augen von Müdigkeit getrübt waren und ihr Gesicht eher einer nicht mehr frischen Großmutter als einer auf Abenteuer erpichten Mittfünfzigerin ähnelte.

Feuerbach besuchte sie am folgenden Wochenende in ihrem Häuschen am Rande der Stadt. Sie begrüßte ihn freundlich, derweil sie ihn mit wässrig-blauen Augen wohlwollend, fast liebevoll anblinzelte. Sie redeten bei Kuchen und Tee über Schuld und Sühne und über das Schicksal des geliebten oder ungeliebten Partners, wie sollte es anders sein. Sie legte ihm nahe, die Schuldgefühle doch fallen zu lassen, wohin denn das führe, diese Selbstanklage, die Lawine war ein unglücklicher Zufall, ein bedauernswertes Naturereignis, nichts anderes, das hätte jeden treffen können. Alles sei relativ, vor allem die Welt der Gefühle.

Er kam wieder, denn sie beherrschte den Ausgleich; war großzügig und tolerant, wollte nivellieren statt dramatisieren, glätten statt aufrauen. Ihre Haltung war in der Tat bemerkenswert. Sie war der Ansicht, es gäbe keine Probleme. Ob sie denn nicht das Unglück sehe, das so viele verfolge? Sie antwortete, sinngemäß: Hätten die Leute nur das Geschick, das Positive im Elend zu sehen, gäbe es auch kein Elend. Es sei doch alles nur eine Frage der Betrachtung. Und schließlich sei alles doch relativ. Jedes Ereignis verliere seine Besonderheit, wenn es doch bloß im Kontext der vielen anderen, vielleicht weit bedeutenderen Ereignisse gesehen würde. Darin konnte er ihr uneingeschränkt zustimmen. Sie erlebte ihre Umgebung als eine eingeebnete Welt, in der es weder Enttäuschungen noch Verheißungen gab, weder Höhen noch Tiefen. Die Philosophie des Ausgleichs sorgte für eine friedliche Atmosphäre. Brigitte hatte mit niemandem Streit, und niemand wollte ihr Böses.

„So eine gibt es nicht oft, und wer weiß, vielleicht tut sie mir gut", sagte er sich. Seine Besuche wurden in immer der gleichen Weise bedacht. Brigitte stellte Salat auf den Tisch und eine halb volle Flasche Wein dazu. Die fehlende Hälfte hatte sie vorweg zu sich genommen. Aber auch die andere Hälfte trank sie zum größeren Teil, mit der Folge, dass ihre Mitteilungen umfangreicher und intimer wurden. Trotz dieser in seinen Augen eher peinlichen Umstände wurde der Besuch bei Brigitte und ihrem schwarzen Hund zu einer gewissen Gewohnheit. Sie war ausnehmend hilfsbereit, eine Frau ohne irgendwelche Ansprüche, das tat gut, und auf dieser Basis vermehrten sich die Besuche, sodass deren schiere Zahl ihm bald zu denken gab. Er fand, er müsste sie reduzieren. Aber da war der Hund, der ihn mit Vergnügen im Wald begleitete. Und da war die Einladung, mit ihr in der Schweiz Weihnachten zu verbringen, wo ihr die Verwandten eine gemeinsame Feier schmackhaft gemacht hatten.

„Du warst unvorhersehbar", so sagte Luise am dritten Tag ihrer Begegnung. „Eine Begegnung, die ich nicht erwartet hatte."

Luise: eine kleine, eher zarte Gestalt, mit blassem Gesicht und leicht gelocktem Haar, deren Nase sich kräuselte, als sie ihn vorsichtig anlächelte, und die nur zögernd aus der hintersten Ecke des weihnachtlich geschmückten Raumes heraustreten wollte.

„Ich erinnere mich an den zweiten Tag", sagte Luise. „Der erste Tag war schön, der zweite war schöner, und so ging das weiter, eine Zeit lang. Der zweite Tag: Es schneite in ganz dicken, ungeformten Flocken, die sahen aus wie aufgeblasene Haferflocken mit ausgefransten Rändern, es schneite so, wie ich es mir wünschte. Ich hatte deshalb etwas Mühe beim Atmen, weil der Schnee, wie ich glaube, mir stets den Sauerstoff nimmt. Am Ende unseres Spaziergangs stand ein unbewohntes Haus. Wir nahmen zwei wacklige Stühle vom Eingang und stellten sie in die Schneeflocken. Wir saßen uns gegenüber und besprachen die Zukunft. Wir haben schrecklich vernünftig geredet, obwohl ich doch in diesem Augenblick nichts anderes im Sinn hatte, als die Schneeflocken zu zählen."

„Zu zählen?"

„Die Schneeflocken, die sich auf deinen Ohrläppchen absetzten. Deine Ohrläppchen hatten etwas Pelziges, ich meine die feinen blonden Härchen, die dort sprossen; diese hielten die Schneeflocken fest, und sie wuchsen zu kleinen Hauben, von denen du nichts ahntest und woraus ich gern Schneebälle gemacht hätte."

„In diesem Zusammenhang habe auch ich etwas beobachtet. Ich fand besonders beeindruckend, dass sich die Schneeflocken auf deinen Wimpern niederließen, und da sah ich erst, wie lang sie waren, wie schön gebogen, sodass die Biegung ihnen Halt gab und zu einem natürlichen Rastplatz für die Flocken wurde. Nicht einfach zu sagen, wer schöner aussah, die niedergelassenen Flocken oder du. Beides zusammen war ein Kunstwerk."

„Und das kommt nicht wieder? Alles Vergangenheit?", fragte Luise wehmütig.

„Vermutlich ja. Wir werden nicht schöner im Alter. Es gibt nur wenige, die von dieser Regel abweichen. Aber natürlich, du bist noch immer ansehnlich."

„Ansehnlich, darunter kann ich mir nichts vorstellen."

„Wenn du in den Spiegel schaust, weißt du, was ich meine."

„Du bist grob. Immer das Aussehen. Es scheint das Allerwichtigste in dieser Welt zu sein."

„Das Zweitwichtigste, nicht das Allerwichtigste." Und nach kurzem Nachdenken: „Wir hatten einen etwas ungewöhnlichen Anfang, nicht wahr, ungewöhnlich war er und merkwürdig."

„Ganz gewiss hatten wir den, und ich gehe darüber hinaus, ich glaube, die Vorsehung hat uns zusammengeführt", sagte Luise und wärmte ihre Stimme, als verriete sie ein zärtliches Geheimnis. „Meine Mutter hat das alles schon Tage vor deiner Ankunft geträumt. Ich wollte das nicht glauben, und als du dann auftauchtest, mit ungebändigten braunen Locken und wissbegierigen braunen Augen, gab ich meiner Mutter sofort recht, daraus könnte was werden, es schien etwas dran zu sein an ihrem Traum."

„Aber an Vorsehung mag ich nicht glauben, Luise. Es

war eine Überraschung, ein unerwartetes Zusammenführen."

„Wir müssen Brigitte dankbar sein. Haben wir ihr je gedankt?"

„Ich habe einmal einen Versuch gemacht. Sie wurde sehr zornig, ich hatte offenbar eine alte Wunde bei ihr aufgerissen. Aber wenn ich es recht bedenke, war unser Aufeinandertreffen vielleicht doch nicht so überraschend. Es war ungewollt arrangiert. Brigitte hatte dich beiläufig angekündigt. Hatte warnend von einem späten Mädchen gemurmelt, das noch bei den Eltern in der Schweiz wohnte. Ein hübsch anzuschauendes Mauerblümchen, wenn ich wüsste, was sie damit meine. Dass ich nur nicht... und drohte mir scherzhaft mit dem Finger, darauf bauend, dass ich ihre unvollendete Ermahnung selbst zu Ende denken würde. Das Blümchen respektive Fräulein sei sehr familienorientiert, gottgläubig und unverdorben, also nichts für mich. Sie meinte dich."

„Oh, wie nett, das mit dem späten, unverdorbenen Fräulein. Und du? Hat sie dich einen späten, verdorbenen Jungen genannt?"

„Wäre folgerichtig gewesen. Hat sie aber nicht. Sie glaubte, wie viele andere Frauen, je älter der Mann, umso besser der Mann. Ich habe da eine andere, eher entgegengesetzte Meinung, kann aber nicht umhin, anzunehmen, dass Männer jenseits der Vierzig vielleicht tatsächlich gewisse Vorzüge aufweisen, die jüngeren abgehen. Im Übrigen hatte sie mich falsch eingestuft. Ich mag Frauen, die ironischerweise als Mauerblümchen charakterisiert werden. Diese sind nämlich meist tiefgründig und reichhaltig, legen Wert auf das Innere und haben sehr viel Mitgefühl. Sind selten oberflächlich."

Feuerbach liebte es, die Szene des ersten Kontaktes wiederzubeleben. Sie war so ganz anders als alles, was

34

er bis dahin erlebt hatte. Und er hatte einiges erlebt. Die Begegnung vermittelte etwas ausgesprochen Behutsames, eminent Intimes.

„Jedenfalls hatte Brigittes Bemerkung mein Interesse geweckt",ergänzte er. „Das konnte ich nicht verbergen. Sie schien beunruhigt, sodass ich mich genötigt sah, ihr zu versichern, dass ich es nicht mit den Blümchen halte. Diese hätten, beruhigte ich sie, gewöhnlich einen Mangel an Selbstbewusstsein und Standfestigkeit."

„Sind wir jetzt bei der Mängelliste angelangt?"

Fabian sagte: „Ich habe doch gerade eine Lanze für die sogenannten Mauerblümchen gebrochen. Ihr musste ich das Gegenteil versichern. Um es geradeheraus zu sagen: Ich wollte verhindern, dass sie ihr Angebot im letzten Augenblick zurückzieht und die Reise abbläst."

„Aber du kamst mit den Mängeln, die ein Mauerblümchen ausmachen."

„Herr im Himmel, vergessen wir die Mängel. Ich will die Aufmerksamkeit auf etwas sehr viel Wichtigeres lenken. Du hieltest die Zeit für gekommen, den Mann fürs Leben zu finden. So wie ich die Frau fürs Leben finden wollte. Das passte doch."

„Wenn es so etwas gibt wie fürs Leben."

Fabian sagte: „Was ist in dich gefahren, Luise? So spitz und bissig zu nächtlicher Stunde."

„Und wie steht es denn damit? Passen wir zueinander?"

„Dazu gibt es eine profunde Meinung. Brigitte sagte mir am dritten Tag, oder sogar schon am zweiten, dass ich mich vorsehen solle, wir, also du und ich, würden nicht zueinander passen. You don't match, sagte sie. Genau diesen Satz hatte sie verinnerlicht, warum gerade diesen angesichts der paar hunderttausend anderen Möglichkeiten, die die englische Sprache bietet, weiß ich nicht.

Sie hatte wohl die Befürchtung, dass mehr aus unserer Begegnung werden könnte, und fand sich bemüßigt, mich aus eigenem oder übergeordnetem Interesse zu warnen."

„Wie ist es, hatte sie recht?"

„Da du nicht Ruhe gibst und immer weiter pickst, muss ich die Wahrheit sagen. Sie war eine Frau mit Lebenserfahrung. So ganz falsch lag sie folglich nicht. Eigentlich passen wir nicht besonders gut zusammen."

„Und sind trotzdem zusammen. Soll öfter vorkommen." Luise ging an die Balustrade, die die Terrasse nach Süden sicherte, schaute geradewegs zum gegenüberliegenden Berg. Sie schien von seiner letzten Bemerkung nicht sonderlich angetan.

„Und merkwürdigerweise offenbar öfter, als man glauben mag", sagte Feuerbach.

„So schlimm ist das mit dem Nicht-Zueinander-Passen nun auch wieder nicht", gab Luise zurück und setzte sich wieder in Fabians Nähe. „Es gibt doch den Spruch: Gegensätze ziehen sich an. Plus und Minus, aber nicht Plus und Plus oder Minus und Minus."

„Das wird es sein. Gegensätze versprechen eine höhere Stabilität wegen der gegenseitigen Anziehung."

„Bevor wir abgleiten: wie ging die Geschichte mit Brigitte weiter?"

„Sie ging nicht weiter. Es gab vorher und nachher keine Geschichte. Meinen Dank wollte sie im ersten Augenblick nicht annehmen. Ich sagte ihr, ich sei ihr verbunden, dass sie mir, wenn auch unbeabsichtigt, die Zukunft gewiesen habe. Und an mich hast du nicht gedacht, sagte sie vorwurfsvoller, als ich erwartet hatte. Aber wenig später hatte sie wieder Kontrolle über ihre Gefühle. Sie verlor im Angesicht der Höhen und Tiefen, die auch sie heimgesucht hatten, nie ihre Contenance. Vermutlich eine Folge konsequenter Erziehung. Mehr kann ich dazu nicht sagen."

„Aber mehr will ich auch gar nicht hören. Ich habe den Eindruck, dass du getan hast, was du tun konntest. Aber wolltest du mir nicht sagen, wie du die letzten Stunden dieses besonderen Jahres empfunden hast?"

„Den letzten Tag des Jahres? Aber das weißt du doch. Wir kannten uns da schon einige Tage und haben den Tag zusammen verbracht."

„Trotzdem. Ich will es hören. Es ist interessant, deine mit meiner Erinnerung zu vergleichen."

Sie hatte etwas angestoßen, was ihn damals beschäftigt hatte und was er ihr aus gutem Grund nicht hatte sagen wollen. Am Silvestermorgen war er allein in die Berge gegangen, das erste Mal nach neun Monaten, leicht und mit Zuversicht in den Armen und Beinen. Die Sonne leuchtete grad in sein Herz hinein. Er war lange unterwegs, und um den Rückweg abzukürzen, sprang er durch Schnee, fuhr, als hätte er Ski unter den Füßen, die steilen Hänge hinunter. Ein schneebedecktes steiles Geröllfeld versperrte den Abstieg. Zurückgehen und Stunden später bei ihr sein, oder über das Steilstück klettern und Zeit gewinnen? Am Ende des Jahres noch einmal eine richtige Herausforderung. Das hätte nicht sein müssen, sagte er laut und spürte wieder diesen Druck auf dem Herzen, den er schon im April bemerkt hatte, als er unentschlossen mit Miriam nach dem geeigneten Weg suchte. Binnen einer Stunde gelang es ihm, das Hindernis zu überwinden, gerade noch rechtzeitig, bevor es dunkel wurde. Nach einer weiteren halben Stunde erreichte er die zum Fahrweg ausgebaute Geländestufe. Tief unten lag der große See in der Dämmerung, die ersten Lichter waren angezündet, es war gerade so eben geschafft, eine halbe Stunde später hätte die Finsternis alles zunichtegemacht, ihr Vorhaben, am letzten Tag des Jahres das alte Jahr zu begraben, das neue mit frischer Zuversicht anzugehen, das alles hätte nicht stattgefunden. Aber es war ja gut gegangen. Und er war sich sicher, dass das neue Jahr besser würde, konnte ja auch nichts anderes als besser werden, wenn die Theorie stimmt, dass extreme Ereignisse wie das mit seiner Freundin Miriam seltene Ereignisse sind, und eine Wiederholung zwar nicht unmöglich, aber sehr sehr unwahrscheinlich ist.

„Im Ergebnis war es doch so. Wir haben uns gewünscht, dass das neue Jahr besser werden würde als das alte."

„Wurde es besser?", fragte Luise.

„Es wurde besser. Und wie steht es um deine Erinnerung? Heraus damit!"

„Die ist ganz klar und rein. Die letzte Nacht des Jahres verbrachten wir bei Musik und Kerzenschein in einer eher lausigen Kneipe. Du warst müde von deiner langen Wanderung und legtest den Kopf in meine Hände. Du sagtest, du hättest arge Kopfschmerzen. Ich strich durch deine Haare, vorwärts und rückwärts, von links nach rechts und zurück, meine Hände nahmen dir für Augenblicke die unglückliche Erinnerung aus dem Kopf, es entstand die Vision einer neuen Zeit, einer glücklicheren? Das alte Jahr endete für dich in meinen Händen."

„So einfühlsam?", sagte Fabian. „Da hast du jetzt aber ordentlich nachgeholfen."

„Findest du? Es ist die Wahrheit."

„Die ist zeitabhängig. Die Wahrheit aus heutiger Sicht ist eine andere als die vor dreißig Jahren."

„Wir haben uns verändert, die Wahrheit ist unverändert."

„In der Tat", sagte Fabian, „es war die Zeit, als wir beide tatsächlich auf der Suche waren, eine ungebundene Situation, die sich binden will, das hat etwas sehr

Eigenes an sich, das waren gute Voraussetzungen für eine mögliche Beziehung, beide waren wir noch jung genug dafür, aber doch hinreichend ernsthaft, sodass etwas daraus werden konnte."

„Stimmt, aber daran haben wir zum Glück weniger gedacht", sagte Luise, „als wir die ersten gemeinsamen Tage verbrachten. Ich erinnere mich, es gab sogar schon gemeinsame Nächte, auch wenn mein Vater davon nichts wissen durfte. Aber er wusste es trotzdem. Väter haben da ein viel feineres Gespür als Mütter. Vor allem, wenn es um die Tochter geht. Ihre offene oder verdeckte Eifersucht auf den Mann, der ihnen die Tochter zu rauben im Begriff ist, macht sie misstrauisch und hellhörig. Ein Stück Melancholie lag über unserer Begegnung. Wir waren so verrückt, auch über Krankheiten zu reden, vielleicht deshalb, weil es um mich herum viele kranke Menschen gab. Dann sagtest du sehr weise, dass Kranksein nicht ein Zustand ist, sondern ein Prozess, der den Kranken in das Stadium der Erneuerung versetzt. Ich erinnere mich, dass die Anthroposophen, unter anderen, beobachtet haben wollen, dass Kinder Entwicklungssprünge machen, wenn sie eine fiebrige Krankheit überstanden haben. Vielleicht gilt das eingeschränkt auch jenseits der Kindheit? Vorausgesetzt, Entwicklung ist dann überhaupt noch möglich?"

„Ich glaube an solche Entwicklungsschübe, auch wenn ich sie natürlich nicht beweisen kann. Das wäre wiederum ein Hinweis darauf, dass die Folgen eines Ereignisses vielfach sein können und beide Qualitäten, das Gute wie das Böse, eintreten können. Die zwei Seiten der Medaille. Die Dialektik der Angelegenheit. Weniger ambitioniert: alles eine Frage der Betrachtung, eine Frage der Wahrnehmung."

Sie saßen damals auf dem Sofa aus abgewetztem Kunstleder, die Hände ineinander gesteckt. Alle anderen schliefen schon. Der Vater hatte die Angewohnheit, aus Sparsamkeit die Heizung am frühen Abend abzudrehen. Ob das wirklich sparte, war nicht herauszufinden, aber er glaubte daran. Er war überaus sparsam, wie viele seiner Generation, die nach Kriegsende gehungert hatte. Gegen Mitternacht war die Temperatur auf dreizehn Grad abgesunken, wegen der niedrigen Außentemperatur und der schlechten Isolierung, die zu Zeiten des Vaters noch kein so gewichtiges Thema war. Sie waren in Decken eingehüllt, die wenig hergaben, weil sie aus Polyester gefertigt waren. Feuerbach vermisste schmerzhaft seine Naturprodukte. Das schreckliche Gespinst lag abweisend über den entblößten Schultern. Doch nichts konnte die zärtlichen Gefühle beeinträchtigen, die Fabian und Luise inzwischen füreinander hegten.

„Worauf willst du hinaus?", fragte Luise, als sie bemerkte, dass Fabian auf dem Liegestuhl mal nach links, mal nach rechts rutschte.

„Ich genieße, indem ich mich hin und her bewege. Am Ende des Jahres hast du mir durch die Haare gestrichen, es wäre nicht schlecht, würdest du das heute wiederholen. Das hat mir gut getan. Hat mich auf eine ganz besondere, bis dahin nicht gefühlte Art beruhigt, und würde es auch heute tun", sagte Fabian.

„Dann komm", sagte Luise, und erinnerte daran, während sie ihre Kopfmassage erneuerte, dass seine so genannte innere Unruhe sein eigentliches Problem war. „Ich nahm das positiv und interpretierte deine merkwürdige Spannung als Zeichen der Erwartung, so als wartetest du ungeduldig auf das Neue..."

„Und das Neue warst dann du!", bekräftigte er.

„Stimmt das?", fragte sie etwas ungläubig.

„Ohne jeden Zweifel, wie wären wir sonst noch nach so

vielen Jahren zusammen?", erwiderte er.

„Mag sein", sagte sie bescheiden und zurückhaltend, wie es ihre Art war.

„Das klingt nicht sehr überzeugt."

„Soll es aber."

„Also ich war unruhig, weil sich eine Änderung ankündigte, und wie stand es um dich? Du erschienst mir damals so ruhig und besonnen, ganz anders als heute", sagte er.

„Da siehst du den Unterschied", sagte sie. „Wenn ich unruhig bin, erscheine ich ruhig, und wenn ich eigentlich ruhig bin, mache ich einen unruhigen Eindruck. Woraus du folgern darfst, dass auch ich, da ich dir ruhig erschien, eine gewisse Unruhe spürte, die deiner womöglich ziemlich nahe kam."

„Wunderbar, dann haben wir doch etwas gemeinsam", sagte er, sah sie an und fuhr dann, scheinbar beunruhigt, fort: „Aber irgendwie bin ich schockiert. Könnte es denn sein, dass du sozusagen invertiert bist? Dass du das Gegenteil von dem ausdrückst, was du fühlst? Davon wusste ich bisher gar nichts. Sag, hast du mich getäuscht?"

„Oh nein", beteuerte sie und lachte ihn aus, „ich versichere dir, dass die Invertierung sich nur auf den Gegensatz Ruhe-Unruhe bezieht. Alles andere ist so, wie es zu sein pflegt, denke ich."

Und er, wieder nachdenklich: „Aber wenn ich es recht bedenke, muss sich das Leben denn überhaupt erneuern? Ich meine, wenn du von dem Neuen sprichst? Und kann es sich erneuern, wenn es sich auf einen Punkt zu bewegt, der sogar das Ende bedeuten kann?"

Die erste Nacht

Die Nacht, die dem spätsommerlichen Nachmittag im Liegestuhl folgte, verdrängte Feuerbachs Entspannung, die er auf seiner Terrasse gespürt hatte. Kurzzeitig hatte er gehofft, dass sie ihm erhalten bliebe. Eine Stunde lang kämpfte er im Bett damit, seine Aufmerksamkeit abzuschalten. Es gelang nicht. Was ihn ein weiteres Mal veranlasste, darüber nachzudenken, was beim Übergang vom wachen Zustand in den Schlafzustand passiert. Es schien sich um eine sehr komplexe Dynamik zu handeln, eine mit langem und überraschend gutem Gedächtnis. Die Ereignisse überschlugen sich, von heute, gestern und weiter zurück. Die Turmuhr der Dorfkirche hatte soeben dreimal angeschlagen. Wie wird es weitergehen? Mit ihm, den Seinen, mit allem, was ihm lieb und teuer ist? Wie wird es enden? Angesichts solch schwerwiegender Fragen wollte sich der Schlaf nicht einstellen.

„Luise, bist du schon eingeschlafen? Luise, ich kann nicht schlafen."

„Was ist?", kam es unwillig nach mehrmaligem Anrufen aus dem Bett gegenüber zurück.

„Ich kann einfach nicht schlafen. In mir ist ein schrecklicher Tumult. Mein Herz produziert Extrasystolen und mein Kopf schmerzt, was kann ich tun?"

„Du weißt doch, das Schlimmste für mich ist, aus dem Schlaf gerissen zu werden."

„Aber jetzt ist ein Notfall, der erlaubt eine Alarmierung, auch wenn es wehtut."

„Ach du", sagte sie einlenkend. „Was bist du doch für

ein Verrückter. So schlimm wird es nicht sein."

„Oh doch, es ist schlimm", beharrte er.

„Deine Fantasien gehen mit dir durch." Luise richtete sich auf und machte Licht. Sie ärgerte sich. Niemand, auch Fabian nicht, durfte ihr den Schlaf rauben. Vor allem, wo doch auch sie zunehmend mehr Mühe hatte, gut zu schlafen. Sie erklärte sich das mit dem Älterwerden. Statistisch gesehen hatte sie wohl recht. Mit zunehmendem Alter wird der Schlaf kürzer, die wachen Phasen werden länger. Als wenn das alles wäre, was sich zum Nachteil der Alternden verändert. Etwas Positives, fand Fabian, wurde beim Prozess des Alterns oft übersehen. Die Menschen werden mutiger, sagen ihre Meinung, haben weniger Angst, sich durch unvorsichtige Wortwahl irgendetwas zu verbauen. Denn kein Arbeitgeber kann sie wegen Unbotmäßigkeit strafen; ihre Rente ist soweit sicher. Es scheint zu stimmen, was die Psychologie des Alterns behauptet. Die Gerontologen sind davon überzeugt, dass die Älteren ihrem Selbst näher sind als die Jüngeren.

„Ich komme nicht drüber hinweg. Kürzlich bin ich im Internet über etwas ganz und gar Unerwartetes gestolpert. Miriams Tod war in einer Datenbank über Lawinenopfer dokumentiert. Ihr Name unter den 41 Toten, die im Winter 83/84 durch Lawinen in Österreich umgekommen sind. Nicht nur der Name, sondern auch Geburtsjahr, Wohnort, Status. Außerdem verzeichnet: die Tiefe ihrer Verschüttung, die Höhe der Bruchkante, die den Ausgangspunkt des Schneebretts markiert sowie die Zeit, die vom Eintritt des Ereignisses bis zu ihrer Entdeckung verstrichen sein soll. Auch von mir war die Rede; es hieß, der teilverschüttete Mann konnte sich selbst befreien und ist ohne Ski ins Tal abgestiegen, um Hilfe zu holen. Die Liste der Toten in dieser Datenbank reicht zurück bis 1950. Daraus geht hervor, dass unser Winter, der von 83/84, die bislang meisten Opfer im gesamten Alpenraum gefordert hat. In der Datenbank ist den *Verunfallten* ein Ehrenmal gesetzt worden."

„Ähnlich den Tafeln, die vereinzelt an tote Soldaten der Weltkriege erinnern?"

„Was für ein Vergleich. Nein. Von den Kriegstoten ist nichts als der Name übriggeblieben. Die allerdings sind in Messing eingraviert. In aeternum, auf ewig. Die Daten zu den Lawinentoten sind dagegen flüchtig, auf Papier oder elektronische Bauteile geschrieben. Ich frage mich, ob die Veröffentlichung rechtens ist. Ich meine, wegen der personenbezogenen Daten."

„Rühr sie nicht an."

„Wo denkst du hin!"

„Würde es dir denn überhaupt helfen, wenn du jetzt über das Ereignis sprichst, zu dieser nachtschlafenen Zeit?"

„Ja vielleicht.... Ja doch...Wir hatten es aufgeschoben, ich weiß nicht, vielleicht ist es besser, wenn..." Sein Blick war angsterfüllt.

„Komm, ich hol die Blätter, wo sind sie?" sagte Luise.

„Im Terrassenzimmer."

Sie zögerte, dann: „Vergiss die Blätter. Die sind womöglich schon ganz vergilbt." Gab zu bedenken, dass angesichts der Dunkelheit das Licht nicht reichen würde. Er würde ja wohl nicht mit der Stirnlampe lesen wollen. „Erzähl mir, was du behalten hast, lies es mir vor aus deinem Gedächtnis, das fände ich viel schöner. Angemessener."

„Jetzt, in meinem aufgeregten Zustand?"

„Warum nicht. Wenn du nicht weiterkommst, spring ich ein und vervollständige nach meinem Geschmack. Oder zitiere die entsprechende Stelle im Manuskript, falls ich sie finde. Wie die Souffleuse im Theater."

„So machen wir es. Wir tun so, als spielten wir Theater. Ich mache den Prolog und Monolog, du machst die Soufflage, und wenn erforderlich, setzen wir die Geschichte in Dialogform fort."

„Einverstanden. Dann verliere keine Zeit und fange an, aber wenn mir danach ist, werde ich entweder unterbrechen oder ganz einfach einschlafen."

„Du unterbrichst so oft du willst. Einschlafen wirst du hoffentlich nicht, denn das würde bedeuten, dass ich dich langweile. Wäre ein ganz schlechtes Zeichen."

Fabian überlegte, ob es Sinn machen würde, ihr die Geschichte zuzumuten im Dunkel der Nacht, das das Traurige trauriger macht, die Abgründe vertieft; er fragte sich, ob es ihm gut täte, aus den gleichen Gründen, wegen des Dunkels der Nacht, das die Dinge schwerer macht, als sie vielleicht tatsächlich sind. Und dennoch: Es könnte die richtige Strategie sein. Das Ereignis so lange ausquetschen, bis nichts übrig bleibt.

Feuerbach öffnete die Tür zum Balkon und ließ so einen Streifen frischer Luft ins Schlafzimmer. Draußen schwarze Nacht. Absolute Stille. Nicht einmal das schwache Geräusch der Flugzeuge, das bis zum Boden absteigt, wenn sie in zehn Kilometer Höhe auf ihrer Reise vom westlichen ins südöstliche Europa die Berge überfliegen. Ländliche Abgeschiedenheit. Eine milde Temperatur. Niemand der lauscht oder ausspäht. Ideale Bedingungen also, um sich über ein schwerwiegendes Problem zu verständigen.

Fabian: „Soll ich wirklich?"

Luise: „Du wirst, wenn du willst."

Fabian: „Also gut. Ich werde, weil ich will." Und begann mit seiner Erzählung.

„Miriam war im besten Frauenalter von etwa vierzig Jahren. Sie war meine beste Freundin. Eigentlich hatte ich zu dieser Zeit nur eine, eben Miriam, obwohl ich zugeben muss, dass mir öfter der Sinn nach einer anderen stand. Aber ich kämpfte um meine berufliche Existenz und hatte folglich wenig Zeit für Angelegenheiten des Luxus. Sie hatte sich vor Jahren von ihrem Mann getrennt und lebte nun weitgehend allein mit zwei Töchtern, arbeitete als Sozialarbeiterin und Sekretärin. Als ich sie traf, beeindruckte sie mich durch ihre fürsorgliche und entschiedene Art. Ja, irgendwie haben es mir immer die fürsorglichen und entschiedenen Frauen angetan. Ich scheute die mitleidlosen, rücksichtslosen und schwankenden, vor allem die eitlen. Vermutlich brauchte ich eine Art wirkungsvolle Unterstützung, was man mir so nicht ansah. Allgemein hielt man mich für unabhängig und selbstbewusst. Das stimmte aber nur zur Hälfte. Tatsächlich hatte ich das Bedürfnis nach Schutz und Geborgenheit aus meiner Kindheit mitgenommen, als ich wegen meiner Allergien und Hautkrankheiten die Pflege meiner Mutter benötigte.

Wir trafen uns öfter und es kam, zögerlich zwar, zu einer festeren Verbindung. Unsere Freundschaft war immerhin schon sechs Jahre alt, als sie mir damals sagte (wir standen 1400 Meter über dem Meeresspiegel): *Ich gehe nicht wieder mit dir, wenn du dich so verhältst, es ist mein Ernst.*

Ich weiß nicht mehr, warum sie das sagte, aber sie wird ihre Gründe gehabt haben. Ich sagte: *Im Traum sind wir in eine Lawine geraten. Die Rettungsmannschaft hat mir gesagt, sie hätten dich nicht mehr wiederbeleben können.* Sie fragte, bestürzt: *Wie hast du dich dabei gefühlt.* Und ich erwiderte: *Ich habe es nicht geglaubt.*

Mir kommt ihre Examensfeier in den Sinn. Sie war

glücklich über das Erreichte, denn sie hatte die Prüfung als Sozialarbeiterin bestanden. Ich glaube im Nachhinein, dass sie sich wünschte, dass ich ihr Glück teile. Das war mehr als verständlich, aber mir war nicht danach. Ich weiß nicht mehr warum. Tut auch nichts zur Sache. Ich konnte nicht, war nicht in der Stimmung. Ihre Erwartung bedrückte mich. Voller Vergnügen und Stolz, angefeuert vom Wein, dem sie zu dieser besonderen Gelegenheit in stärkerem Maß als üblich zugesprochen hatte, legte sie den Arm um meine Schultern und präsentierte mich den anderen, indem sie sagte: *Hier ist mein Freund und Geliebter.* Und zog mich zu sich heran und gab mir einen Kuss. Ihr Geliebter? Wäre sie doch nur beim Freund geblieben. In aller Öffentlichkeit als ihr Geliebter vorgestellt? Ich zog mich zurück, versteckte mich im weiteren Sinn vor ihr und wollte an diesem Abend nichts von ihr wissen. Ich fühlte mich bedrängt und fragte mich zum hundertsten Male, ob die Verbindung mit ihr richtig sei. Ich war unzufrieden mit ihr. Im Grunde aber war ich, wieder einmal, rundherum unzufrieden mit mir. Ich verließ die Feier vorzeitig, um weiterem Ärger aus dem Weg zu gehen.

Am nächsten Tag ihre abweisenden Augen und die aufeinandergepressten Lippen, die sie noch schmaler werden ließen, als sie schon waren, in meinen Augen ein Versäumnis der Natur, mit dem ich nie ganz fertig geworden bin. Frauen und sichtbar geschwungene Lippen gehören zusammen, finde ich.

Sie sagte: *Du hast meine Feier versaut. Dabei war sie doch so schön. Einmal im Leben ein Examen, ich bin stolz, dass ich es geschafft habe, und das sogar ganz gut, liege mit meinem Zeugnis sogar über dem Durchschnitt, was mich froh und glücklich macht. Und du warst eklig, widerwärtig, zurückweisend. Kannst du nicht ertragen,*

mich vergnügt zu erleben? Warum warst du so? Sag mir
warum. Wenn du gehen willst: Ich werde dich nicht fest-
halten, das weißt du. Aber solange du mit mir zusammen
bist, will ich, dass du zu mir stehst. Jederzeit und vor
jedermann, ohne jede Einschränkung. Ich will Klarheit,
will wissen, woran ich mit dir bin. Dass du es zum wie-
vielten Male hörst: Ich möchte von dir geliebt werden.
Wenn du mich nicht lieben kannst, willst oder magst, so
müssen wir auseinandergehen. Du weißt, dass mir das
sehr sehr schwer fallen würde, aber das sollte dich nicht
verleiten, anzunehmen, dass ich es nicht tun würde, fügte sie leise hinzu und sah an mir vorbei.

Alles das muss ich assoziiert haben, nachdem sie vom
nicht wieder mit mir gehen gesprochen hatte. Ich sagte: *Lass uns aufbrechen, damit wir im Hellem ankom-*
men. Das werden wir auf jeden Fall, fügte ich hinzu,
um ihre Sorge vorm Dunkelwerden zu zerstreuen. *Mehr*
als zwei Stunden werden wir mit Sicherheit nicht brau-
chen, dann ist es gegen halb fünf und wir haben noch
mindestens eineinhalb Stunden Tageslicht. Wenn's ganz
schlimm kommt: Ich habe zwei Stirnlampen, sieh!
Ich zeigte ihr stolz meine neusten Errungenschaften,
die damals noch ziemlich klobig waren und verschwende-
risch mit der Energie umgingen. Außerdem waren sie,
verglichen mit der blendenden Helligkeit der heutigen
Produkte, eher nur Glühwürmchen, die die Konturen des
Weges nicht mehr als eben nur erahnen ließen.

Der Rucksack war eigentlich etwas zu schwer, fand
ich. Er enthielt Getränke und Essen für eine Woche.
Ich spürte meine Lendenwirbel. Vor Jahren hatte mich,
der schmerzenden Wirbel wegen, eine ziemlich raue Phy-
siotherapeutin gymnastisch behandelt. Sie überraschte
mich mit grober Rede und heftigen Ermahnungen. Außerdem hatte sie dunklen Flaum auf ihrer Oberlippe, den

erkannte ich sogar in der partiellen Dunkelheit, in der sie ihre Patienten zu empfangen und behandeln pflegte. Sie war jenseits der sechzig, unverheiratet geblieben, und wirkte eher männlich als weiblich. Ihre Übungen verschrieb sie mir mit großer Strenge, und sie erwiesen sich als nicht völlig wirkungslos, denn die Schmerzen verstummten nach zwei Monaten. Ob das tatsächlich ihrer Behandlung oder meinen Selbstheilungskräften, sprich meinem Immunsystem zu verdanken war, ließ sich in diesen und allen ähnlichen Fällen nicht entscheiden. Aber kürzlich hatten die Schmerzen sich zurückgemeldet. Ich machte den Umzug in die neue Wohnung dafür verantwortlich. Die Erklärung sei oberflächlich, lasse die nötige Tiefe vermissen, ließ Miriam mich wissen; die Ursache liege im Psychischen. Diesen Gesichtspunkt weiter auszuarbeiten, das überließe sie mir, sie könne sich ja nicht um alles kümmern, ihre Kinder und die zu betreuenden und zu begleitenden Jugendlichen nähmen bereits alle ihre verfügbaren Kräfte. Ich musste ihr zustimmen. Auch ich war der Auffassung, dass körperliche Leiden in engem Zusammenhang mit seelischen stehen und beide sich im Sinne eines positiven Feedbacks verstärken können. Irgendwann begibt sich, eventuell ausgelöst durch einen positiven äußeren Stimulus, der Körper auf den Weg der Gesundung, wodurch die Seele mitgenommen wird, und so fort, bis sowohl der Körper als auch die Seele wieder im Zustand der Gesundheit angekommen sind. Natürlich gilt auch die Umkehrung, wenn aus dem Gesunden ein Kranker wird, weil sich Psyche und Körper wechselseitig in die Erkrankung befördern.

Bis hinauf zur Wildfütterung war der Schnee ziemlich festgetreten. Hier wurden Rotwild und Muffeltier gepflegt, damit es wohlgenährt deutschen und gelegentlich auch einheimischen Hobbyjägern im Herbst zum kostspieligen Abschuss präsentiert werden konnte. Hinter der Fütterung endeten die Spuren. Der Schnee lag locker und tief. Miriam vorne. Ich war froh, dass sie das Tempo bestimmte. Denn ich hatte wirklich nicht den besten Tag erwischt.

Die Hälfte des Berges war geschafft. Sie hielt an. Sie schien in ungewöhnlich guter Verfassung, sie hatte es eilig gehabt und wollte es jetzt etwas langsamer angehen.

Jetzt bist du dran, sagte sie. *Geh du nur voran.*

Ich übernahm die Führung eher widerwillig.

Der Weg war schmal geworden unter dem Schnee. Im schneefreien Zustand erlaubte er einen einspurigen Verkehr, von dem Jäger und Förster, Bauern und natürlich Touristen regen Gebrauch machten. Es handelte sich um einen Fahrweg wie so viele andere in der alpinen Waldregion. Gebaut für Forst- und Alpwirtschaft. Eine Wunde im Berg, die nicht heilen will. Der Weg hatte den Berg gesprengt, dort würde kein Baum mehr gedeihen. Am Rande lagen herabgestürzte Steine und dazwischen siedelten Farne, Himbeeren und Heidelbeeren."

„Wenn du mir eine Bemerkung zu den Fahrstraßen im Gebirge erlaubst. Die sind hier in ungehöriger Weise vermehrt. Weißt du warum?", fragte Luise.

„Ich weiß es, aber nur hier für unsere Gegend südlich der Alpen, wo die Leute, die einer unserer Parteivorsitzenden in Deutschland so gerne als kleine Leute bezeichnet, ihre Steinhäuschen pflegen und hegen. Die besuchen sie gewöhnlich am Wochenende, verabreden sich mit ihren Verwandten und essen ihre Polenta und halten auf diese Weise den Kontakt zu ihren lieben Angehörigen. Früher sind sie zu Fuß gekommen, jetzt haben sie die Straßen genehmigt bekommen und machen die Tour selbstverständlich nur noch per Auto. Eine Rückkehr zum Fußmarsch wird es nicht geben. So ist aus Gründen der Bequemlichkeit eine Menge unbefestigter Straßen entstanden, die den Wald und den Berg ruinieren. Das interessiert die meisten hier nicht. Ihre Geselligkeit bei Polenta und Wein kann jetzt endlich ohne Anstrengung erreicht werden, das ist allemal wichtiger als der Naturschutz oder die Pflege ihrer Gesundheit."

„Eine Entwicklung, die wir wohl ablehnen müssen. Andererseits: Auf diese Weise kommen auch die gebrechlichen Großeltern noch in den Genuss der von ihnen gebauten Hütten. Sie müssten sonst außen vor bleiben", sagte Luise. „Und in der Gegend, wo deine Geschichte spielt, nördlich der Alpen, hat man sie vermutlich wegen der Jagd, Forst- und Alpwirtschaft gebaut."

„Und auch in diesem Fall zum Nachteil der Natur."

„Davon abgesehen hatte ich darüber nachgedacht, dass ihr beide, du und Miriam, statistisch gesehen, euch damals etwa in der Mitte des Lebens befandet, ihr hattet also eure durchschnittliche Lebenserwartung erst zur Hälfte abgetragen", sagte Luise.

„Wo hast du die Statistik gelernt?", fragte Feuerbach.

„Im Zweifelsfall von dir."

„Das mit der Lebenserwartung dürfte stimmen, aber was willst du damit sagen? Tragen wir unser Leben wie eine Summe Geldes ab, die wir uns geliehen haben?"

„Rein gar nichts wollte ich damit gesagt haben, es war eine Überlegung, eine kleine Rechnung, wenn du so willst. Ist ein bisschen hintersinnig, du magst darüber nachdenken, was ich damit gemeint haben könnte. Aber weiter bitte, so habe ich die Geschichte noch nicht gehört, du erzählst das – wie soll ich sagen – mit mehr Zurückhaltung. Aber es ist so lange her, das meiste kann ich zum Glück gar nicht mehr erinnern, was der Geschichte im Übrigen gut tut. So bleibt sie doch spannend."

„Wie das? Mehr Zurückhaltung? Oder vielleicht auch weniger Anteilnahme? Die Zeit ist lang und breit zwischen damals und heute. Aber ich fürchte, die Zurückhaltung wird sich legen, wenn ich mich der kritischen Stelle nähere."

„Egal, fahr fort."

Und Feuerbach fuhr fort in seiner Erzählung.

„Mir fiel auf, dass ich auf diesem Weg, dem Weg zur Berghütte, stets die gleichen Gedanken bewegte. Immerhin war ich den Weg bestimmt schon zehnmal gegangen. Und immer fragte ich mich, wie es hier vor hundert Jahren ausgesehen haben mochte, und dann wollte ich wissen, was in hundert Jahren sein würde. Natürlich ließe sich die Zeitskala beliebig verändern. In diesem Punkt war ich nicht festgelegt. Es könnten auch durchaus tausend Jahre sein. Aber angesichts der schnellen Änderungen, denen die Natur offenbar neuerdings ausgesetzt ist, könnten wir bei zehnmal hundert Jahren die Übersicht verlieren. Sofern wir sie nicht ohnehin schon verloren haben. In jedem Fall waren meine Gedanken so überflüssig wie dieser Weg. Was kümmerte mich die Geschichte dieses Waldes, der Bäume darin, der kleinen und großen Steine, was ging mich die Zukunft dieser Landschaft an?

Mein Kopf war schwer von mir selbst. Wer in der Wissenschaft arbeitet, so hatte Kurt Himmerich gesagt, muss optimieren. Muss man das heute nicht überall, unabhängig von Beruf, Alter und Geschlecht, hatte ich gefragt.

Im Prinzip mag das so sein, erwiderte er.

Aber was genau meinen Sie mit Optimierung? Es ist so ein Allerweltsbegriff, sagte ich.

Das stimmt in dieser Allgemeinheit nicht, sagte er. *In der Mathematik und Ökonomie gibt es klare Vorstellungen dazu. In unserem Zusammenhang geht es um Folgen-*

des: Das Produkt aus Anzahl der Publikationen und Qualität der Publikationen muss möglichst groß sein. Sonst sind Sie nicht konkurrenzfähig."

„Wer war Kurt Himmerich?", fragte Luise.

„Professor Kurt Himmerich war mein Chef damals. Er hatte mich beeindruckt, denn er vereinte schnelle Auffassungsgabe mit unbestreitbarem Talent für die Naturwissenschaft. Vermutlich angeboren, wo sollte es sonst wohl herkommen. Mein Schuldirektor hätte zugestimmt; dies war ein Mann mit Talent, der seiner Begabung entsprechend genau das Richtige studiert hatte. Er verkörperte für mich das Idealbild eines Professors: intelligent, durchsetzungsfähig, unabhängig, wach, gerecht und wenig eitel. Ein Mann mit eigenem Standpunkt, den er auch an höherer Stelle zu behaupten wusste. Er war weltweit bekannt für seine wissenschaftliche Qualität, auch Originalität und die besondere Fähigkeit, mathematische Methoden aus den Nachbardisziplinen mit Erfolg in die eigene zu integrieren. Die Neider sagten: Ach, so einfach ist das, hätte ich auch machen können. Hatten sie aber nicht. Himmerich war oft der Erste, und das verschaffte ihm Ansehen und Anerkennung. Ich mochte ihn. Aber er hatte mich im Stich gelassen. Beim Vorstellungsgespräch offerierte er mir einen zweijährigen Vertrag, den er, wenn alles gut ginge, nach einem Jahr in einen Vertrag auf Dauer umwandeln wollte. Das ist dann nicht geschehen."

Luise: „Das höre ich zum ersten Mal. Wie ist es dazu gekommen?"

„Himmerich hatte, als ich dort meine Arbeit aufnahm, von einer reellen Chance gesprochen, von ihm übernommen, heißt unbefristet beschäftigt zu werden. Auch wenn ich von Anfang an nicht richtig daran geglaubt habe, war es auf jeden Fall Grund genug, um den Arbeitsvertrag zu unterschreiben. Die Anforderungen waren enorm. Um konkurrenzfähig zu werden, musste ich in zwei Jahren etwas produzieren, das in der wissenschaftlichen Welt Beachtung fände. Da ich mich in den Stoff einarbeiten musste, war das von der Zeit her kaum zu schaffen. Das belastete mich von Anfang an."

„Also ist die reelle Chance verpufft, stimmt das? Was hat sich abgespielt? War die vertane Chance das eigentlich Tragische in deiner Geschichte? Erzähle, ich will es wissen!"

„Sie bildete gewissermaßen die Umgebung der Tragödie, sie war die Hülle, in die die Tragödie eingewickelt war. Aber eins nach dem anderen. Bevor ich dazu komme, muss ich noch etwas zur reellen Chance sagen." Und Feuerbach fuhr fort:

„Eine reelle Chance! Neun Jahre ohne wirkliche Perspektive und jetzt diese Möglichkeit. Ich wollte an die Chance glauben. Aber ich war unsicher. Unmöglich, den Vorsprung, den andere hatten, die schon zehn oder mehr Jahre diese Forschung betrieben, sich darin auskannten, sich gewissermaßen einen Namen gemacht hatten und nun mit mir um die eine noch offene Stelle konkurrierten, würde ich nicht wettmachen können. Es war zur Weihnachtszeit, als ich ihn an sein Versprechen erinnerte. Die Zeit schien mir günstig gewählt, denn zu Weihnachten, so wurde kolportiert, wollte er niemanden enttäuschen, zu Weihnachten verteilte er gern Geschenke. Es war im Übrigen an der Zeit – nach einem Jahr sollte vereinbarungsgemäß die Entscheidung fallen.

Ach ja, das hätte ich fast ganz vergessen, entschuldigte er sich.

Genau das hatte ich angenommen, sagte ich.

Nein, so nun auch wieder nicht, korrigierte er sich. Er habe sich schon ab und zu Gedanken gemacht, aber zu einer Entscheidung sei er noch nicht gekommen. Aber ich täte recht, danach zu fragen, und wenn ich darauf bestände, würde er jetzt sogleich einen Beschluss fassen.

Meine Überlegungen überstürzten sich. Aufschub bedeutet Ungewissheit. Sofortige Antwort schafft Gewissheit. Ungewissheit verursacht Qual, Unruhe, Lähmung, aber ködert mit einem noch glimmenden Funken Hoffnung. Gewissheit bedeutet die Konfrontation mit der Realität, die bitter oder süß sein kann. In meinem Fall vermutlich eher bitter. So oder so, sie beendet die Zeit der Unruhe. Andererseits: Wenn ich jetzt nicht auf eine Antwort dränge, besteht die Hoffnung, dass er weitere Überlegungen anstellt, vielleicht sogar die Meinung anderer einholt. Vielleicht eine akzeptable Lösung offeriert. Vielleicht über die Weihnachtszeit darüber nachdenkt. Vielleicht würde seine Frau hilfreich sein. Sie hatte versprochen, für mich ein Wort einzulegen.

Das muss nicht jetzt sein, sagte ich, nur mühsam meine Enttäuschung verbergend. Wie konnte er nur so nachlässig sein? Wusste er nicht, dass es bei mir um alles oder nichts ging? Natürlich hatte er längst seine Entscheidung getroffen. Und es war ihm peinlich, sie mir ins Gesicht zu sagen.

Gut, wie Sie wollen, griff er ohne Zögern zu und verließ das Zimmer.

Die Entscheidung verspätete sich um einen weiteren Monat. Das sei kein gutes Zeichen, so fanden die anderen Kollegen und so fand auch ich. Immerhin verlängerte sich der Zeitraum der nicht gesprochenen Absage um einunddreißig Tage. Aber ich wusste ja seine Antwort. Warum dann noch die Aufregung in mir?

Es liege, recht betrachtet, eigentlich nicht an mir, so

hatte er mich Anfang Februar zu trösten versucht. Ich hätte ja ordentlich gearbeitet und mich gut in das neue Arbeitsgebiet reingefunden. Unter anderen als den gegebenen Umständen würde er mir ganz sicher einen unbefristeten Vertrag anbieten. Aber wie gesagt, unter anderen als den gegebenen Umständen.

Wie er das meine, fragte ich verzagt.

Nun ja, die Politik der Gesellschaft zur Förderung der Wissenschaften ziele darauf ab, grundsätzlich nur noch befristete Verträge abzuschließen. Er wolle sich diesem Ansinnen nicht verschließen, denn auch er halte dafür, dass die Wissenschaft besser gedeihe, wenn das Personal fluktuiere. Unbefristete Verträge produzierten meist zu viel Sicherheit, das sei kontraproduktiv. Andererseits wisse er, dass Sicherheit im Leben des Menschen von elementarer Bedeutung sei, aber die Forschung lebe nun mal von Fantasie und Ehrgeiz und dem Hunger der Forscher, und der käme abhanden, wenn zu viele Verträge unbefristet abgeschlossen würden. Dafür gäbe es mannigfache Beispiele. Ob es nicht so sei, wie er sage?

Ja, so ist es, bestätigte ich. *Aber wann sind es zu viele?*

Und er sagte, wenn mehr als die Hälfte der verfügbaren Stellen durch Dauervertrag blockiert werden. Es sei gut, wenn die Belegschaft wechselt. Ob das Prinzip auch in der Ehe gelten könne, fuhr es aus mir heraus. Befristete Eheverträge? Das sei eine ganz andere Angelegenheit, erwiderte er schroff. Himmerich hatte in dieser Beziehung eine konservative Einstellung, das mit der Ehe war nicht gut angekommen. Ich versuchte, die Angelegenheit auf den Ausgangspunkt zurückzuführen.

Das Problem ist vor allem, sagte ich, *dass die berufliche Unsicherheit ein fatales Feedback enthält; je unsicherer die vertragliche Position, umso schwerer für mich und alle in ähnlicher Situation, eine sichere zu finden. Und umso weniger erfolgreich ist die eigene Arbeit. Auch die Umkehrung gilt: Je sicherer die Position, umso leichter ist es, eine noch sicherere zu finden. Umso besser die wissenschaftliche Arbeit.*

Himmerich stimmte mir zu, kam aber schnell zu einem anderen Aspekt. *Es gibt einen wichtigen weiteren Punkt,* sagte er. *Ich verfüge über genau eine freie Position, und diese muss ich für jemanden reservieren, der sich in der Materie hervorragend auskennt und in kürzester Zeit die anstehenden wissenschaftlichen Fragen löst. Das wiederum kann ich von Ihnen nicht erwarten, nicht wahr?*

Ein Anruf unterbrach die Aussprache. Ich musste rausgehen und durfte nach zehn Minuten wieder rein. Himmerich präzisierte: *Ich brauche die einzige noch freie Position also für einen hervorragenden Wissenschaftler mit Erfahrung. Dem kann ich nicht mit einer befristeten Stelle kommen.*

Das war es also. Er war auf der Suche nach einem geeigneten Kandidaten gewesen, und da er nicht fündig geworden war, hatte er mich sozusagen als Lückenbüßer eingesetzt. Dann war alles andere, vor allem das mit der realen Chance, nicht ernst gemeint, dahingesagt, wie man eben oft etwas dahinsagt, ohne selbst daran zu glauben. Ich hatte mich täuschen lassen, ein Jahr umsonst angestrengt. Ich war ganz offensichtlich reingefallen. Alle werden es geahnt und mich insgeheim bedauert oder sich über mich lustig gemacht haben, dass ich an diese Chance, eine reale zumal, im tiefsten Innern geglaubt hatte.

Darf ich fragen, ob Sie inzwischen den geeigneten Mitarbeiter gefunden haben?

Fündig geworden bin ich noch immer nicht, es soll wohlüberlegt sein, sagte Himmerich nachsichtig. *Es be-*

steht auch keine Eile; ich werde nichts überstürzen. Lassen Sie mich in Kürze die aktuelle Situation skizzieren, die Ihnen im Übrigen auch nicht unbekannt sein dürfte. Man favorisiert seit einiger Zeit die großen Computermodelle, die machen auf den Tagungen Furore, die kleinen Modelle, die nur das Prinzip, aber nicht das Detail wiedergeben, womit, wie Sie wissen, ich mir einen Namen gemacht habe, solche Modelle sind jetzt nicht mehr die erste Wahl. Ich brauche also jemanden, der große Modelle auf großen Rechnern bewegen kann. Sonst gerät das Institut in Gefahr, sein Ansehen zu beschädigen, seine führende Position weltweit zu verlieren, am Ende sogar geschlossen zu werden.

Himmerich rutschte auf dem Stuhl hin und her. Auch er hatte mit einer gewissen Unruhe zu kämpfen. Die Situation war ihm nicht vertraut. Personalführung war nicht seine Stärke. Ein herausragender Wissenschaftler und ein guter Personalchef in einem, das wäre neu, davon hatte ich noch nicht gehört.

Also das mit der Schließung, soviel weiß auch ich, das braucht lange und wird meist nur dann in die Wege geleitet, wenn der Direktor ausscheidet. Aber Sie haben doch noch einiges vor sich, diese Sorge sollten Sie nicht mit meiner beruflichen Zukunft verknüpfen, das geht in die falsche Richtung, sagte ich. Himmerich schien in Gedanken schon mit etwas anderem beschäftigt zu sein, jetzt muss es raus, dachte ich und sagte: *Ihre Entscheidung lautet also nein?* Ich sah ihn an in der Hoffnung, dass er im letzten Augenblick doch noch ein Ja über die Lippen brächte."

„Du hast ihm also das Nein in den Mund gelegt, in der Absicht, damit ein Ja zu provozieren? Das verstehe, wer kann."

„Daraus kannst du ersehen, in welch verzweifelte Lage ich geraten war. Das Nein war ja bereits auf seiner Zunge, er hatte es in seiner Einleitung implizit bereits angesprochen. Ich habe ihn letztlich nur genötigt, es auch auszusprechen. Habe ihn damit entlastet."

„War das deine Absicht?"

„Ich weiß es nicht, kann sein, kann auch nicht sein. Die Psychologie der Angelegenheit war verzwickt. Er hatte Mühe, mir die Absage ins Gesicht zu sagen; vielleicht tat es ihm sogar leid, denn er war mir ansonsten wohlgesonnen."

„Wenn ich dich richtig verstehe, hatte er mit deiner Einstellung nichts andres im Sinn, als dir eine zweijährige Atempause zu gönnen. Dagegen lässt sich ja wohl nichts sagen. Im Gegenteil, diese Haltung ehrt ihn. Was man ihm vorwerfen kann, ist einzig und allein die Tatsache, dass er dir nicht von Anfang an reinen Wein eingeschenkt hat. So hielt er deine Motivation hoch, riskierte damit aber deine Enttäuschung, dass du mit seiner Erklärung tief fallen würdest."

„So sieht man es, wenn man nicht betroffen ist."

„Genau, aber ist das nicht auch Teil unseres Vorhabens? Das Ereignis von innen, zugleich aber auch von außen zu sehen? Das Subjektive gegen das Objektive zu halten?"

„So wird ein Schuh daraus."

„Dann kannst du ja fortfahren, ich bin jetzt erst mal still."

Richtig, sagte Himmerich, *das Nein ist richtig. Ich kann Sie nicht auf Dauer beschäftigen. Lassen Sie mich noch etwas hinzufügen, was Ihnen auf Ihrem weiteren beruflichen Weg von Nutzen sein könnte. Ich erwarte von meinen Mitarbeitern, dass sie mehr als hundert Prozent ih-*

rer Arbeitskraft einbringen. Mit Leuten, die nur mit halbem Herzen bei der Sache sind, mit solchen Leuten ist mir nicht gedient. Ich erwarte Geschick und Fleiß, vor allem Leidenschaft von meinen Mitarbeitern. Ich erwarte, dass sie alle ihre Kräfte, wirklich alle, für die Forschung einsetzen. Um ehrlich zu sein: Ich habe den Eindruck, dass Ihnen diese unbedingte Leidenschaft fehlt.

Himmerich pausierte einen Augenblick, griff nach einem Sonderdruck, überflog die erste Seite, legte ihn zurück auf einen Stapel, der Ungelesenes enthielt und so hoch war, dass man Himmerich dahinter nur erahnen konnte. Er hielt es vermutlich für reine Zeitverschwendung, die Artikel der Kollegen zu lesen, das nahm ihm die Zeit, die er für die eigene Forschung brauchte. Deshalb wohl zitierte er nur widerwillig andere Autoren, was zur Folge hatte, dass der Umfang der Literatur, die er am Ende seiner Artikel pflichtgemäß einfügte, regelmäßig ungewöhnlich schmal ausfiel, und das war das Einzige, das bei der Begutachtung kritisiert wurde, dass er nämlich versäumt hatte, diesen und jenen verdienten Autor zu erwähnen, wobei wohl nicht selten der kritisierende Gutachter sich selbst gemeint hatte.

Bei der Auswahl meiner Mitarbeiter berücksichtige ich auch folgende Aspekte, erläuterte er, *sie liegen mir ganz besonders am Herzen: Ich muss den Eindruck haben, dass meine Mitarbeiter gesuchte Leute sind, gute Aussichten haben, an andere Institute oder Universitäten berufen zu werden. An meinem Institut herrscht Fluktuation. Hier wird man fit gemacht, um später selbst eine Gruppe leiten zu können, nicht um hier zu überwintern. Sie waren fleißig und haben gute Ergebnisse erzielt, aber ich bin im Zweifel, ob Sie, auch aufgrund der Tatsache, dass sie neu in diesem Gebiet sind, anderweitig erfolgreich sein werden.*

Nur zu, dachte ich, ich bin auf alles gefasst. Viel schlimmer kann es ja kaum noch werden. Er betonte, es gäbe neben den intellektuellen Voraussetzungen auch charakterliche, damit aus der Karriere etwas werde. Und er wurde noch deutlicher.

Fabian, Sie machen mir den Eindruck, dass Sie nicht robust genug sind für dieses Geschäft. Sie müssen weniger schmeichelhafte Bewertungen hinnehmen können, ohne sich davon beeindrucken zu lassen. Sie müssen sich Vorteile verschaffen und sich zu den wichtigen Leuten stellen. Sie müssen umgänglich sein, dürfen keine Probleme mit sich selbst haben. Das auf gar keinen Fall. Die gehen immer auf Kosten des klaren Verstandes und der Leistungsfähigkeit. Dann sind Sie abgelenkt und neigen zur Instabilität. Also zusammengefasst, bei dem einen oder anderen Punkt hatte ich den Eindruck, dass Sie nicht ganz den charakterlichen Anforderungen entsprechen, die erfüllt sein müssen, damit Sie weiterkommen. Denn für Ihr Weiterkommen müssen Sie selbst sorgen, darum kann ich mich nicht auch noch kümmern. In dieser Hinsicht bin ich mit meinen Kindern ausgelastet.

Er hatte wenig Zeit für seine Familie, die Forschung nahm ihn in Besitz. Aber er hatte den Punkt getroffen. War ich der Wissenschaft bedingungslos ergeben? Nein. Im Gegenteil, ich war sogar stolz darauf, dass ich Abstand halten konnte. Es gab zu viele andere interessante Dinge, die meine Aufmerksamkeit erregten. Ich war nicht bereit, der Wissenschaft zuliebe alles andere, was das Leben bietet, zu vernachlässigen. Und war ich robust genug, um mir Anerkennung in der Forschung zu verschaffen und meinen Rang, unter Mühen errungen, gegen die Konkurrenz zu verteidigen? Nein. Haben Sie das erforderliche Talent, hatte der Schuldirektor gesagt. Nur dann dürfen Sie sich dem Studium der Naturwissenschaften widmen, hatte er nachgeschoben. Kleines Talent und sie trotzdem studiert, sagte ich mir. Himmerich hatte es so nicht gesagt, aber es vermutlich so gemeint. Ich musste ihm recht geben. Er hatte aus seiner Perspektive wahrscheinlich die richtige Wahl getroffen. Er hatte vor, sein Institut weltweit an die Spitze zu setzen. Dazu hätte ich womöglich nicht viel beitragen können. Jedenfalls nicht in der von ihm eingeräumten Zeitspanne. Ich hätte sie alle enttäuscht, ihn, mich und die Kollegen. Es wäre ein Desaster geworden. Himmerich hatte mit seiner Entscheidung ein Desaster vermieden."

„So schlimm wird es wohl nun auch wieder nicht gewesen sein", warf Luise ein.

„Ausschließen wollte ich es jedenfalls nicht."

„Mir scheint, dass die psychologische Situation für dich weitaus schwieriger war als die fachliche Seite. Arbeiten unter der Bedingung permanenter Bewährung hat dein Leistungsvermögen vermutlich stark eingeschränkt."

„Manchmal habe ich auch so gedacht; andererseits habe ich in der kurzen Zeit keine schlechte Arbeit gemacht. Das hatte auch Himmerich anerkannt."

„Na also!"

„Aber das reichte nicht. Damit konnte ich keine große Aufmerksamkeit erringen. Er hatte mir eine Aufgabe gestellt, sodass ich etwas zu tun hatte und mich in die Thematik reinfinden konnte, aber sonderlich interessiert war er nicht an den Ergebnissen."

„Womit hattest du dich beschäftigt?", fragte Luise. Sie hatte keine Ahnung von der Materie und war gespannt, ob sie mit seiner Erläuterung etwas anfangen könnte.

„Ich hatte ein Modell entworfen und programmiert, das das globale Klima in einfacher Form simulierte. Auf Vorschlag von Himmerich den Wasserzyklus aus Niederschlag und Verdunstung berücksichtigt und in einfacher Form ins Modell eingebracht. Das gab es in dieser Form noch nicht. Die Frage war, ob dadurch Warm- und Eiszeiten simuliert werden können. Die Resultate zeigten nichts Aufsehenerregendes. Eiszeiten konnten daraus nicht abgeleitet werden. Der Wasserzyklus hatte keine weiteren Zustände hervorgebracht. Es gab weder den erhofften Sprung von warm nach kalt noch den von kalt auf warm. Wäre etwas Neues herausgekommen, etwas die Fachwelt Erregendes, wären Einladungen zu Kongressen und Tagungen die Folge gewesen, wäre mein Marktwert sprunghaft gestiegen und ich hätte womöglich die Stelle bekommen."

„Aber dass nicht mehr rausgekommen ist, war nicht deine Schuld, das Thema war schlecht gewählt, wenn ich dich richtig verstanden habe", sagte Luise.

„Es war nicht mal schlecht gewählt, als Einstieg geradezu ideal. Es kam ja auch was heraus, aber es machte keinen Eindruck. So ist das eben in der Forschung; du kannst alles richtig machen, aber wenn die Ergebnisse nichts Neues zeigen, hast du Pech gehabt; die Arbeit war umsonst und könnte nicht mal für eine Doktorarbeit durchgehen."

„Was für seltsame Verhältnisse beherrschen die Wissenschaft", bedauerte Luise, „dort herrscht, wenn ich dich richtig verstehe, ein Konkurrenzkampf ohne Gnade?"

„Du verstehst mich richtig. Es geht nicht um Gnade, sondern um Erfolg."

„Aber lassen wir uns davon nicht aufhalten. Du hast noch einiges zu erzählen, das nicht mit Wissenschaft zusammenhängt, vermute ich", sagte Luise.

„So ist es. Aber es fehlt noch ein kleines bisschen, bevor ich zum Eigentlichen zurückkomme."

Er legte die Beine aufs Bett, wechselte vom Sitzen ins

Liegen. Stützte den Kopf auf die linke Hand.

„Aber ich solle den Kopf nicht hängen lassen, so hatte Himmerich die Unterhaltung fortgesetzt, er sehe gute Chancen für mich in einem benachbarten Institut, das sich im Aufbau befinde, wo das Programm erst noch gefunden werden müsse und meine wissenschaftliche Allgemeinbildung von Vorteil sein würde. Bevor er es vergesse: Ihm läge daran, dass ich ihn verstehe, seine Entscheidung habe ihm so manche schlaflose Nacht beschert.

Also schlaflose Nächte. Hätte Himmerich die nicht für sich behalten können? Wer kümmerte sich um meine schlaflosen Nächte? Wie lauten die gleichlautenden Antworten der Personalchefs der großen Industrie? Nach eingehender Prüfung Ihrer Bewerbungsunterlagen müssen wir Ihnen leider mitteilen, dass wir Ihnen eine Ihrer Qualifikation angemessene Stellung nicht anbieten können. Wir bitten um Ihr Verständnis. Besser hätte es geheißen: Wir bitten um Ihr Unverständnis. Das Merkwürdige: Nur in diesem einen Fall, vermutlich Himmerich zuliebe, war ich bereit, das erbetene Verständnis aufzubringen. Ich hätte, wie schon mehrfach angedeutet, an Himmerichs Stelle vermutlich nicht anders entschieden.“

Feuerbach vergegenwärtigte sich seine vergebliche Hoffnung, die unnötig verausgabte intellektuelle Energie und die Erklärung von Professor Himmerich. Von all dem konnte er sich trennen. Die belasteten jetzt nicht mehr. Richtiger: nicht mehr so sehr. Er warf einen Blick auf Luise. Ihre Augen waren geschlossen, war sie womöglich doch eingeschlafen?

„Luise, bist du noch bei mir?“, fragt er unschlüssig.

„Das bin ich, was hattest du gedacht?“

„Das Gegenteil. Aber wenn du noch wach bist, kann

ich ohne Reue weitererzählen." Und Fabian erzählte, was sich vor der Brücke ereignet hatte.

„Der Weg wurde flach. Es war nicht mehr weit bis zur Brücke, die auf die andere Seite des Bachbetts führt. Hier wuchsen neben den Fichten auch Lärchen von beeindruckender Größe. Diese schönen, großen Bäume gedeihen selbst in Kälte und Wind und sind für mich Ausdruck von Eigensinn und Stärke. Sie stehen je höher, umso isolierter und sind dann den Naturgewalten, Sturm und Blitz ausgeliefert. Meist wachsen sie in dieser Höhe nicht gerade, sondern sind geneigt oder gekrümmt, was nicht mit Unterwürfigkeit verwechselt werden sollte. Es ist eine reine Überlebensstrategie. In diesen Höhen wäre der durchgehend gerade Wuchs ein gefundenes Fressen für Blitz und Sturm.

Der Wald wich einem etwa zweihundert Meter breiten, nach Nordwest abfallenden Hang. Miriam öffnete ihren Rucksack und nahm ein Stück Brot heraus. Sie aß langsam und schaute mich dabei an. Ich bildete mir ein, dass sie mich anlächelte. Ist sie wieder versöhnt mit mir? Ich wollte ihre Hand greifen, die so ganz ungewöhnlich weiche, zarte Hand, aber ich nahm sie nicht. Ich wollte ihr sagen, dass sie so gut gestiegen sei, aber ich sagte es ihr nicht. Ich wollte ihr sagen, dass wir wieder gut miteinander sein sollten. Ich weiß nicht, warum ich ihr das alles nicht sagte. Ich weiß es übrigens noch heute nicht.

Ich sah sie an. Die Sonnenbräune stand ihr gut, fand ich. Anfänglich mochte ich ihr Gesicht nicht sonderlich. Ich mag weiche Gesichtsformen, die den Eindruck des Ineinanderfließens vermitteln. Ihre waren das Gegenteil, eher hart, voneinander abgesetzt, man könnte wohl sagen etwas eckig. Markant, um es positiver auszudrücken. Ein Gesicht zum Gewöhnen. Ihr Lachen gefiel mir. Wenn sie lachte, und das tat sie oft, obwohl sie keine fröhliche Person war, schien es mir, als würde sich die Farbe ihrer Augen ändern, von einem grauen Blau in ein grünes Blau. Das war mein Eindruck, aber ich war nicht sicher, ob das nicht eine Sinnestäuschung war. Auch hier hatte sie eine feste Meinung. Wenn ich das so sähe, sei es völlig belanglos, ob das auch die anderen so sähen; wichtig sei ihr, dass ich es so sähe, und im Übrigen würde ihr die kleine Schmeichelei gefallen. Sie meinte damit die von mir beobachtete Änderung der Farbe ihrer Augen. Auch erklärte sie wiederholt, dass es ihr unwichtig sei, irgendwelchen Schönheitsidealen zu entsprechen. *Es genügt*, sagte sie, *wenn ich mich selbst leiden mag. Und das tu ich. Und es ist mir wichtig*, sagte sie, *dass ich dir gefalle, so wie ich bin.*

Recht hast du, rief ich hinüber.

Was sagst du, rief Miriam zurück.

Ich meine, du hast recht, wie du zu dir selbst stehst.

Wie meinst du das? Wie kommst du jetzt darauf?

Weiß ich auch nicht. Ich habe dein Gesicht betrachtet und mir meine Gedanken dazu gemacht.

Die kenne ich, ich weiß, ich bin nicht dein Typ.

Das wollte ich eigentlich nicht sagen. Dachte eher das Gegenteil von dem, was du grad gesagt hast.

Wie kommt es zu diesem Sinneswandel?

Muss am Schnee liegen, er setzt alles in ein neues Licht.

Stimmt, auch du gefällst mir im Schnee besser als im Wasser, sagte Miriam.

Wie kommst du jetzt auf Wasser?

Wir könnten uns ja vorstellen, all der Schnee würde plötzlich zu Wasser, dann würdest du eine eher unglückliche Figur machen.

Aber wie das? Wenn wir in den von uns gleicherma-

ßen geliebten Seen baden, habe ich dann eine schlechte Figur gemacht? War ich womöglich unansehnlich? War ich zu dick, zu dünn, zu weiß, zu braun, zu schlapp, zu unbeholfen, nicht Manns genug? Das hättest du mir sagen sollen!

Um es kurz zu machen: Du warst ein Adonis.

Na also, sagte ich.

Ich sah den Hang hinunter. Das üppig wuchernde Erlengebüsch war mit Schnee zugedeckt, das Rauschen des Bachs im Eis eingefroren. Eine Masse an Kaltluft hatte sich mit dem Beginn des Frühlings über den Alpen etabliert und der Gegend einen späten Winter beschert, nichts Ungewöhnliches, alle paar Jahre wiederholt sich das. Ich sah links hinauf. Der Waldrand war beschädigt, einige der hohen Fichten waren zersplittert, umgestürzt, ausgerissen oder abgebrochen. Das musste die Druckwelle der Lawine gewesen sein, die in den Wald hineingefahren und ihn dann umgeworfen hatte. Ein Teil der Lawine war über die Brücke geschossen und dann im Bach ausgelaufen. Solch ein Schnee ist fast so dicht gepackt wie Beton. Es kann Ende Juli werden, bis er abgeschmolzen ist. Vor dieser Lawine hatte der Schafhirt gewarnt. Somit wäre dieses Problem aus der Welt. Aber wer garantiert, dass nicht eine weitere kommen kann?

Der Weg zur Brücke war schräg mit Schnee aufgefüllt. Weg und Hang waren nicht mehr zu unterscheiden. Der vertraute Hang mit all seinen Unregelmäßigkeiten war in eine gleichmäßig abfallende Schräge gesetzt. Am Himmel stand eine hohe, helle Bewölkung. Dazwischen einige durchlässige Stellen. Kein Wind. Ein paar dünne, sehr kalte Schneeflocken setzten sich mir ins Gesicht." Fabian nahm einen großen Schluck Wasser, warf wiederum einen Blick hinüber zu Luise, sah sie wach, erwartungsvoll, was ihn motivierte, weiter zu machen.

„Das mit Schnee zugedeckte Terrain erschien mir frisch und neu, so als hätte ich es noch nicht gesehen, es lenkte mich ab, die unglückliche Geschichte mit Himmerich verschwand im Schnee sozusagen, war wie weg, doch es dauerte nicht lange, da war sie wieder präsent, die allgemeine Niedergeschlagenheit wollte nicht weichen, sie ließ sich nicht abschütteln. Offenbar hatte mich Himmerichs Absage stärker verletzt, als ich zunächst geglaubt hatte. Ich sah mich in eine ziemlich hoffnungslose Situation gestoßen. Was konnte ich tun? Wo würde ich eine Arbeit finden? Der Gedanke an eine mögliche Arbeitslosigkeit war gespenstisch. Ein Albtraum, von der öffentlichen Wohlfahrt abzuhängen. Auf Arbeitsangebote zu reagieren, die nicht passten. Auf Angebote zu warten, die nicht kommen wollten. Den mitleidigen Blicken der Arbeitsvermittlerinnen standzuhalten. Oh nein, nur das nicht, sagte ich, ganz Abwehr. Miriam fand die Situation weniger schlimm. Sie hatte alles daran gesetzt, mir über die Niederlage hinwegzuhelfen.

Du wirst es schon schaffen, hatte sie gesagt, *ich weiß nur nicht, wann genau. Irgendwann findest du den Ausweg oder besser den Weg, der zum Erfolg führt, davon bin ich fest überzeugt.*

Glaubst du das wirklich, hatte ich gefragt, neue Hoffnung schöpfend.

Ja, du bist stark genug, um das durchzustehen. Vertrau auf deine Fähigkeiten, so riet sie, *und versuch, die Enttäuschung nicht zu nah an dich rankommen zu lassen. Achte nur auf dich selbst, vergleiche dich nicht, beneide nicht, das alles schwächt das Selbstbewusstsein. Du hast eben deine Position noch nicht gefunden. Das geht anderen nicht anders. Du wirst deine Aufgabe finden, da bin ich sicher. Es kommt die Zeit, wo du ein klares Ziel vor Augen haben und es erreichen wirst. Glaub an dich!*

Ich vertraute und glaubte ihr, aber folgte ich ihrem Rat und glaubte auch an mich? Sie meinte es gut mit mir. Ich wusste, was ich an ihr hatte. Es war die Geborgenheit, die sie mir schenkte. Diese trägt weiter als die Liebe, versicherte ich mir ein ums andere Mal, wenn ich ihrer überdrüssig zu werden drohte."

„Das will ich jetzt nicht kommentieren. Was mich in diesem Zusammenhang interessieren würde", sagte Luise, „vielleicht hast du's mir auch schon gesagt, dann sag es mir noch mal: Was hat dich bewogen, dich in dieser Berghütte zu verstecken? Ich meine, es ging doch darum, diese Hütte zu erreichen. Dort wolltest du, wenn ich es richtig verstehe, deine Position in der Welt finden. War das nicht ein bisschen gewagt, auf eine abgelegene Berghütte zu setzen, so schön sie auch gewesen sein mochte?"

„Natürlich, der Einwand liegt auf der Hand, und er ist mir bekannt. Ein echtes Verstecken war es nun auch wieder nicht, also damit kann ich mich nicht einverstanden erklären. Denn wenn ich dort war, dann immer nur für eine Woche, maximal zwei. Das zwei- bis dreimal im Jahr. Andererseits, wenn ich es recht bedenke, könnte man schon von einer Art Verstecken sprechen. Wenn du von allem genug hast, dich der Zorn über die eigene Machtlosigkeit beherrscht und der Ärger über Dilettanten, Aspiranten, Intriganten, Simulanten und Spekulanten überhand nimmt, ist es unter Umständen geraten, zu verschwinden. Du gehst einfach weg, an einen Ort, den nur du kennst. Du willst niemanden sehen noch hören, also auch von niemandem gesehen und gehört werden. Noch gefunden werden. Ich wollte mich auf ganz elementare, simple, körperbetonte Tätigkeiten beschränken, zum Beispiel für eine warme Hütte sorgen. Nichts anderes tun als Holz beschaffen, sägen und spalten. Genau so habe ich es gemacht. Es war eine Phase. Der Einstieg in eine andere Umgebung, in ein anderes Bewusstsein. Was ich wollte, war mir nur in Umrissen klar. Vielleicht dachte ich, wenn ich mich nur genügend lange versteckt hielt, würde die große Erleuchtung kommen, würde ich mit einem Plan im Kopf zurückkommen und die Zukunft meistern. Aber das klappte nicht. Deshalb habe ich ein ums andere Mal die Berghütte aufgesucht. Das Resultat war immer dasselbe. Ich fand die Lösung nicht."

„Machst du weiter?", sagte Luise. „Ich glaube, ich habe verstanden, was dich bewegt hat." Erneut spürte sie schmerzhaft die Müdigkeit, der sie nicht mehr lange würde widerstehen können. Zusätzlich drückte der Magen, der Magen war ihr empfindliches Organ, das meist dann drückte, wenn die Situation unbehaglich war und viel oder zu viel Anteilnahme erheischte.

„Ich mache weiter", sagte Fabian und musste überlegen. Wie ging es weiter?

„Also so ganz genau weiß ich nicht, was dann geschah, deshalb kann es sein, dass ich das Geschehen nur ungenau rekonstruiere. Obwohl eine präzise Darstellung für das Folgende essenziell ist. Ich fragte mich, wo gehen wir? Wie gehen wir? Schön weit auseinander oder dicht beieinander? Ich habe die Angewohnheit, mich in unsicheren Verhältnissen gern unter den schützenden Schirm einer gemeinsam getragenen Entscheidung zu flüchten; das teilt die Verantwortung und mindert die Besorgnis vor den Folgen von Fehlentscheidungen. Ich fühlte mich nicht wohl. Die Lawine da vorn können wir wohl überwinden, aber wenn wir dem Weg folgen und oben aus dem Wald heraustreten, kann alles Mögliche passieren. Das waren meine Selbstgespräche. Das wollte ich nicht laut sagen, sondern vielmehr den Eindruck aufrechterhalten, dass ich Herr der Lage war. Und laut, sodass Miriam es hören konnte: *Es hat viel geschneit, viel mehr als ich dachte, und der Schnee liegt locker und tief, wie du selbst siehst. Wir dürfen den Bach nicht queren, wir müssen hier links am Waldrand emporsteigen und dürfen die Gegenseite nicht aus den Augen verlieren.*

Was kann passieren?

Es kann eine Menge Schnee den Berg runterkommen.

Miriam machte eine Bewegung, als würde sie die Möglichkeit des sich bewegenden Schnees erschrecken. Fing sich aber gleich wieder. Sie hatte Einwände.

Wenn wir vom normalen Weg abweichen, wird das anstrengend, das weißt du vom letzten Jahr.

Wo ist der Weg? Er hat sich unsichtbar gemacht, sagte ich.

Aber wir wissen, wo er entlangführt, auch wenn wir ihn nicht sehen. Lass uns den normalen Weg nehmen, so wie damals mit den Kindern, sagte sie."

„Die Kinder?", unterbrach Luise.

„Ja, die Kinder. Miriam hatte zwei Töchter, Lydia, die jüngere, und Lore, die ältere. Ich glaube, es war ein Abstand von drei Jahren zwischen den beiden. Es war zum Jahreswechsel, ich wollte alle drei, also Miriam und die beiden Töchter, mit auf die Berghütte nehmen. Ich versuchte, ihnen das schmackhaft zu machen: Kinder, das ist mal etwas ganz anderes! Das habt ihr noch nicht erlebt, Weihnachten in einer tief verschneiten Berghütte. Mit Lydia würde es schon gut gehen, so hatte ich angenommen, aber wie würde sich Lore verhalten? Ich musste mit ihrem Widerstand rechnen, wenn es anstrengend werden würde. Nichts davon bewahrheitete sich. Die beiden gingen den Berg wohlgemut hinauf.

Du siehst Lore eben nicht richtig, hatte Miriam kommentiert. *Du konzentrierst alle Zuneigung auf Lydia, so bleibt für Lore nichts übrig. Du bist ziemlich ungerecht. Lores Verhalten dir gegenüber ist natürlich lediglich eine Reaktion auf dein Verhalten. Ich würde an ihrer Stelle nicht anders reagieren. Versuch es doch mal andersherum. Widme dich Lore mit der Intensität, die du Lydia angedeihen lässt. Du wirst dich wundern, wie reichhaltig sie ist; es gibt so vieles in ihr, wovon du nicht die leiseste Ahnung hast. Tue es, wenn's dir schon schwerfällt, wenigstens mir zuliebe.*

Ich hatte es versucht, wenn auch nicht Miriam zuliebe. Ich hatte nicht sehr lange durchgehalten. Es war nun mal Lydia, die mich, so jung sie war, begeisterte. Als ich ihr zum ersten Mal begegnete, war sie kaum neunjährig. Sie ging auf mich zu und stellte sich vor: Ich heiße Lydia, und wer bist du? Ihre Augen leuchteten, ich glaubte, sie sogar im Dunkel leuchten zu sehen. Die Farbe war blau, mit etwas Grün darin, ich verbürge mich für das Grün, das so viele Mädchen für sich reklamieren, aber bei nur wenigen tatsächlich vorhanden ist. Lydia war eine von den wenigen. Ich war hingerissen.

Lydia verstand ihr freundliches Lachen als Einladung: Komm und bleib bei uns, wir sind eine Familie, wir haben einen freien Platz, du brauchst nur einzutreten, alles ist bereits angerichtet. Lydia befeuerte meinen Entschluss, es tatsächlich zu versuchen. Und schon glaubte ich, auf eigene Kinder verzichten zu können und diese dafür anzunehmen.

Ganz so einfach war es allerdings nicht. Lore, die ältere, war zurückhaltend, saß abseits in der Ecke des Zimmers, kaute an einer riesigen grünen Gurke und würdigte mich keines Blickes. Und Lydia war hin- und hergerissen zwischen ihrem geliebten Vater und mir. Sie erinnerte sich reuevoll an ihn, wenn sie mir näherkam; schreckte dann zurück, aus Furcht, dem Vater untreu zu werden. Das erzeugte ständige Oszillationen, ein Hin und Her zwischen dem Vater und mir, das der Vater mit einer stillen Genugtuung verfolgte. Als Lydia älter wurde und den üblichen Weg ging, sich für Jungen interessierte, Discos besuchte und die Schule und andere Pflichten vernachlässigte, ordentlich an Gewicht zulegte und es mit ihrem Äußeren übertrieb, entwickelte sich zunehmend ein distanzierteres Verhältnis zwischen ihr und mir. Ihr unwiderstehlicher Charme hatte sich verflüchtigt. Im Gegenzug entwickelte sich die Beziehung zu Lore. Je mehr sich Lydia von mir entfernte, umso besser ging es mit Lore."

„Ich denke, es gab eine Vielzahl von interessanten Anknüpfungen, Verwicklungen und Konflikten, als du Mitglied dieser Familie wurdest", sagte Luise. „Eine Fundgrube für die Familienpsychologen."

„So war es, und wir haben oft darüber geredet, Miriam und ich. Die Therapeuten haben wir aber nicht besucht, das nur nebenbei", sagte Fabian. „Zurück zum Weg. Ich war beim Weg? Welchen nehmen wir, war die Frage. Ich war unschlüssig. Konnte mich nicht entscheiden. *Der normale Weg ist einfacher, aber auch unsicherer,* sagte ich.

Dann nehmen wir eben den anderen. Wenn es zu anstrengend wird, pausiere ich ganz einfach. Du gehst vorweg, sagte sie. War nicht so bestimmt wie sonst. Auch eher überrascht von der Unwegsamkeit des Geländes. Auch sie hatte es ganz anders in Erinnerung. Als alles grün und übersichtlich gewesen war.

Die Ski versanken im Schnee, das Steigen war schwierig, der Schnee rutschte weg und der Rucksack drückte schwer. Alles auf einmal. Sinnlos. So ging es also nicht. Miriam würde den Hang niemals schaffen. Und es war höchst unsicher, ob ich damit zurechtkommen würde. Ich rutschte die paar Meter zurück nach unten zum Ausgangspunkt. Abbrechen und umkehren? Es war nicht mehr weit bis zur Hütte. Damals, mit den Mädchen, gab es minus zehn Grad. Der Atem kondensierte, das Zeug, vom Aufstieg feucht, war schnell am Tisch festgefroren. Und es hatte lange gedauert, bis der Ofen wärmte. Aber welches Glück, als er dann wärmte. Wird diesmal nicht viel anders sein. Vier, fünf Grad minus werden uns im Haus erwarten. Im Wasserschlauch wird das Eis sitzen, wir werden aus dem Bach schöpfen müssen. Wir werden allein sein, das ist absolut sicher, ich freue mich darauf, und ich weiß, dass auch Miriam sich darauf freut. Es ist schön, mit ihr dort zu sein, und es geht dort besser mit uns als am gewohnten Ort, wo wir arbeiten und wo alles ganz anders ist als hier. Vielleicht ist es die Abgeschiedenheit, die uns zugänglich macht, dachte ich. Die Schneeschaufel habe ich hinter dem Holzschuppen versteckt, wir werden sie brauchen, um den Eingang freizulegen. Als wir mit den Kindern oben waren, hatte in der

Zwischenzeit jemand die Tür zu öffnen versucht, war am Türschloss gescheitert und hatte als freundliche Erinnerung ein Stück Holz im Schloss zurückgelassen. Und wir hatten kein Werkzeug, um den Fremdkörper zu entfernen. Oder doch. Der Schraubenzieher am Taschenmesser war damals die Rettung. Ich fühlte in der Tasche nach dem Messer, fand es nicht. Ich streifte den Rucksack ab, wühlte in der äußeren Tasche, bis ich die Umrisse des Messers fühlte. Erleichterung.

Also gut, nehmen wir den normalen Weg, hier wird es nicht gehen, der Schnee ist zu tief, wir würden den Schnee in Bewegung setzen, das sollten wir besser vermeiden, sagte ich.

Ich musste mir Mut zusprechen. Ich fühlte Angst, die ich vertreiben wollte. Damit bloß Miriam nichts davon merkt. Bin ziemlich ratlos, weil ich nicht weiß, wie ich der Angst ausweichen soll. Werde sie nicht los. Sie drückt, zwingt, fesselt. Ich spreche nicht darüber. Spreche ungern, wenn ich Angst verspüre. Gebe auch ungern zu, wenn sie mich überfällt. Außerdem ist mein Mund in solchen Augenblicken trocken. Die Wörter kommen dann nur gedruckst heraus. Man kann es an der Stimme erkennen, wenn jemand Angst hat. An den Augen, den Handbewegungen. Vor allem aber an der Stimme. Miriam würde es heraushören. Nimm dich zusammen! Am besten, wir schaffen die Situation schnell aus der Welt. Gehen einfach los. Nicht umdrehen, nicht nach rechts oder links spähen, einfach nur geradeaus sehen.

Miriam drängte, auch sie wollte es hinter sich bringen. Sie hatte Angst vor der Dunkelheit. Aber die Sonne dachte noch nicht daran, unterzugehen; sie kam von allen Seiten und nötigte uns, die Sonnenbrille mit stärkerer Absorption aufzusetzen. Miriam hatte schlechte Erfahrungen mit der Dunkelheit gemacht, wenn sie auch sonst nicht viel fürchtete, aber das Dunkle, insbesondere das Dunkle in der Natur, machte ihr zu schaffen. Es war vor einem Jahr im Herbst gewesen, mondloser Himmel, kein Stern, der Himmel wie abgedichtet. Eine seltene Erscheinung, wenn die Dunkelheit wirklich dunkel ist. Dann ist sie absolut undurchdringlich. In solcher Situation kann man tatsächlich die Hand nicht vor den Augen sehen. Ich suchte die Taschenlampe, ging zurück zum Auto, fand den Weg nur, indem ich mich an den Bäumen entlangtastete. Fand meine Taschenlampe nicht. So mussten wir uns an den Händen halten und die Schritte mit großem Bedacht wählen. Sie fürchtete den Abgrund, ich nahm ihre Hand ganz fest, bemerkte zum x-ten Male, wie angenehm weich sie war, nicht ganz so warm, aber so weich wie sonst. Aber das half nicht, beruhigte sie nicht. Sie schien schreckliche Angst zu empfinden. Ihre Hände fingen an zu zittern, ich konnte sie kaum halten. Ich fühlte mich sicher, die Finsternis schreckte mich nicht. Im Gegenteil, es war ein großes Erlebnis. Es gab keinen Abgrund, den wir fürchten mussten, rechts der Hang, links die gleichmäßig geneigte Wiese. Vereinzelte Lärchen dazwischen. Es gab die Steine auf dem Weg, auf die zu achten war. Deshalb ging es auch nur sehr langsam bergan. Oben angekommen ließ sie die Milchkanne fallen. *Besser die Milchkanne als du,* versuchte ich zu scherzen. Das kam nicht gut an. Ich hätte die Kanne mit der kostbaren Milch tragen sollen, schrie sie in die Dunkelheit. Ich hatte beide Hände voll, ihre Hand in der einen, in der anderen die Tasche mit Werkzeug. Da hätte die Kanne nicht mehr reingepasst. Ihr Schrei war mit Angst gesättigt, nun, da er heraus war, würde sie erleichtert sein, dachte ich. Sie nannte mich einen rücksichtslosen und verständnislosen Ignoranten, aber als wir uns eingerichtet hatten in der Hütte und den ersten Schluck gut gekühlter und sahniger Milch von dem, was übrig geblieben war, genossen hatten, kam sie darauf zurück und sagte, die Angst sei vorbei und alles wieder im Lot. Ihre Furcht vor dem Dunklen hatte sie seitdem aber nicht mehr abgelegt. Ich glaube nicht, dass sie durch dieses Ereignis ausgelöst worden ist; vermutlich hat sie sich auch schon früher im Dunkeln geängstigt. Über ihre Ängste haben wir nie gesprochen. Denn sie war eigentlich kein ängstlicher Mensch."

Risiko, gefühlt

„Mir geht die vergangene Nacht nicht aus dem Kopf", sagte Luise.

„Es war schon gegen vier Uhr, als ich die Geschichte unterbrochen habe."

„Wirklich?" Sie schaute ihn mitleidig und ein bisschen ratlos an.

„Ja, du warst eingeschlafen, ich hatte den Eindruck, es war etwas zu viel, und mir selbst wollte ich das alles nicht erzählen", sagte Fabian. „Ich glaube, es ist besser, die Geschichte in kleinere Portionen aufzuteilen."

Worauf sie erwiderte: „Ich habe über die Frage aller Fragen nachgedacht: Konnte das Unglück verhindert werden? Hatte es sich angekündigt? Gab es Hinweise, die du übersehen hast? Hast du richtig gehandelt? Ich habe keine Antwort gefunden. Vielleicht kannst du mir dabei helfen. Stichwort Angst. Ja wenn wir, damit meine ich euch und mich und überhaupt alle, nur unsere Ängste richtig lesen könnten, dann würden wir einhalten und möglicherweise von Vorhaben ablassen, die zum Scheitern verurteilt sind."

„Richtig gehandelt? Einhalten? Ängste ernst nehmen? Luise...! Natürlich hätte es verhindert werden können, wenn wir nicht gegangen wären. Dazu gibt es viele Beispiele. Die Jugendlichen auf der Liebesparade in Duisburg vor ein paar Jahren wären nicht zertrampelt worden, wenn sie nicht hingegangen wären. Die beiden Golfspielerinnen wären vor einem Jahr nicht vom Blitz gespalten worden, wenn sie dem Golfplatz fern geblieben wären. Der Bär in den kanadischen Wäldern hätte die Läuferin nicht geschnappt, wenn sie in offenem Gelände geblieben wäre. Die Studentin wäre nicht ermordet worden, wenn der Flüchtling an der Grenze abgewiesen worden wäre. Zugunglücke, Schiffsuntergänge, Flugzeugabstürze, Vergewaltigungen – sie sind, trotz alledem, seltene Ereignisse, die niemand auf dem Schirm hat. Meist wird im Nachhinein eine Absicht, ein vorgezeichnetes Schicksal konstruiert. Das ist retrospektiver Determinismus. Dabei sind alle diese Ereignisse nichts anderes als zufällig und überdies ziemlich unwahrscheinlich, gehören zur Klasse der *Black Swans*. Schwarze Schwäne stehen metaphorisch für die Ausnahme, das nicht für Möglich gehaltene (obwohl sie zu Tausenden in Australien leben), denen Nassim Taleb ein ganzes Buch gewidmet hat." Feuerbach hielt einen Augenblick inne, rekapitulierte das Buch von Taleb, in dem der Autor nicht müde wird zu beweisen, dass die schwarzen Schwäne eben gerade nicht der Gaußschen Normalverteilung folgen. Dann aber über das Ziel hinausschießt, wenn er die Entdeckung des großen Gauß für unbrauchbar erklärt. Weil angeblich nichts normal ist in der statistischen Welt." Erklärte, eher unvermittelt:

„Die verschlungenen Wege des Zufalls, die machen das Schicksal." Und fuhr fort:

„Es gab eine etwas prekäre Schneelage, ja. Das war eine Warnung, die wir nicht ernst genommen haben, ja. Es gab die diffusen Ängste, ja. Wann muss man sie ernst nehmen, wann ignorieren? Dass wir an besagter Stelle den Schnee zum Rutschen brachten und sich dann der ganze mit Schnee beladene Hang in Bewegung setzen würde, kam überraschend. Wer hätte gedacht, dass an dieser Stelle, noch im Wald, die Natur so überreagiert? Das hatte auch die einheimischen Bergführer überrascht.

Und als das Unglück seinen Lauf nahm, was dann? Nur ich hätte sie retten können, jeder andere kam zu spät. Und ich konnte es nicht, wie du weißt. Ich war nicht vorbereitet, wusste nicht, wie ich mit solch einem Ereignis umgehen sollte."

„Also schließe ich, dass das Ereignis unvorhersehbar, dessen Folge nicht beherrschbar war. Dass Ereignisse dieser Art nicht datierbar, noch lokalisierbar sind. Ist es so?"

„So ist es."

Luise strich die Haut ihrer Arme glatt, die sich in angewinkelter Position gekräuselt hatte, Zeichen der Alterungsprozesse, die sich zuerst auf der Haut bemerkbar machen. „Und doch hättest du dich anders verhalten können. Umsichtiger. Sorgfältiger planen. Auch wenn die idyllische Umgebung inklusive Sonne, Schnee und Kaminfeuer nur für euch beide gemacht zu sein schien. Zu zweit in solch prächtiger Umgebung, wie verlockend. Die Hoffnung, dass – wenn auch nur für ein paar Tage – alles viel schöner und inniger ist, und manches wieder heilt, was in den Monaten davor schiefgegangen ist, wie nachvollziehbar! Aber ihr wart doch alt genug, um das Nächstliegende nicht zu vergessen: Das Risiko abschätzen."

„Wie geht das?", fragte Feuerbach. „Ich warte gespannt auf deine Lösung."

„Es ist nicht meine, und es ist vermutlich auch nicht *die* Lösung. Kennst du die Bücher von Gerd Gigerenzer? Kennst du eins, kennst du alle. Nein, das ist etwas zu beißend. Ich habe sein umfangreiches Buch, das er *Risiko* nennt, mit Gewinn gelesen. Gigerenzer kommt von der psychologischen Seite und beruft sich auf unsere Intuition als Entscheidungshilfe. Intuition basiert auf Erfahrungen, den eigenen und denen, die tradiert worden sind. Unsere Erfahrungen sind in unserer persönlichen Datenbank abgelegt. Daraus machen wir unsere ganz persönliche Statistik, sagt Gigerenzer. Ich vermute, dass sie von der offiziellen, wie etwa der vom Statistischen Bundesamt, in den meisten Punkten abweicht. Aus unserer persönlichen Statistik leiten wir unsere Faustformeln ab. Ich würde sie übrigens lieber Bauchformeln nennen, in Anlehnung an das wohlbekannte Bauchgefühl, das in etwa der Intuition gleichzusetzen ist. Entscheiden bedeutet dann, diese Datenbank zu befragen. Offizielles Zahlenwerk zurate zu ziehen, von dem man nicht weiß, wie es zustande gekommen ist, wie es interpretiert werden muss, ob es überhaupt verfügbar und zugänglich ist, würde nicht helfen. Eher nur verwirren."

Feuerbach: „Hört sich gut an, was du sagst. Das alles hast du bei Gigerenzer gelesen?"

„Zum größeren Teil habe ich das von Gigerenzer, zum kleineren Teil von meinem Bauchgefühl."

„Versuchen wir doch mal, unsere Risikodatenbank auszudrucken."

„Wie kommen die Daten in den Drucker?"

„Eben. Das weiß ich nicht."

„Die Geheimdienste würden Schlange stehen. Bräuchten dann nicht mehr zu foltern. Einfach nur das Gedächtnis mit dem Computer verbinden und schon geht es los. Hoffentlich steht genug Papier zur Verfügung."

„Mir ist das Ganze zu verwaschen, die Analogie zur modernen Datenverarbeitung etwas zu gezwungen. Natürlich können wir auch unser Gehirn auf eine Datenbank reduzieren. Aber was wäre damit gewonnen? Das Gehirn folgt allenfalls widerstrebend den Regeln der Datenbanken eines Informatikers."

Luise zögerte, suchte nach dem weisen Ausweg. „Wenn dich das Risiko schreckt, verpasst du das Leben. Gehst du es ein, verlierst du das Leben. Was tun? Das extreme

Ereignis kommt plötzlich, lässt einer soliden Risikoabschätzung wenig oder keine Zeit. Ich würde dazu neigen, das Risiko zu überschätzen. Dann bin ich jedenfalls auf der sicheren Seite."

Feuerbach wiegte den Kopf. „Könnte sein, dass solch ein Verhalten ein langes Leben ermöglicht, sicher bin ich mir dessen nicht." Er überlegte. „Wo finden wir heute besonders viel Risiko? Ich will es eingrenzen auf das persönliche Risiko. Dann lautet die Frage: Was ist heute eine der wichtigsten Quellen des persönlichen Risikos? Ich meine, es ist die Lust auf Abenteuer. Und diese sind naturgemäß besonders reich an Risiken. Nun ist es nicht so, dass die Abenteurer besonders risikobereit sind. Nein, das sind sie nicht. Was tun sie also? Sie blenden die Risiken ganz einfach aus. Auch das ist eine Faustregel: Verdränge, wenn du nichts Besseres weißt. Verdrängung hat also eine Reihe von Vorteilen. Du umschiffst die Entdeckung unbekannter Gefahren und der damit verbundenen Fallen. Perfekte Verdrängung gestattet nur ein einiges Szenario: es wird schon alles gut gehen... Zaudern, Hadern, Zweifeln, das Blättern in den verschiedenen Möglichkeiten wird verbannt. Informationen werden ignoriert. Ein Ausweg aus der Risikofalle ist Unwissenheit und Verdrängung. Risikobewertung ist was für die Finanzmärkte, aber nichts für Abenteurer."

„Und welche Rolle spielen dann die Vorhersagen, die tagtäglich im Massen produziert werden? Vorhersagen zur wirtschaftlichen Entwicklung, zum Ausgang von Wahlen, zum Bevölkerungswachstum, zum Verlauf von Leben und Tod, zur Karriere von Wissenschaftlern?"

„Vorhersagen sind eine langweilige Angelegenheit. Weil sie nicht stimmen, abgesehen vom Wetter, das inzwischen sogar über mehrere Tage ziemlich gut vorhergesagt werden kann. Was den vorliegenden Fall betrifft, sind sie zumeist unspezifisch, gelten für größere Gebiete, sind nicht für das Kleinräumige gemacht. Vor allem müssen sie erst noch interpretiert werden. Denn sie haben ihre Tücken."

„Tücken? Was meinst du damit?"

„Die Tücken, ganz recht, ganz allgemein die Fallen, welche die Vorhersage begleiten. Ich will sagen, es gibt die richtige Vorhersage, die zu späte Vorhersage, die zu wenig Vorlauf für Gegenmaßnahmen lässt, die fehlende Vorhersage und die fehlerhafte Vorhersage. Natürlich gibt es auch Mischformen wie zum Beispiel die richtige, aber zu späte Vorhersage. Entscheidend ist in unserem Zusammenhang nicht die Vorhersage des Eintreffens des Ereignisses, sondern die Vorhersage, ob du meistern kannst, was eintritt. Das ist der eigentlich springende Punkt. Dazu gibt es naturgemäß keine Aussage. Das hängt ab von den Umständen und von dir selbst, vor allem von deiner Erfahrung und deiner aktuellen psychischen Verfassung. Wenn du vermutest, dass du mit einer prekären Lage nicht zurechtkommst, dann ist es allemal besser, das Unternehmen fallen zu lassen, die Aktion abzubrechen oder sie erst gar nicht zu starten. Also tatsächlich genau das zu tun, was du vorhin mit der sicheren Seite gemeint hast."

„Also dann sind wir wieder bei mir. Mein Credo: vorbeugen und vermeiden. Das kann aber eben auch zu extremen Verrenkungen führen. Neuerdings lassen sich Frauen, Filmstars und andere, Körperteile amputieren, damit sie ihr Krebsrisiko ausschalten. Sie nennen das Prävention. Ist das die Lösung?"

„Nein."

„Nein auch von mir", sagte Luise. „Manche glauben daran. Viele Ärzte raten dazu, das ist nicht überraschend. Mal ganz abgesehen von der ethischen Problematik. Ich würde das ablehnen, denn es bleibt ein signifikantes Ri-

siko. Der Krebs kann auch andere Teile des Körpers be-
fallen, die angeblich weniger gefährdet sind. Wer weiß
das so genau. Aber das ist nur der eine Punkt. In dieser
Diskussion, die die Verstümmelung des eigenen Körpers
mit anschließender Rekonstruktion durch Kunstproduk-
te zur Heldentat stilisiert, fehlt mir etwas Wesentliches.
Mir fehlt der Aufruf: Widerstehe der Statistik, die immer
fehlerbehaftet ist. Und vergiss nicht: Dein persönlicher
Fall muss nicht notwendig von der Statistik repräsentiert
werden."

„Vertraue in die Kraft des Selbst!" sagte Feuerbach.

„Vertraue in Gott!"

„Mein Vorschlag ist der bessere."

„Nein", sagte Luise, „nein, nein, nein."

„Warum so heftig? Ich bleibe dabei. Erstens: Vertraue
dir selbst. Zweitens: Stärke deine Widerstandskräfte."

„Einverstanden, wenn du an die zwei Sätze den dritten
Satz anhängst. Die zwei sind ohne den dritten unvollständig."

„Der dritte bringt alles durcheinander."

„In diesem Punkt werden wir uns nie und nimmer einig", sagte sie. Zögerte und sagte dann: „Oder ist alles am
Ende doch wieder nur eine Frage von Zufall oder Vorsehung, egal ob du krank oder gesund, tot oder lebendig,
arm oder reich bist?"

Die zweite Nacht

Der Mond hatte im östlichen Himmel die Berge über-
stiegen und war im Begriff, nach Süden zu steuern, als
Fabian und Luise erneut ihre Positionen bezogen. Wie in
der ersten Nacht. Er auf seinem Bett an die Wand ge-
lehnt, sie unter der Decke liegend mit herausgestreckten
Füßen, die immer zu warm waren.

Luise sagte: „Bisher bist du nicht ins Stocken gekommen, ich frage mich, wie es kommt, dass du das Ereignis
und alles, was damit zusammenhängt, so gut erinnern
kannst."

„Das ist eine charakteristische Eigenschaft von extremen Ereignissen. Sie bleiben im Gedächtnis", behauptete
er.

„Wenn das so ist, können wir wirklich auf die vergilbten
Blätter verzichten", sagte sie. Ich glaube, du hattest gestern den kritischen Punkt erreicht. Es ging um die Wahl
des Weges, und danach muss ich eingeschlafen sein."

„So kannst du es sehen", bekräftigte Fabian.

„Ich bin auf alles vorbereitet", sagte sie, „du darfst
beginnen. Aber warte, ich zünde eben diese Kerze an.
Es wird Miriam guttun, wenn sie uns hier sieht, bei
brennender Kerze, ihr zuliebe." Es war eine Honigker-
ze, eine schlanke, hohe. Die brennen besser, hatte sie
gesagt, die dicken bilden schnell einen See aus Wachs,
worin Docht und Flamme ertrinken. Luise hatte recht,
die Kerze brannte ruhig und gleichmäßig, beide sahen es
mit Freude, wie selbstständig sie war, sie brauchte keine
Pflege und entwickelte ein feines, zurückhaltendes Licht,

es passte zu ihrem Vorhaben, fanden beide. Und zum Mondlicht, das durch die leicht geöffnete Tür einfiel. Fabian begann mit dem zweiten Teil seiner Geschichte.

„Ich stand auf dem Weg, der sich unter dem Schnee versteckte, es musste der Weg sein, aber ich hätte darauf nicht wetten wollen, denn der Schnee ändert alles, verwischt die Spuren, erschwert die Orientierung. Ich schrieb mit dem Skistock Kreise in den Schnee. Sah unschlüssig zum Bach hinunter. Der hatte sich verändert, fand ich, tatsächlich war er nur zu erahnen, da alle üblichen Konturen fehlten, die einen Bach ausmachen. Ich hörte auch nichts, vielleicht war er gefroren, das wäre nicht gut, denn es war dieser Bach, der unsere Hütte, die wir zu erreichen suchten, mit Wasser versorgte. Bei der Vernehmung durch den Untersuchungsrichter hat dieser merkwürdigerweise gar nicht danach gefragt, ob mir die Umgebung vertraut gewesen ist. Wie viele Male ich dort schon gegangen bin, wie oft davon im Winter.

Während ich also unschlüssig vor mich hinstarre, mit dem Rücken zu Miriam, höre ich Miriam rufen. Sie ruft mich zwei Mal, das erste Mal, so schien es mir, war es eine Warnung, das zweite Mal ruft sie nicht, sie schreit, und ich wusste sofort, dass dieses kein gewöhnlicher Schrei war. Es war ein Schrei in höchster Not, bis dahin nie gehört. Jetzt weiß ich, was er ausdrückte, und ich glaube, ich würde ihn aus allen Äußerungen heraushören, die unmittelbare Gefahr signalisieren, den Schrei vergisst du nicht. Ich machte eine abrupte Drehung in ihre Richtung, sie war ja hinter mir, zehn Meter oder mehr, wie soll ich das jetzt noch wissen. In genau diesem Augenblick setzte sich der Schnee in Bewegung. Ich kippte um, auf bewegten Schnee war ich nicht eingestellt, ich schwamm auf dem Schnee, wollte raus, es ging nicht, ich drehte mich auf die Seite, die Knie angezogen, versuchte mich mit den Skikanten gegen die Bewegung zu stemmen. Nutzlos. Ich rutschte langsam, leicht beschleunigend, bergab. Stemmte mich immer wieder gegen das Abwärts. Ich war noch frei mit dem Kopf, drehte ihn über die rechte Schulter, sah oberhalb oder unterhalb von mir Bewegung, das konnte eigentlich nur Miriam sein, die in diesem Augenblick kopfüber mit in der Luft gekreuzten Ski in den Schnee fiel.

Ich versuchte kontinuierlich zu verlangsamen, mit wenig Erfolg, drückte immer wieder die Kanten mit Macht in den Schnee, aber das nutzte nicht, denn die Unterlage, auf die ich drückte, war ja mit mir in Bewegung, der Schnee nahm mich mit, wurde schneller und immer schneller. Das kann nicht ewig so gehen, dachte ich in diesen Augenblicken, er muss zur Ruhe kommen, ich werde zur Ruhe kommen, sie wird zur Ruhe kommen, wir haben den lockeren Schnee losgetreten, viel kann es nicht sein, in Kürze wird er ausgebremst werden, auslaufen, alle Energie durch Reibung verlieren. Oder vom Gebüsch aufgehalten werden. Aber das Gebüsch war unter dem Schnee und konnte wenig ausrichten. Und die Bremse funktionierte nicht, denn der Hang war lang und steil, es gab praktisch keinen Auslauf. Tief unten der Bach, wo sich der Schnee sammeln, zu einem festen und undurchdringlichen Wall auftürmen würde. Und wenn wir zum Stillstand gekommen sind, versuchte ich mich zu beruhigen, werden wir feststellen, dass der Schnee in alle Winkel, Falten und sogar Öffnungen des Körpers eingedrungen sein wird, aber das würden wir mit Gelassenheit aufnehmen, denn was ist geschmolzener Schnee unter den Achseln im Vergleich zum Tod durch Ersticken. Dann der unbeschreibliche Knall. Ähnlich der Schockwelle eines Gewehrschusses, aber viel dumpfer. Als ob der Berg reißt. Jetzt ist der gesamte Schnee, der auf dem Hang liegt, in Bewegung geraten. Das war mein Gedanke. Oder wir haben eine weitere Lawine ausgelöst, die von ganz oben kommt, die alles begräbt, ohne Chance, herauszukriechen. Vorbei. Jetzt war die Angst voll entfaltet. Vorher war es Besorgnis. Jetzt war es Angst um mein Leben. Die Angst überschwemmt, setzt sich in die Gelenke, drückt das Gehirn gegen den Schädel, ein Schmerz, als wolle er bersten, das Herz rast, die Ohren dröhnen. Ich schreie: *Wir sterben.* Ja, da war das Wir, ich kann mich genau erinnern, wie selbstverständlich habe ich Miriam miteinbezogen, ich wollte wohl nicht alleine gehen, wollte sie mitnehmen.

Ich war mir sicher, dass ich sterben würde. Ich war eingeschlossen. Schnee über und unter mir. Finsternis. Finsternis? Hatte ich nicht nur die Augen geschlossen, um dem Tod nicht ins Gesicht sehen zu müssen?

Dann verlor sich die Angst, löste sich auf in einer fortschreitenden Unbestimmtheit des Bewusstseins. Mich überkam so etwas wie Ruhe, vielleicht auch Gleichgültigkeit. Vermutlich eine Art Hingabe an das, was ich nicht mehr abwenden konnte. Den Tod erwartend, der unmittelbar bevorstand, leider so plötzlich und ohne Abschied. Ich fühlte mich Augenblicke später ganz leicht, alles Gewicht war von mir abgefallen, ein Gefühl der Auflösung breitete sich aus. Und dann hob ich ab und fiel.

Und fiel. Fiel auf meine Ski, versank und stand. Ich hörte, wie der Schnee über mich hinwegrauschte, und als es still wurde und die Helligkeit zurückkam, wusste ich, dass es weitergeht, dass ich überlebt habe. Der Felsen, über den ich gerutscht war, hatte mich gerettet. Ich stehe bis zu den Schultern im Schnee. Ich kann mich bewegen, offenbar bin ich unversehrt. Aber hatte ich etwas anderes erwartet? In diesem ersten Augenblick empfand ich es als ganz natürlich, dass ich nicht mehr eingeschlossen war, dass die Helligkeit zurück war, dass ich allem Anschein nach heil geblieben war, der Schnee um mich herum nichts anderes war als eine innige Umarmung. Praktische Fragen mussten gelöst werden. Bis zur Brust im Schnee, arbeitete ich mich mit den Händen hinunter zu den Bindungen, löste die rechte ohne Schwierigkeit, die linke saß fest wie zementiert, kurzfristig flammte die Angst erneut auf. Was, wenn ich den Fuß nicht frei kriege? Dann war ich mit den Händen am Verschluss der Bindung, konnte ihn öffnen, zog den Fuß unter Mühen heraus. Ich war frei, aber die Ski waren eingeschlossen. Ich musste sie lassen. Sie würden mir fehlen."

Fabian hatte Glück gehabt. Hatte auch Miriam Glück gehabt? Hatte auch sie ein Felsen gerettet und von der Schneelast befreit? Um diese Frage zu klären, musste er wissen, wo er war. Er wusste es nicht, die wiedergewonnene Helligkeit blendete, machte ihn nahezu blind. Er bildete sich ein, die Sonne sei näher gerückt. Er hielt sich die Hände vor die Augen. Die Finger als Deckung gegen das Licht, nur wenig geöffnet. Miriam? Mit gekreuzten Ski bergab, konnte das gut gegangen sein? Wenn er davongekommen war, warum nicht auch sie? Weil sie in ungünstiger Position, mit dem Gesicht nach unten und Kopf nach vorn, leicht ersticken konnte. „Nein", rief er, „das kann nicht sein." Er rief nach ihr. Und hörte keine Antwort. Aber das sagte nichts, denn das Dröhnen in den Ohren war unerträglich, eine Antwort von ihr konnte er nicht hören, der innere Lärm überspielte alles. Er rief wieder und wieder, hörte nichts. War unschlüssig, ob sie rief und er nicht hörte oder sie nicht rief und er folglich auch nichts hören konnte.

Vielleicht war sie dabei, sich vom Schnee zu befreien,

vielleicht war sie nur zu weit entfernt, um ihn zu hören oder gehört zu werden. Vielleicht war seine Stimme zu schwach. Schnee absorbiert den Schall. Die Bäume, der Hang, der Himmel schwammen ihm davon. Er konnte die Umgebung nicht festhalten.

Und dann war die Angst wieder da. Sein Herz raste, das Blut drückte gegen die Brust. Miriam antwortete nicht oder er hörte sie nicht. Die Lawine hat uns beide beschädigt, konstruierte er, sie hat sie verstummen lassen und mich in eine Art schockähnliche Betäubung versetzt. Sie wird benommen, vielleicht sogar verletzt sein, deshalb kann sie nicht antworten. Er musste sie suchen, aber wo sollte er suchen? Wo anfangen?

Er taumelte über das Schneefeld. Es schien ihm gewaltig, unendlich ausgebreitet. Es war gewaltig. Hundert Meter breit und siebzig Meter tief, ergaben die späteren Untersuchungen. Das macht siebzigtausend Quadratmeter. Es gibt nicht viele Leute, die ein solch großes Grundstück ihr eigenes nennen können. Es ließen sich mehrere Häuser darauf bauen. Seine Sonnenbrille lag irgendwo unter dem Schnee. Geblendet erschien ihm der Hang vollständig konturlos. Keine Schatten, an denen er sich hätte festhalten können. Er hörte das Pfeifen im Kopf, aber eben nur dieses, hörte nur seine eigenen unerwünschten inneren Geräusche. Er redete sich Mut zu, redete sich ein, dass er die Kraft habe, um sie rauszuholen, es wäre nur eine Sache der Zeit. Aber er wusste, dass die Zeit knapp war, jede Sekunde zählen würde. Und die Angst, die bei jeder Aktion dazwischenkam, hemmte seine Aktionen, vereitelte sie genaugenommen. Wenn die Angst nicht wäre, sagte er sich, dann hätte ich sie längst gefunden. Die Angst machte seinen Kopf wirr, sie nahm ihm den Atem, verengte die Gefäße. Das Herz hatte Mühe, gegen diese Art Verschlossenheit anzupumpen.

Seine Angst war nicht unbegründet. Erstens war es möglich, ja sogar sehr wahrscheinlich, dass Miriam vom Schnee weggetragen und schließlich zugedeckt worden war und er sie nicht finden würde; und zweitens, dass mehr Schnee kommen würde, weit oberhalb eine Lawine abgehen und in den Bach stürzen und alles mitreißen würde, ihn mit eingeschlossen.

Er kletterte mit Mühe zum Weg empor. Um von oben den Hang zu überblicken. Er sah nichts außer einigen unbedeutenden Unregelmäßigkeiten in der Schneedecke. Er torkelte hinunter, untersuchte eine davon, grub die behandschuhten Hände einen halben Meter in den Schnee, tiefer kam er nicht. Scharrte eine einen Quadratmeter große Fläche zur Seite. Es war nichts. Er war schon davon erschöpft. So würde es ihm auch mit den anderen Unregelmäßigkeiten ergehen, wusste er. Der meiste Schnee hatte sich unten am Bach gesammelt. Vielleicht lag sie da? Es gab nur diese Möglichkeit. Nur diese eine? Es gab unzählige. Es war aussichtslos.

Dann bemerkte er die Erlen, die zeigten mit ihren schwarzen, dürren Ästen auf ihn. Sie hatten durch die Bewegungen im Hang ihren Schnee verloren. Diese kleinen krummen Erlen gingen ihm nicht aus dem Sinn, auch die ganze folgende Nacht nicht, und ließen ihn glauben, er wäre mitten unter ihnen, könnte sie befragen, ob sie etwas gesehen hätten, seine Freundin Miriam sei verschollen. Diese kleinen, vom Schnee gekrümmten elastischen Erlen. Jetzt – ohne Schnee – würden sie sich wieder aufrichten können, sie sollten ihm als Dank verraten, wo sie steckt. Sie müssten es mitbekommen haben. Er versuchte es noch einmal. Den Hang runter und suchen. Der Schnee war weich und tief, es war Kriechen, Fallen, Aufrichten, Taumeln, alles, nur kein Gehen. Jedenfalls ganz ziellose Bewegungen. Er sah das Grobe und Offensichtliche, das

Bekannte: die Bäume, den Himmel, die Berge, aber das Feine im Schnee sah er nicht. Er sah die Bilder gedoppelt, gespiegelt, gedreht, die Bilder ergaben keinen Sinn, sie liefen zusammen und wieder auseinander, er konnte sie nicht deuten. Halluzinationen? Das Unwirkliche wird zum Wirklichen. Im Sichtbaren tanzten gezackte Formen vor den Augen, schön farbig gesäumt, er verschloss die Augen, aber die farbigen Zacken tanzten weiter, denn sie kamen von innen. Im Hörbaren echote das Geräusch des abreißenden Schnees, er verschloss sich die Ohren, aber das half nicht, denn der Lärm kam von innen. Doch es gab keine inneren Stimmen, jedenfalls nicht jene, von denen Oliver Sacks in seinem Buch *Hallucinations* berichtet, wenn Menschen in extremer Gefahr sind. Schade darum, vielleicht hätte eine davon geraten, was zu tun sei. Wie ein Hund tapste er durch den Schnee, die Nase darüber, als könne er sie auf diese Weise aufstöbern. Tatsächlich hätte sie ein Hund längst gefunden. Er hatte immer einen Hund als Begleiter haben wollen. Jetzt wäre dessen Stunde gekommen. Er war überfordert, er gab auf. Das Geschehen war irreversibel. Die Zeit läuft nur in Gedanken rückwärts. In der objektiven Welt immer nur vorwärts.

Halt, sagte er sich, aufgeben gilt nicht, du darfst nicht aufgeben, so hieß es überall und immer. Das ganze bisherige Leben lang. Und so habe ich danach gelebt. Ich gebe nicht auf. Ich bin hartnäckig. Aufgeben, wenn es ums Ganze geht? Um Leben oder Tod? Sie erwartet deine Hilfe. Himmel, sie vertraut dir. Sonst wäre sie nicht mitgekommen. Sie wäre unten geblieben, wenn sie Schwäche bei mir gesehen hätte. Sie wird dir nie verzeihen, wenn du sie hier im Stich lässt. Es kann gelingen. Es muss gelingen. Jetzt ist der Augenblick da, wo du deine Fürsorglichkeit, deine Verantwortung und was nicht sonst noch alles beweisen kannst. Mensch, Feuerbach, du hast die Chance, ihr Leben zu retten. Du wirst doch wohl nicht ohne sie gehen.

Gegen die Verpflichtung zur Hilfe stand sein Selbsterhaltungstrieb. Gibt es noch was zu retten? Ist sie nicht längst tot? So rette doch wenigstens dich selbst. Du bist nicht der Held, der du jetzt gern sein möchtest. Allein bist du viel zu schwach. Vergiss das Heldische. Du hast den Überblick verloren, du bist unter Schock, sieh nur zu, dass du die Chance, die dir das Überleben eröffnet, nicht vertust. Es gibt so schnell keine zweite.

Und damit im Zusammenhang das Nächstliegende: Ich habe keine Schaufel, mit der ich sie ausgraben kann, und nur eine dünne Decke, auf die ich sie legen kann. Aber was soll die Schaufel, wenn du nicht weißt, wo du schaufeln sollst. Was soll die Decke, wenn du nicht weißt, wo du sie hinlegen sollst. Kannst doch nicht den ganzen Hang durchschaufeln. Kannst doch nicht den ganzen Hang mit Decken auslegen. Überhaupt: Was soll die Decke, wen soll ich darauf legen? Deshalb spute dich, geh hinunter, hol Hilfe, so schnell wie möglich. Verlier keine Zeit mit erfolgloser Suche. Aber bedenke: In Ausnahmefällen kann man bis zu zwei Stunden, in ganz besonderen Fällen bis zu zehn Stunden im Schnee eingeschlossen sein und noch leben.

Und alles überlagernd die Resignation, das traurige Eingeständnis: Ich kann das in mich gesetzte Vertrauen nicht einlösen. Ich weiß, was du erwartest. Zu Recht erwartest. Aber ich kann nicht, beim besten Willen, ich kann es nicht, ich werde dich nie und nimmer finden, Miriam, es tut mir so unendlich leid.

Die Selbsterhaltung obsiegte.

Der Abstieg ins Tal. Die Ski lagen unterm Schnee, der Schnee gab sie nicht raus. Er brach ein bis zum halben

Oberschenkel, er ließ sich erschöpft fallen und bewegte sich auf Händen und Knien. Und während er abwechselnd kroch und ging, kam ihre Frage zurück, die sie ihm zu Beginn des Aufstiegs gestellt hatte: *Liebst du mich?*

Luise fragte besorgt: „Was ist mit dir? Du verschweigst mir etwas. Heraus damit."

„Nichts verschweige ich, rein gar nichts. Auch das nicht. Bei meinem Abstieg ins Tal, als ich ziemlich sicher wusste, dass sie nicht mehr leben würde und ich nichts mehr tun konnte als Hilfe zu holen, um sie wenigstens aus dem Schnee auszugraben, ging mir ihre Frage nicht aus dem Kopf, die sie so oft gestellt, manchmal geradezu genüsslich zelebriert hat, die ich überhörte oder nicht beantworten wollte, das unerbittliche *Liebst du mich?*"

Natürlich konnte sie eine Antwort erwarten. Sie wollte die Bestätigung. Es war ihr Lebensziel, geliebt zu werden, als Frau von einem Mann geliebt zu werden. So natürlich. Aber eben keineswegs etwas ganz Selbstverständliches. Und nun war sie gegangen, enttäuscht, ohne die Versicherung. Er hätte sie glücklich machen und ihr die Unsicherheit nehmen können. Es hätte ihn nicht viel gekostet. Vielleicht hätte sie mit einem Ja sogar überleben können.

„Hätte ich ihre eindringliche Frage bejaht, wäre sie vielleicht noch am Leben", sagte Fabian.

„Jetzt gehst du aber entschieden zu weit, mein Lieber", warf Luise ein. „Das ist zu viel der Selbstbeschuldigung. Was ist des Pudels Kern? Sie hat dich gefragt, wieder und wieder. Mich wundert, dass sie, der Fragerei müde, sich nicht selbst die Antwort gegeben hat", sagte Luise.

„Und die wäre?"

„Oh, sie hätte mutig sein und sich sagen können: Du traust dich nicht, mich zu lieben, wärest du freier, würdest du mich lieben. Mutig in diesem Zusammenhang wart ihr beide nicht. Sie, die die Wahrheit nicht hören wollte, und du, der die Wahrheit nicht sagen wollte."

„Und die wäre?"

„Dass du sie nicht geliebt hast."

Fabian war sprachlos.

„Komm, lassen wir das beiseite", sagte Luise, „wenn es auch eine Schlüsselstelle zu sein scheint, was eure Beziehung betrifft. Ich habe kein Recht, mich in diese intime Frage einzuschalten, das war eine Angelegenheit zwischen euch beiden, wie schon festgestellt, die kann niemand außer euch beurteilen. Allerdings", setzte sie hinzu, „hätte ich die Frage wohl nicht gestellt." Sie streckte einen Arm von ihrem Bett herüber zu Fabians und nahm seine Hand.

„Sicher nicht, das ist nicht deine Art", sagte Feuerbach und lachte dabei, war überrascht, dass er lachte, wo die Geschichte doch ihren traurigen Höhepunkt erreicht hatte. Aber auch Luise lachte, froh darum, dass er lachte. „Lachen soll entspannend sein", sagte sie entschuldigend, und er streichelte ihre warme und weiche Hand.

„Oh ja, zum Lachen gibt es ausgedehnte Theorien", sagte er.

Und sie sagte: „Schön, dass du nicht unter dem Schnee, sondern unter der Bettdecke steckst."

Und er: „So kann man die Liebe eben auch ausdrücken. Übrigens: Ich befinde mich auf der Bettdecke, nicht darunter. Aber das ist nur ein Detail."

Feuerbach fand seine Entscheidung, auf die kritische Frage kein Ja zu geben, auch nach so langer Zeit noch richtig, selbst wenn er angesichts des Verlustes der Freundin kurzzeitig das Bedürfnis gehabt hatte, ihr das Bekenntnis *Ja, ich liebe* dich zuzurufen. Auch wenn er im Laufe des Ereignisses zeitweilig seinen Verstand zu verlieren drohte, so war er bewusst genug, zu wissen, dass es für eine Liebeserklärung der herkömmlichen Art zu spät war. Eine opportunistische Lüge am Ende des Lebens, das wäre das Schlimmste, was hätte passieren können.

„Soll ich fortfahren?"

„Ja."

Sie setzte sich im Bett zurecht, mit dem Rücken am Kopfteil. Sah zur Balkontür. Sie hörte Marderpfoten, wenn sie nach einem Sprung vom Dach auf der Terrasse aufsetzen. Sie stürzte nach draußen. Die Marder kamen manchmal auf die Terrasse, von da aufs Dach, um die Mäuse oder Ratten zu jagen, die sich unter dem Dach aufhielten und die Isolation verbissen.

„Nichts", sagte sie, „sie sind schon weg oder haben sich versteckt. Vielleicht war es auch nur eine Katze."

„Glaube ich nicht. Die Katzen haben das Jagen verlernt. Die Baummarder sind viel stärker als Katzen und sehr viel geschickter im Jagen", sagte er.

„Wer hat dir das gesagt?"

„Meine Beobachtung. Vor einiger Zeit habe ich einen Marder gesehen, der zwei Katzen in die Flucht geschlagen hat. Weiter?" „Weiter." Und Fabian erzählte, wie er abgestiegen ist, zwei Stunden später. Zwei Stunden waren es, die zwischen dem Beginn des gemeinsamen Aufstiegs und seinem Abstieg lagen.

„Ich versuchte bergab die Biegungen des Weges auszulassen, rutschte so über die vom Wegebau aufgeworfenen Hänge und stolperte in die tiefen Schneepolster, die sich unter den Zweigen der Fichten gebildet hatten. Es war furchtbar mühsam ohne Ski, ich fiel immer wieder in die Schneelöcher und stieß mich an den von Schnee überladenen Zweigen. Der Schnee rutschte in die Stiefel, den Kragen, die Ärmel, lief schmelzend den Rücken hinunter. Schweiß und Schnee. Die Kleidung in kurzer Zeit total durchnässt. Ich war dabei, wegzulaufen. Miriam, das ist nicht gut, ich bin mir dessen wohl bewusst. Aber ich kann nicht anders. Ich bin auf dem Weg, um Hilfe zu holen, versteh das, halt aus, Miriam, bleib wach, gib nicht auf.

Vielleicht wartet sie auf mich, vielleicht ruft sie jetzt, ist aus einer Ohnmacht erwacht, hofft, dass ich sie aufhebe und sie wärme, sie tröste und ihre Wunden verbinde, sie bette und ihr aus dem Rucksack alles gebe, was sie gegen die Kälte des Schnees schützt. Nur das trockene Zeug aus dem Rucksack, das nasse klebt mir am Körper, das würde ihr wenig nutzen. Was für Gedanken gingen da durch den Kopf. Aber auch diese bitteren: Meine verlorenen Jahre, die vielleicht besten, die produktivsten Jahre in meinem Leben vertan, sie einer Frau ohne Zukunft gewidmet, mich daran gewöhnt, die fremden Kinder wie die eigenen zu mögen, die Dinge anders zu sehen, als sie sind, weil ich, wenn ich sie richtig gesehen hätte, den eingeschlagenen Weg hätte verlassen müssen... Miriam hätte verlassen müssen...

Ich änderte die Richtung. Ich ging zurück. Ich hatte noch nicht alles versucht, hatte sie vielleicht übersehen, sollte die Umgebung doch systematisch absuchen. Ich bin ihre einzige Chance. Denn bis ich unten bin und die Rettung oben, würde weit mehr als eine Stunde vergangen sein.

Ich breche ein, wo ich vor einer halben Stunde mit den Skiern mühelos bergauf gestapft bin. Das Steigen im tiefen Schnee ist schlimmer als alles, was ich bis dahin erfahren hatte an körperlicher Anstrengung. Vor allem ist es der Druck des schlechten Gewissens, der mich zur

Erschöpfung treibt. Ich vergeude Zeit. Mit dem Kopf nur wenig über dem Schnee sehe ich, wie der Schweiß von der Stirn in den Schnee tropft und kleine, vertikal laufende Löcher schmilzt, wie Bohrlöcher für eine Felssprengung. Ich rufe in den Wald, noch unterhalb des verräterischen Hangs, ich höre keine Antwort. Vergebens. Es macht keinen Sinn, ich muss dich da oben lassen, ich will jetzt alles daransetzen, Hilfe zu holen.

Und ich raffe mich auf und kehre um und steige wieder ab, rutsche über die Schneepolster, um abzukürzen, und erreiche endlich die Stelle, wo sie Heu ausgelegt hatten für die Hirsche. Von da an trägt der Schnee, ich stürze den Weg hinunter, die letzten eineinhalb Kilometer, jetzt kann nichts mehr schiefgehen, ich laufe, was die schweren Schuhe hergeben. Ich stürme in das erste Haus gleich neben der Brücke. Der Mann wirkt ganz ruhig, es scheint, als sei er an derartige Zwischenfälle gewöhnt oder hätte etwas Derartiges erwartet. Blättert im Telefonbuch und spricht dann mit den jungen Bergführern, bei denen ich vor Jahren einen Kurs in Eis und Feld absolviert hatte. Die wohnen ganz in der Nähe. Aber das dauert mir alles viel zu lange. Ich renne in das nächste Haus. Wie viel Zeit denn inzwischen vergangen sei, fragt die Bewohnerin. Würde sich die Mühe noch lohnen? Ich weiß es nicht, schätze eine Stunde. Bedenken in ihren Augen, wenig Zuversicht in ihren Schultern, die sie, ich wusste nicht warum, auf und ab bewegte. Der Nachbar sei alarmiert, mehr könne auch sie nicht tun, sagte sie. Und was wir denn bloß in der verdammten Einsamkeit zu suchen gehabt hätten. Kein gottesfürchtiger Mensch würde zu dieser Zeit dort hinaufgehen. Nie und nimmer würde sie das tun.

Liebe Frau, versuchte ich, *wo bleiben die Bergführer?*

Die Frau, unbeirrt, erinnerte mich daran, dass man

im Sommer, wenn alles grünt, dort hinaufgehen könnte. Im Sommer sei das eine andere Sache, aber doch nicht im Winter. Dann brach sie ihre Vorhaltungen abrupt ab, sah ein, dass dies nicht der rechte Augenblick war, Belehrungen auszusprechen. Sie gab mir Kaffee mit Rum, zu viel Rum, er brannte in meiner ausgedörrten Kehle. Sie holte ein frisches Hemd aus dem Vorrat, der für ihren Mann vorgesehen war und der, wie sie anmerkte, ziemlich genau vor einem Jahr gestorben sei. Sie reichte mir ein Handtuch. Ich solle mich abtrocknen, damit ich mich nicht erkälte. Was ich auch sofort tat, denn die Verdunstung der Feuchtigkeit machte Bauch und Rücken kalt wie Eis. Ob sie mir eine Hose geben solle, die meine sei ja total durchnässt. Eine Hose von ihrem Mann?

Da sollten Sie sich mal nur nicht anstellen, er trug eine ähnliche Größe wie die Ihre, und ich sehe lieber einen jungen Mann in den Hosen meines Mannes, als dass sie nutzlos im Schrank liegen. Das verstehen Sie doch, nicht wahr? Sehen nicht so aus, als wenn Sie das nicht verstehen. Wie jung sind Sie denn eigentlich?

Bin gerade mal vierzig geworden, sagte ich.

Ich bin fünf Jahre älter, sagte sie, *ich bin früh Witwe geworden, zu früh, das spüre ich, wenn ich morgens aufwache und mich nach einem Mann verlangt.*

Gibt es da niemanden hier, der die Stelle ausfüllen kann?

Doch hier nicht. Die Weiber sind alle in festen Händen. Wer hier den Mann vorzeitig verliert, muss sich damit abfinden, allein bis zum Ende seines Lebens zu bleiben. Und haben Sie gesehen, was hier herumläuft? Von denen würde ich mich nicht anfassen lassen.

Liebe Frau, worüber reden wir hier eigentlich?

Ich habe doch sonst niemanden, mit dem ich reden kann. Kommt da ein junger Bursche, würde ich es mir nicht verzeihen, die Gunst der Stunde nicht genutzt zu haben.

Liebe Frau, versuchte ich ein weiteres Mal, *wo bleiben die Bergführer?*

Da sorge dich mal nicht, sagte sie in einem fast mütterlichen Ton, so dass mir warm ums Herz wurde, der Bruder vom Bergführer ist schon beim Rüsten für den Aufstieg.

Schon! Liebe Frau, geht es nicht schneller? Sie liegt schon eine Stunde unter dem Schnee.

Die Frau wollte wohl sagen, dann ist sowieso alles umsonst, aber sie sagte nichts, wollte mich wohl nicht vorzeitig gänzlich enttäuschen. Und dann kam es doch.

Junger Mann, wenn schon eine Stunde verstrichen ist, würde ich mir an ihrer Stelle nicht zu große Hoffnungen machen.

Und als sie sagte, ein Hubschrauber sei auch angefordert, war ich fast schon dankbar, obwohl ich auch in diesem Fall nicht wusste, woher sie diese Nachricht hatte, denn sie hatte den Raum nicht verlassen, seit ich darin war, noch hatte sie telefoniert, und es war in der Zwischenzeit niemand gekommen, auch nicht der Nachbar. Aber ungeachtet dieser Ungereimtheiten hatte ich für einen Augenblick das Gefühl, als wüssten die Bauern, was getan werden musste. Der Hubschrauber sollte mich nach oben bringen. Dann würde ich den Leuten den Weg weisen. Ich lief auf die Straße. Der Wirt des Gasthofes tauchte auf, mit dem ich vor einigen Jahren Streit gehabt hatte. Fast wäre es zu einem Boxkampf gekommen. Dann hatten wir uns geeinigt und waren so etwas wie Freunde geworden.

Fabian! Dich hier zu sehen! Er drückte mir die Hand. Ich musste die Tränen zurückhalten. *Was ist passiert?*

Weißt du das nicht? Doch, doch, so ungefähr, aber ich

will's von dir wissen. Später, sagte ich, mir war nicht zum Reden zumute.

Ich gebe dir ein Paar leichtere Stiefel.

Er ging zurück ins Gasthaus und kam mit ein paar schrecklichen Schuhen heraus. Sie passten leidlich. Später, beim erneuten Aufstieg, holte ich mir damit blutige Blasen.

Du schläfst heute bei uns, sagte der Wirt.

Ja, sagte ich.

Und du isst bei uns.

Ich mag nicht essen.

Du isst bei uns. Wenn du siehst, was ich dir auftische, wird der Hunger kommen, ganz sicher. Brauchst dich dessen auch nicht zu schämen. Und niemand, dessen bin ich mir ganz sicher, niemand wird dir hier einen Vorwurf machen. Das verspreche ich dir.

Die Literaten schreiben wiederholt von einer Leere, die schwer lastet. Habe das wie so vieles andere der Literaten immer für Unsinn gehalten. Aber genau das fühlte ich, während ich auf der Straße wartete."

Der Halbkreis

Weiteres wollte Luise fürs Erste nicht mehr hören. Sie meinte, sie brauchte eine Pause. Ja, das könne er verstehen, er selbst brauche ja auch eine Pause. „Dann mache ich zu gegebener Zeit einen Sprung, auch auf die Gefahr hin, dass etwas fehlt. Ist dir das recht?"

„Das ist genau richtig", sagte sie, „ich muss nicht alles wissen. Zu viel Wissen belastet in diesem Fall, nicht generell, dass du mich nicht falsch verstehst." Sie zog sich die Decke über den Kopf, damit die Füße frei wurden, die Füße, die ihr doch immer zu heiß waren.

Warum startete der Hubschrauber nicht, wenn hier alles nebelfrei war? War der Startplatz im Nebel? Das wäre möglich, hatte einer der herbeigeeilten Anwohner gesagt. Man dürfe von der eigenen, begünstigten Höhenlage nicht auf die nebelreichen Niederungen schließen. Aber wozu brauchen wir einen Hubschrauber? Der brächte unseren Arzt hinauf, denn man würde ihm schwerlich zumuten können, den Weg zu Fuß zu machen.

„Unser Arzt bleibt besser hier unten, er ist ein Hausarzt, der Einsatz erfordert aber im Rettungswesen erfahrene Ärzte", sagte der Chef der Bergführer.

„In der Schweiz wäre das Team längst unterwegs", sagte Feuerbach.

„Österreich ist eine moderne Republik, wir sind genauso schnell", sagte der Wirt.

„Hier steht immer die Bürokratie im Wege", sagte einer der Anwohner.

„Haben sich die Bergführer aufgemacht, sind sie auf dem Weg?", fragte Feuerbach.

„Sie sind unterwegs", kam die Antwort.

„Und Hunde sind auch dabei?"

„Einen habe ich selbst gesehen, wie er auf den Schlitten gesprungen ist", sagte der Gendarm.

„Ich bin mir sicher, dass nur ein Hund mitgefahren ist", bekräftigte der Wirt.

„Einer reicht. Besser wären zwei", sagte ein anderer. „Es geht nämlich um Minuten, das haben sie neulich im Fernsehen vorgeführt."

„Quatsch", erwiderte der Wirt, „dann käme jeder Rettungsversuch zu spät. Es geht um Stunden."

Die Bauern sprachen fest und ernst. Sie standen in Gruppen auf der Straße. Einige von ihnen kannten Miriam.

„Die Führer sind mit dem Schlitten rauf, der Schlitten wird es schwer haben, aber wenn es klappt, sind sie schneller als ohne", sagten die Bauern. Und leise, untereinander: „Viel Hoffnung gibt es nicht."

Fabian wollte mit. Warum haben sie mich zurückgelassen? Drei der Umstehenden entschlossen sich, ihn zu begleiten. Es waren junge Leute, viel jünger als er, ausgeruht und schnell. Er hatte Mühe, zu folgen. Das Herz war nicht frei, hämmerte unnütz bei hohem Druck mit reduziertem Sauerstoff. Er blickte zurück, viele Leute hatten sich aufgemacht, gingen ihnen nach, es sah nach einer Prozession aus. Trugen sie das Kreuz? Sein Herz, immer noch eng, behinderte das zügige Steigen. Der Schlitten hatte eine breite Spur gefahren, aber der Schnee hielt nicht, seine Beine und sein Rücken schmerzten, wenn er den Stiefel aus dem Schnee zog, der zwar weniger wog als der Skistiefel, aber schwer genug war und weitere Kräfte raubte. Das hatte er ja alles schon einmal gemacht, vielleicht hätte er doch besser unten bleiben sollen, was würde es bringen außer der körperlichen Belastung, die ihre Grenzen erreichte. Und schmerzhaft, jeder Schritt verletzte die Ferse, er war sicher, dass sie im Begriff war, sich in ein blutendes Stück Fleisch zu verwandeln. Wenn er doch bei seinen Stiefeln geblieben wäre. Wenn das Martyrium doch bloß enden würde.

Sie waren fast oben, als sie den dröhnenden Motor hörten. Der erste Schlitten mit dem Schäferhund hinten drauf. Sie saß vorn, über ihr lag ein weißes Laken. Ein Tuch, mit dem Tote umhüllt werden. Oder diente es als Spender von Wärme? Natürlich, sie brauchte Wärme. Das Laken sagte noch gar nichts. Kein Grund, alle Hoffnung jetzt schon fahren zu lassen. Aber ihre Füße folgten den Bewegungen des Schlittens. Das war verdächtig. Wenn die Füße keinen eigenen Willen mehr haben, dann hat ihn auch der Körper nicht, sagte er sich. Es war nicht zu übersehen – die Gestalt schwankte auf dem Schlitten, folgte den Unebenheiten des Bodens, nicht dem eigenen Willen, der Wille war weg, der berühmte freie Wille, es war offensichtlich, sie brauchten es nicht zu sagen, er wusste es doch seit zwei Stunden.

„Warum haltet ihr nicht an, so haltet doch an", schrie er.

„Der da oben wird dir alles sagen", riefen sie zurück. Der zweite Schlitten kam herangebraust. Er musste sich draufsetzen.

„Halt dich gut fest, sonst fällst du runter", rief der Schlittenführer ihm zu.

Eine verwegene Fahrt nach unten. Hätte ich doch lieber gehen sollen, dachte er. Er musste sich mit aller Kraft festhalten, sonst wäre er herausgeschleudert worden. Dann der Auslauf, ein ebenes Stück, die Straße. Der Schlitten mit Miriam drauf wurde in Position gefahren.

Die Bauern gruppierten sich links und rechts daneben, einen Halbkreis bildend. Fabian überlegte. Was erwarteten die Bauern? Was erwartete Miriam? Er trat vorsichtig, zögerlich an sie heran, leise und behutsam. War er je ähnlich behutsam an einen Menschen herangetreten? Er versuchte, den Raum zwischen ihr und sich zu verkleinern. Niederknien? Wie einst Willy Brandt? Sie aufnehmen und schütteln, dass der Schnee aus ihr herausfällt, sie schütteln, bis sie wie einst Schneewittchen die Augen aufschlägt? Er berührte sie vorsichtig. Fasste ihre Hände, die vorhin noch so weich, jetzt so kalt und hart waren. Sah den geöffneten Mund. Sah in ihre geöffneten Augen. Ihre Haare nass vom geschmolzenen Schnee. In ihrem Gesicht ein eingefrorenes Erstaunen: *Und sagtest du nicht irgendwann einmal, dass du mich nicht im Stich lassen würdest, käme ich in Gefahr?* Eine große geronnene blutige Schramme auf ihrer Stirn. Er kniete und drückte seine Lippen an ihre Stirn. Und trat zurück und wandte sich ab, wollte seinen Anblick für sich behalten, der von Schmerz und Scham gezeichnet war, weil er sie nicht gefunden und ins Leben zurückgebracht hatte.

Der Wirt legte ihm den Arm um die Schultern und zog ihn weg. Der Gendarm war zur Stelle und forderte seinen Ausweis. Der sei in seinem Rucksack und zurzeit wisse er nicht, wo der sich befinde, sagte Fabian. Dann solle er ihn mitbringen, der Arzt erwarte ihn, sagte der Gendarm.

Man hatte sie beim Arzt auf die Liege gelegt. Was er wohl mit ihr gemacht hat, überlegte Feuerbach.

„Ich habe sie untersucht und ihren Tod festgestellt", sagte der Arzt. „Hier ist der Totenschein. Nur der Name fehlt noch."

„Woran ist sie gestorben?"

„Das kann ich nicht mit Bestimmtheit sagen, vielleicht erstickt, vielleicht Herzstillstand, ausgelöst durch einen Schock, als der Schnee sie umwarf. Genaues nur durch Obduktion. Wollen Sie das?"

„Um Himmels willen, nein. Außerdem dürfte ich das wohl kaum entscheiden. Sie ist meine Freundin, Lebensgenossin und Mutter von zwei Kindern." Dann fragte er den Arzt allen Ernstes, ob dieser ihr nicht wieder ins Leben zurück verhelfen könne? Der zog eine Spritze auf, öffnete ihren Anorak, streifte das darunter liegende Hemd nach oben und spritzte ihr in Höhe des Herzens das Medikament.

„In ganz seltenen Fällen kommt der Herzschlag zurück", sagte der Arzt.

„Aber es hat doch schon vor einer Stunde aufgehört zu schlagen", sagte Feuerbach.

„Sie wollten, dass ich es versuche, also habe ich es getan", sagte der Arzt. „Man tut halt, was man kann. Man kann nicht viel, wenn der Tod schon übernommen hat. Gehen Sie jetzt hinüber ins Gasthaus und versuchen Sie zu schlafen. Und nehmen Sie dieses, es war in ihren Taschen."

Er reichte ihm Ausweis und Taschentuch, ein Stück Traubenzucker und den Ersatzschlüssel fürs Auto. Er musste den Empfang quittieren. Der Gendarm, ein großer Mann in grauer Uniform, trat an das Bett, schloss ihre Augen mit geübtem Handgriff und faltete ihre Hände. Morgen wäre das nicht mehr gegangen, ließ der Gendarm verlauten.

Dann übergab der Polizist ihren Rucksack, den der Suchtrupp ihr abgenommen hatte und einen Ski, den anderen hatten sie nicht gefunden.

Den Arzt schien das alles nicht weiter zu interessieren. Er zögerte und sagte: „Wenn Sie heute Nacht Probleme haben, können Sie sich bei mir Hilfe holen."

„An welche Schwierigkeiten denken Sie?", wollte Feuerbach wissen.

„Ganz allgemein, es könnte ja sein, dass Sie nicht schlafen können, Schmerzen haben, was auch immer", sagte der Arzt. „Das Erlebte muss ja irgendwie verarbeitet werden. Dabei könnte es Probleme geben."

„Da mögen Sie recht haben."

„Aber nur im wirklichen Notfall", belehrte der Arzt. Er wusch sich die Hände und bedeutete Fabian, dass die Audienz beendet sei. Besprach sich mit dem Gendarmen über das weitere Verbleiben von Miriam.

„Aber dieses, das musst du hören", sagte Fabian. „Dazu möchte ich deine Meinung hören. Davon habe ich dir nie, niemals erzählt. Es wird dir eine Menge zum Nachdenken aufgeben. Willst du?"

Luise, noch umhüllt vom Schlaf, kam unter ihrer Decke hervor. „Ist es wirklich etwas Neues?"

„Ganz sicher."

„Auch nichts Trauriges? Ich möchte mit freundlichen Bildern im Kopf schlafen."

„Das ist leider nicht der Fall. Es gibt in diesem Zusammenhang nur wenig Erheiterndes, falls du das meinst."

„Ich höre, sei's drum."

„Miriam hatte seltsame Bilder im Kopf." Fabian erzählte von Miriams dunklen Ahnungen.

„Sie hatte es vorhergesehen. Im Herbst des letzten Jahres. Ich radelte den Pass hinunter. Der Föhn von Süden stärkte mir den Rücken. Ich entdeckte unser Auto auf ebener Strecke am Wiesenrand. Die Tür auf der Fahrerseite stand offen. Ich lehnte das Fahrrad ans Auto und lief die Wiese hinunter. Sie saß unter einer Erle, dicht am

Fluss, den Kopf in den Händen.

Miriam, was hast du, fragte ich erschrocken. Sie antwortete nicht. Ich setzte mich neben sie und streichelte ihr blondes, dichtes Haar. Nahm ihre Hände, betrachtete sie, als würden sie mir verraten, was sie in so existenzieller Weise beschäftigte. Ihre Hände waren feucht.

Miriam, was hast du, wiederholte ich.

Es brauchte viel Zeit, bis sie antwortete. Und sie sah mich nicht an dabei.

Ich weiß, dass ich nicht mehr lange lebe, dass ich schon nächstes Jahr sterben werde. Merkst du nicht, dass sich mein Leben hinter die Wolken zurückzieht?

Miriam, was kann ich tun?, fragte ich voll Entsetzen.

Was kannst du tun! Ist nicht alles vergeblich? Du kannst mir nicht helfen. Es wird kommen, wie es von den höheren Mächten beschlossen ist. Und sie weinte und wendete sich ab und starrte in die steingrauen Wirbel des Stromes.

„Wie ist es möglich", fragte Fabian, „sein eigenes Ende so präzise vorherzusagen? Hast du je davon gehört?"

„Hat sie das wirklich? Hast du nichts dazu gemacht, verändert, in eine andere Richtung gedreht?"

„Ich versichere dir, genauso war es."

„Die höheren Mächte. Glaubte sie an das Höhere?"

„In diesem Augenblick ganz sicher. Sonst eigentlich nicht. Sie war eine Realistin. Hatte mit Esoterischem wenig im Sinn. Zu Weihnachten war das anders. Dann ging sie in die Kirche."

„Was sie sagte, kann auch der Ausdruck einer tiefen Depression sein." Auch Luise schien eher ratlos, überrascht von Miriams Eingebung. „Das glaube ich nicht. Nein, das war keine Depression, jedenfalls keine Depression im herkömmlichen Sinn. Sie hatte eine Ahnung, sie hatte einen sicheren Blick in ihre Zukunft geworfen. Sie hatte dieses Vermögen, das war auch an anderer Stelle zum Tragen gekommen. So war es: Sie sah, dass sich ihr Leben dem Ende zu neigte, nicht durch Krankheit oder Aufgabe ihres Selbst, das würde nicht zu ihr passen, sondern verursacht durch ein mächtiges Ereignis, das stärker sein würde als wir alle zusammen. Sie vermutete, dass ein Unfall ihr Leben auslöschen könnte, innerhalb eines Augenblicks beenden würde."

„Das wiederum ist eine Interpretation mit dem Wissen über das zukünftige Geschehen im Rücken", sagte Feuerbach. „Du weißt, was geschehen ist, und deutest es entsprechend. Wir können ihre Prophezeiung nicht erklären. Da sie sich als richtig erwiesen hat, müssen wir sie anerkennen. Sie hatte offenbar eine besondere, aber irgendwie auch schreckliche Gabe. Wenn du weißt, dass du nächstes Jahr stirbst, was bleibt dir noch?"

„Mich fasziniert das Phänomen. Man weiß von solchen Prophezeiungen, die sich erfüllen. Ist es aber am Ende womöglich nichts anderes als die self-fulfilling prophecy? Oder standen ihr mehr Informationen zur Verfügung, als wir uns vorstellen können? Wir stoßen an die Grenzen der Erklärbarkeit."

„Möglich. Eine Angelegenheit für die Psychologie. Eine Fundgrube für die Parapsychologie", sagte Feuerbach.

„Was kommst du mit dem alten Hut. Parapsychologie. Wer spricht denn heute noch darüber. Du hast noch immer den *Zauberberg* im Kopf. Für mich waren die Passagen, wo es sich um die merkwürdigen Sitzungen des Parapsychologen handelt, der schwächste Teil im Roman", sagte Luise.

„Also gut, die Parapsychologie war vor hundert Jahren in Mode, lassen wir das. Miriam hat ihre prophetische Gabe mit ins Grab genommen", erklärte Feuerbach.

„Was mich interessiert und worüber wir vielleicht etwas Klarheit schaffen können: Fühlst du dich noch immer schuldig, so wie damals, als dir nach und nach die Tragweite des Geschehens bewusst wurde?"

„Die gleiche Frage wurde mir vom Untersuchungsrichter gestellt", sagte Feuerbach. „Dort habe ich mich zu meiner Schuld bekannt."

„Was? Du hast dich für schuldig erklärt?"

„Im moralischen Sinn, was das auch immer genau heißen mag. Er hat das irgendwie akzeptiert."

„Aber jetzt und hier: Wie würdest du deine Verantwortung beschreiben?"

„Ich weiß, dass es nicht passiert wäre, wären wir dort nicht gegangen, und dass ich maßgeblichen Anteil daran hatte, dass wir dort gegangen sind. Aber ich fühle mich deswegen nicht schuldig. Es war eine Entscheidung, die wir geteilt haben. Wir beide waren verantwortlich. Ich mehr, sie um einiges weniger."

„Und wie bist du damit zurechtgekommen in den folgenden Wochen und Monaten?"

„Da war plötzlich das berühmte Licht am Ende des Tunnels. Das zündete neue Hoffnung. Das Licht war", Feuerbach zögerte einen Augenblick, setzte neu an und sagte, fest entschlossen, „das Licht war, wie du dir ausmalen kannst – das Licht warst du."

„Wirklich? War ich das? Soll ich dir das glauben?"

„Oh, das weißt du doch, jetzt mimst du die Unwissende."

„Nicht ganz. Gedacht habe ich das schon, aber ich habe so viel gedacht damals. War mir nie sicher. Wenn du das sagst ... ich bin ein bisschen durcheinander, kann das in diesem Augenblick gar nicht glauben, es ist schon so lange her, so viel ist passiert zwischendurch, manches, was die Flamme zwar nicht ausgelöscht, aber klein gestellt hat ..." Nach einer Pause: „Wie ging es weiter? Ich muss dir ehrlich sagen, ich hätte nicht in deiner Haut stecken wollen. Wie hast du das bewältigt, ich meine die Konfrontation mit Miriams Familie?"

„Das Wichtigste dazu ist schnell gesagt. Ich musste mich erklären. Den Tod mitteilen, was sonst. Ach, du bist es, sagte die Mutter am Telefon, ich hab ja so lange nichts von euch gehört. Wo seid ihr? Wie ist das Wetter? Sie wollte etwas über das Wetter wissen. Das Wetter ist so oft die erste und zugleich die unwichtigste Frage. Auch die unverfänglichste, sie lenkt ab, gibt eine Pause, zögert eventuell schlechte Botschaften hinaus. Ihre Stimme klang freundlicher als sonst, nicht so barsch wie gewöhnlich, zugleich aber auch irgendwie bange, wann hatte ich schon mal mit ihr telefoniert, noch dazu aus dem Ausland. Auch sie verfügte über die Gabe der Prophetie, da war vielleicht eine Veranlagung im Spiel. Ich glaube, sie witterte Ungutes. Dann fing sie an, über ihr Haus zu erzählen, dass neue Mieter eingezogen seien, ganz freundliche Leute. *Erika, ich muss dir etwas sagen,* unterbrach ich sie. Sie wollte fortfahren mit ihren Hausbewohnern, sieben Parteien wohnten im Haus, das sie von ihrem Mann übernommen hatte, der schon lange tot war, und mit allen kam sie gut aus, zu ihrer Geburtstagsfeier wurden sie alle eingeladen, und es herrschte immer gute Stimmung. Das war Erika, Miriams Mutter, die mit Miriam viel Streit und Ärger hatte. *Erika, ich muss dir was sagen, Miriam ist in eine Lawine geraten und darin umgekommen, Miriam ist tot.* Dann hörte ich ihren Aufschrei, sie ließ den Hörer fallen und muss hinaus ins Treppenhaus gelaufen sein, ihren Schmerz dorthin getragen haben, mehr konnte ich nicht hören, die Verbindung wurde unterbrochen. Später erfuhr ich, dass die Mieter herbeigeeilt waren und die Ohnmächtige aufs Bett gelegt hatten, das sie jedoch, als der Arzt kam, schon wieder verlassen hatte, denn jetzt gäbe es etwas Wichtiges zu regeln, die Überführung und Bestattung, diese Aufgabe wollte sie nicht aus der Hand geben."

Wortlos traten beide hinaus auf den Balkon, der etwas unterhalb der Terrasse liegt und die ganze Länge des Hauses einnimmt. Dieser Teil des Hauses ist das Zentrum, was der ursprünglichen Bauweise geschuldet ist. Es enthält unter anderem oben das Schlafzimmer und unten die Küche. Die Terrasse steht rechtwinklig und erhöht dagegen und bedeckt das darunter liegende, mit eigenem Eingang versehene Gästezimmer. Luise und Fabian atmeten tief und anhaltend, und es liegt nahe zu vermuten, dass sie die Stille der Nacht einatmen wollten, um sich zu beruhigen. Gegen Osten hellten sich die Berge bereits auf, der Himmel dort ließ etwas Blau durchschimmern, die Schwärze der Nacht zeigte erste Zeichen von Schwäche. Die Planeten, Mars und Venus, nur mehr matte, flimmernde Reflektoren, umso stärker trat der Mond hervor, die Sichel hing schief am Himmel und leuchtete weiß und selbst zu dieser Zeit noch mit großer Kraft.

Feuerbach kam Paul Bowles in den Sinn. Dessen unvergesslicher Roman *The sheltering sky*. Die zu Herzen gehende Tragik in dieser Geschichte, die sich in der blendenden Hitze der Wüste abspielt. Ein Neuanfang, der misslingt, weil die Liebe, die sie füreinander empfinden, die unerklärliche Kluft, die zwischen ihnen ist, nicht überwinden kann. Der Mann stirbt und die Frau, in der Folge ohne Orientierung, verliert ihr Selbst unter den Beduinen in der Wüste Nordafrikas. Aber was hatte der Roman mit ihm zu tun? Es war doch alles ganz anders gewesen. Nicht ganz anders, sagte er sich, es gab Parallelen. Es ging ja auch nicht um die Fakten. Die Stimmung in Bowles Roman war es, die der eigenen Situation ähnelte und die er in dieser Nacht wiederbelebt hatte. Die er mit Worten nicht fassen, die er fühlen, aber nicht beschreiben konnte. Was auch immer geschehen ist und noch geschehen wird, tröstete er sich, es gibt das Firmament da oben, das sich als *sheltering sky*, wie es Bowles so trefflich benannt hat, schützend über alles legt.

Zurück im Zimmer, die Balkontür nur angelehnt, änderte Feuerbach seine Position. Vom Liegen ins Sitzen. Luise sagte ihm, dass er jetzt wohler aussehe. Ach ja? Feuerbach sah zu Luise hinüber. Luise fragte: „Willst du jetzt nicht lieber einhalten? Komm, lass uns jetzt schlafen. Du kannst morgen weitererzählen. Wir machen daraus Tausendundeine Nacht. Dies war die zweite, neunhundertneunundneunzig werden noch folgen."

Feuerbach, erstaunt: „Tausendundeine Nacht? Meine Tragödie reicht nur für vier, maximal fünf. Aber warum nicht, wir können sie in kleine Portionen zerlegen. Jede Nacht einen Bissen davon. Es fördert das Einschlafen, wenn die Portionen klein bleiben."

„Du bist verrückt. Wir bleiben bei fünf Nächten. Hast du vergessen, dass es auch noch was anderes gibt als deine Geschichte?"

„Beinahe hätte ich es vergessen. Gut, dass du daran erinnerst."

Luise wickelte sich in ihre Decke und war im Nu eingeschlafen. Feuerbach versuchte das Gleiche; er drehte sich hin und her, wendete die Decke, die mal zu warm und mal zu kalt war, verließ das Bett. Ging wieder hinaus auf den Balkon. Kam zurück. Brauchte lange, sehr lange, bis die Vergangenheit zu verschwimmen begann. Als er nach einer Weile das aufkommende Vogelgezwitscher wie aus großer Ferne hörte, wusste er, dass der Schlaf im Begriff war, sich seiner anzunehmen.

Die dritte Nacht

Der Tag war heiß gewesen, die Fliesen auf seiner Terrasse hatten unter der Sonne gekocht und kühlten jetzt langsam, sehr langsam ab. Er betrat sie mit nackten Füßen, es war als hätte er auf eine heiße Herdplatte getreten. Sie sind für hohe Temperaturen gemacht, so der Hersteller. Für hohe und tiefe Temperaturen. Sie können Temperaturdifferenzen von hundert Grad aushalten. Von plus siebzig auf minus zwanzig? So genau könne er das nicht sagen, aber etwa in diese Richtung würde sich das wohl bewegen. Aber der untere Wert würde wohl kaum eintreten, der obere dagegen sei sehr wohl möglich. Den hatte Feuerbach schmerzhaft verspürt.

Er freute sich auf die nächste Nacht. Es tut gut, wenn Luise zuhört und ihre Kommentare gibt, fand er. Es beruhigte und entlastete ihn. Eigentlich genau das, was auch die Psychotherapeuten sagen, musste er zugeben, auch wenn er deren Wirkung eher gering einschätzte. Er kannte niemanden, dem sie geholfen hatten. Dennoch ließen sie sich, und das war das eigentlich Skandalöse, für eine Stunde Anteilnahme fürstlich entlohnen.

Er solle fortfahren, sagte sie. Es scheint ihn aufzurichten, und ich kann es aushalten, befand Luise im Stillen.

„Aber halt. Da kommt mir ein Gedanke, allerdings etwas spät. Es wäre interessant zu vergleichen, was du heute erzählst und gestern erzählt hast und wie das zu dem passt, was du damals aufgeschrieben hast. Die Unterschiede könnten etwas über deine Entwicklung sagen.

Sogar ließe sich daraus eine Prognose anstellen, wie du in Zukunft mit dem Problem umgehen wirst; ob du davon lassen kannst oder ob es dich weiterhin über Gebühr beschäftigen wird."

„Dann müsstest du meine gesprochenen Sätze aufzeichnen und mit den geschriebenen vergleichen. Ist das nicht ein bisschen zu schwierig?"

„Ich meine nur, weil du es so gern wissenschaftlich hast. Es ließe sich sicher ein anderes, praktikableres Verfahren finden. Ich werde darüber nachdenken. Also ich höre", beendete sie ihren Ausflug in die Welt der Prognose und ließ diesmal die Füße nicht unter der Decke rausschauen, das musste etwas bedeuten.

„Deine Füße", sagte Fabian.

„Sie sind wohl temperiert, ich bin barfuß gelaufen, bin froh, dass sie heute mal nicht so heiß sind. Du weißt es doch und musst mich nicht damit aufziehen."

„Ich habe verstanden. Wenn es wieder zu heiß wird, bin ich bereit, mitten in der Nacht aufzustehen und dir einen Eimer mit kaltem Wasser zu bringen."

„Das wäre wohl nicht zu viel verlangt."

„Das wäre es nicht, deshalb habe ich es ja angeboten."

„Darf ich dich jetzt bitten, dich nicht weiter um meine Füße zu kümmern. Da hätte ich andere Körperteile, um die es sich mehr lohnen würde."

„Gewiss, gewiss", beeilte er sich zu versichern, ließ sich aber nicht davon abbringen, die Besonderheiten des jeweiligen Blutflusses zu durchleuchten. Bei ihm war es nämlich ganz anders als bei ihr. Seine Füße waren kalt, wenn er seine nächtliche Unruhe spürte. Vermutlich aufgrund stockender Durchblutung. Erst wenn sie sich wieder erwärmten, in besonderen Fällen richtig heiß wurden, wusste er, dass die Unruhe im Begriff war zu weichen. Ganz anders bei Luise. Bei ihr stockte der Blutfluss nie. Als in Luise die Tochter heranreifte, musste sie jede Stunde die Füße kühlen. Das half nicht, dadurch wurden sie nur umso heißer. Sie musste sich damit abfinden, dass es kein Mittel gibt, ihrer selbst erzeugten Hitze Herr zu werden. Noch wärmer als ihre Füße waren ihre Hände. Sie ging im Winter auch bei negativen Temperaturen ohne Handschuhe. Ihr Blut schien auch die entferntesten Ecken zu erreichen, die feinsten Kapillaren zu durchströmen. Er beneidete sie darum. Vermutlich eine Lebensversicherung für das Alter.

„Wo bin ich stehengeblieben?"

„Am Telefon", sagte Luise. „Und jetzt Schluss mit den Belanglosigkeiten. Es geht um so viel Wesentlicheres."

„Ab und zu ist es entlastend, in Alltäglichkeiten abzurutschen."

„Das Telefon. Du merkst, ich werde ungeduldig."

„Ich sprach mit Gustav, Miriams Ehemaligen, dem Vater der beiden Mädchen. *Kannst du kommen*, fragte ich, *wir nehmen zusammen Abschied von Miriam, ich weiß, sie würde es wünschen, und auch ich wünsche es mir, komm Gustav, komm.*

Gustav wollte nicht kommen, er entschuldigte sich.

Ich kann nicht kommen. Ich muss jetzt bei den Kindern bleiben. Du musst das verstehen.

Ich fragte Miriams Schwester Theresa.

Kannst du kommen, Theresa? Es würde mir so gut tun, und auch Miriam würde das wünschen, wenn wir beide Abschied von ihr nehmen, Theresa, komm, ich brauche dich.

Theresa kam nicht, sie entschuldigte sich.

Ich kann nicht kommen. Ich würde es so gerne tun, würde dich so gern trösten und streicheln. Aber meine Mutter braucht meine ganze Hilfe. Es tut so weh, das

Ganze. Nimm mein Mitgefühl in Gedanken. Ich kann nicht kommen, bitte versteh mich. Wir sprechen miteinander, sobald du wieder hier bist.

Ich fragte meinen Bruder, er druckste.

Ja, wenn es denn gar nicht anders geht, würde ich wohl kommen, aber nur wenn es wirklich nicht anders geht. Aber bedenke, ich habe morgen zu tun. Wir haben eine Konferenz.

Ich fragte meine Schwester. Sie werde ihren Mann bitten. Ihn dazu bewegen, zu kommen, er müsse es halt machen, wenn sonst niemand bereit sei. Sie werde mich noch mal anrufen und sie fühle mit mir, und dass es gerade mir passieren müsse.

Im Bett im Gasthaus. Ich zitterte und fror unter der Federdecke. Als habe sie jemand gegen Schnee vertauscht. Es war, als wenn der Schnee schmilzt und dabei alle noch verbliebene Wärme aus dem Körper zieht. Gelegentlich ein schneller Blick auf das Bett neben mir. Das Plumeau unberührt in gefaltetem Zustand. Vergewisserte mich, immer dasselbe. Das Bett nebenan eingefroren im Zustand der Unberührtheit. Ich sah sie tot und lebendig zugleich. Sie lachte mich an, so offen und frei, wie nur sie das konnte.

Gegen Mitternacht kam Josef, der Wirt, ins Zimmer, um nach mir zu sehen.

Du hast getan, was du tun konntest. Keiner von uns hätte an deiner Stelle mehr tun können.

Ach Josef, dachte ich, aber sagte es nicht, du weißt doch, dass ich sie hätte finden können. Und dass, wenn überhaupt, nur ich allein sie hätte retten können. Du weißt, dass ich davongelaufen bin. Eigentlich habe ich mich wie ein Feigling benommen. Meine eigene Haut gerettet. Ihr Mund und ihre Nase waren mit Schnee zugestopft, etwa fünfzig Meter entfernt von mir soll sie gelegen haben und einen halben Meter hoch mit Schnee bedeckt, mit dem Kopf zuunterst, der Rucksack über ihr, der eine Fuß noch im Ski, der andere frei. Sie haben etwa zehn Minuten gebraucht, um sie zu finden, so sagen die Helfer, sie haben sie mit den Händen rausgeschaufelt, ihre Mütze hat sie verraten, die lag nur wenige Meter entfernt von ihr. Ich hätte sie finden können.

Mein Kreuz schmerzte und pochte. Ich ging hinunter zum Wirt. Er stand noch an der Theke, mit dem Spülen der Gläser beschäftigt. Er brachte mich zum Arzt, fuhr das Auto, als wenn es um einen Schwerverletzten geht, ganz langsam auf der schneebedeckten Straße. Er klingelte. Keine Antwort. Er klingelte Sturm. Im oberen Stock des ausgedehnten Hauses öffnete sich das Fenster, eine unwillige Frauenstimme fragte, ob das sein müsse zu dieser nächtlichen Stunde. *Es muss*, sagte der Wirt. Der Arzt gab mir eine Spritze, die beruhigen sollte. Tat sie aber nicht.

Ich konnte nicht schlafen in dieser Nacht. Immer wieder stand ich vor dem Fenster und sah hinauf zu den Bergen. Dort oben hatte es sich ereignet, irgendwo dort oben. Ich presste die schmerzende Stirn an die Scheibe, empfand ihre Kühle als lindernd. Die Nacht war klar und frostig. Irgendwann überkam mich der Schlaf. Und beim ersten Morgenlicht stand ich wieder am Fenster. Kein böser Traum, es war Realität. Sie lebte nicht mehr. Die Spitzen der Berge standen scharf gegen den blassblauen Himmel. Die Farbe versprach einen schönen Tag.

Ich laufe die Straße hinauf zur Kapelle. Ein unscheinbares Häuschen zum stillen Gebet an einer unscheinbaren Straße in Österreichs Tirol. Auf dem Altar ein schnell zubereitetes Arrangement: zwei brennende Kerzen und dazwischen eine welke Blume aus Plastik. Ich atme schnell, der Atem kondensiert, ich sehe verschwommen durch einen Schleier von nebliger Atemluft und tränenfeuchten Augen. Ich schlage das Laken zurück. Sie liegt im Skianzug, den Kopf in die Kapuze gebettet, die Hände zusammengesteckt. Der Ring an ihrem Finger, unübersehbar, ein offener Ring. Ich hatte ihn ihr Weihnachten geschenkt, der erste Ring in meinem Leben, der erste für Miriam, zu Weihnachten, sie hatte ihn seitdem nicht mehr abgenommen. Der Ring umfasste drei Viertel ihres Ringfingers, das war gewollt, die Lücke symbolisierte das Stück, das in unserer Beziehung fehlte, dieses Stück, nicht näher spezifiziert, eben Ausdruck einer zwiespältigen Beziehung. Miriam hatte das wohl auch so empfunden, aber wie mir schien, überwog die Freude den Argwohn, der die Nicht-Geschlossenheit auslöste."

„Halt", warf Luise ein, „was sollte das? Du schenkst einen Ring, der die Unvollkommenheit eurer Beziehung wiedergibt? Wie konntest du ihr das nur antun?"

„Zunächst mal fand ich die Konstruktion des Ringes interessant und war erst später auf die Idee gekommen, den Spalt als das fehlende, nicht näher bezeichnete Stück unserer Beziehung zu sehen. Er ließ sich auch positiv interpretieren als Symbol einer nicht abgeschlossenen Beziehung. Das galt damals als modern und wurde in Literatur und Film thematisiert."

„Wenn du das so siehst, dann war das mit dem Ring doch keine so schlechte Idee, etwas verwickelt das Ganze, aber nachvollziehbar."

„Aber vielleicht war der Ring eben auch nur schön und ein bisschen außergewöhnlich, das Psychologische ist aufgesetzt, also ich glaube, es war vor allem die besondere

Ästhetik, die mich verleitet hat, den Ring zu kaufen. Darf ich zurück zum Geschehen?"

„Du darfst."

„Verwickelt, um dein Wort aufzunehmen, war der Sinn des Ereignisses. Er beschäftigt mich noch heute. Es war eben mehr als ein außergewöhnliches, wenn auch nicht seltenes Naturereignis. Ich tue mich schwer, das Ganze als unglücklichen Zufall zu interpretieren. Dann wäre die Angelegenheit erledigt. Es steckte so viel mehr darin. Ich frage mich unter anderem, ob der Tod der einzige Weg war, um unsere Beziehung aufzulösen. Weil es sonst nicht dazu gekommen wäre? Hatte Miriam den Tod gewählt, um mir den Abschied von ihr zu erleichtern? Kein angenehmer Gedanke."

„Aber objektiv gesehen war es das", erwiderte Luise. „Auch wenn sich das sehr rationalistisch und deterministisch anhört. Das Schicksal hat entschieden. Nein, wir werden den Sinn des Ereignisses nicht entschlüsseln können. Aber da war eben auch die Vorgeschichte, die das Ganze beeinflusst hat. Sie hat eine wichtige Rolle gespielt. Du hast gesagt, ich zitiere dich: Mein Kopf war schwer von mir selbst. Du warst also nicht recht bei dir. Du warst in einer höchst ungünstigen Verfassung."

„Ganz sicher, so war es. Sehr verunsichert. Geschockt von Himmerichs Absage, auch wenn sie nur bestätigte, was ich geahnt hatte. Ja... ich fühlte mich ungeordnet und verwirrt, unfrei, befangen. Gelähmt, beschädigt. Mit einem sehr sorgenvollen Blick in die Zukunft. Angst vorm Abrutschen in die totale Bedeutungslosigkeit. Am Ende sogar die materielle Verarmung. Leben von Almosen. Gespenstischer Ausblick. Ein Albtraum. Als Klinkenputzer unterwegs, von Tür zu Tür mit einem Koffer, gefüllt mit den neusten Pharmaprodukten und Geschenken für die umworbenen Ärzte, oder als Vertreter von Assekuranzen, die leichtgläubigen Leuten unnötige und teure Versicherungen aufschwatzen. Das waren die Ängste, die übrigens nicht nur ich, sondern auch viele andere damals hatten, die in der Wissenschaft arbeiteten. Auch wenn sich das in den meisten Fällen als unbegründet herausstellte. Nur wenige sind tatsächlich stecken geblieben und mussten vom Einkommen der Eltern oder von der Sozialhilfe leben.

Ich war ganz einfach nicht in Reisestimmung. Ich wollte nicht weg, irgendwas sträubte sich in mir. Im Ferienort angekommen, gab es damals in jeder Nacht neuen Schnee bei niedrigen Temperaturen. Den Aufstieg zur Berghütte dann wegen Schneefalls zweimal verschoben. Miriams Vorschlag, ob wir nicht lieber ganz darauf verzichten sollten. Meine Erwiderung, dass es doch so schön dort oben sei. Das findet auch sie und gibt nach. Sagt ja."

„Als es dann so weit ist, beginnst du zu zögern, nicht wahr?"

„So war es."

„Die Kapelle. Du warst bei der Kapelle stehen geblieben."

„Du hast mich an dieser Stelle unterbrochen."

„Aus gutem Grund. Mich schaudert es, wenn ich an die Kälte denke, die dort geherrscht haben muss. Deshalb wirst du es mir nicht übel nehmen, wenn du die Kälte für dich behältst. Ich habe ein warmes Bett und bin nicht bereit, es auch nur in Gedanken mit einer ungemütlichen, abweisenden Kapelle zu tauschen. Für mich ist jetzt Schlafenszeit." Auch gut, sagte sich Fabian, das in der Kapelle ist ohnehin allein meine Angelegenheit. Und er legte sich aufs Bett und richtete die Augen zur Decke, als wenn dort zu lesen wäre, was er vor dreißig Jahren erlebt hatte.

Die Kapelle hatte die Kälte gespeichert. Außen hatte die Sonne, der Frühlingsbeginn war längst überschritten, die Temperaturen weit über den Gefrierpunkt getrieben, aber im Innern der Kapelle hatte sie wenig Wirkung gezeigt, dort war die frostige Luft von den dicken Mauern zurückgehalten worden. Es herrschte die vollkommene Stille. Er bildete sich ein, Miriams Kommentare auf den Wänden der Kapelle zu sehen, die sie einst auf die Tafel geschrieben hatte, die im Flur seiner Wohnung aufgehängt war. Auf diese Tafel hatte sie geschrieben: „Ich liebe dich, es war sehr schön mit dir", bevor sie sich in der Nacht auf den Heimweg zu den Kindern machte. Dieser Satz blieb stehen bis zum nächsten Mal. Sie wischte ihn aus und schrieb das nächste Mal den gleichen Satz auf die staubig gewischte Tafel. Dieser Satz, wie oft er sich auch wiederholte, erzeugte bei ihm stets ein großes Wohlbehagen, es setzte sich zusammen aus Dankbarkeit und der Gewissheit, zusammenzugehören.

Der andere Satz, den sie auf die Wandtafel geschrieben hatte, war weniger liebevoll. Da stand: „Ich will dich nicht mehr, du hast alles zerstört." Das las er nach seiner Rückkehr von der Berghütte, in der er zwei Wochen mit ihrer Tochter Lydia verbracht hatte. Lydia las und entschied. Auch sie wollte ihn nicht mehr. Also gleich zwei auf einmal, das traf. Den Tag darauf fuhr er mit Lydia nach Dänemark, wo Miriam mit Lore Ferien machte. Lydia fiel Miriam um den Hals, und er empfand das als undankbar, denn schließlich hatte er sich in den Ferien, wider seine sonstige Gewohnheit, ganz ihren Wünschen unterworfen. Aber tatsächlich war es die Eifersucht, die an ihm zehrte, weil Lydia sich von ihm abwandte, als sie wieder unter den Ihren war. Er nahm am Abend die Fähre zurück. Miriam begleitete ihn bis aufs Deck, lächelte ihn an, drückte sich eng an ihn und verpasste die Abfahrt der Fähre, blieb dicht an ihn geschmiegt bei ihm, bis die Fähre wieder anlegte. Die beiden waren sich sehr bald einig, so schien es, dass sie nicht voneinander lassen würden, sie wollte nicht ohne ihn und er wollte nicht ohne sie sein; nicht anders konnten sie die gemeinsame Fahrt interpretieren.

Er sagte ihr, derweil sein Atem vor den Augen dampfte und seine Tränen schon im Fallen gefroren: „Es tut mir so leid, so unendlich leid." Und er versprach, indem er sich zu ihr beugte, hinunter zu ihrem eingefrorenen Gesicht, das vor zehn oder zwölf Stunden noch einer Lebenden gehört hatte, versprach ihr ganz leise, dass nur sie es hören konnte: „Ich werde dich nie und nimmer vergessen und immer wieder an dich denken." Er streichelte sie, aber mit Schrecken wurde er gewahr, dass er wegen der Kälte, die die Haut zu Papier gemacht hatte, nicht streicheln konnte. Die Haut gab nicht nach, passte sich nicht an, erwiderte die Berührung nicht. Sie bedeckte gefrorenes Fleisch, war selbst bereits Teil des Gefrorenen. Er richtete sich auf, betrachtete sie nochmals und beugte sich wieder über sie. Berührte ihre Lippen mit seinen Lippen. Und wusste im gleichen Augenblick, dass er das nie wieder tun würde. Nie wieder versuchen würde, gefrorene Lippen zu küssen. Er breitete das Laken über Miriam und öffnete die Tür, trat heraus, drehte sich um, winkte ihr zu und sagte: „Sei unbesorgt, ich war sehr gern mit dir. Ich mochte dich, mir gefiel deine Art, ich mochte vor allem dein Lachen, unnachahmlich liebevoll und zugleich ein bisschen spöttisch, herausfordernd, nachfragend, dein Lachen hatte so viele Schattierungen, es wird mir wahnsinnig fehlen. Ich werde schwer daran zu tragen haben." Und als er ein paar Meter entfernt war, drehte er sich wieder in Richtung Kapelle und verharrte auf der Stelle. Es schien, als wenn er darauf wartete, dass sie aus der Kapelle treten und ihm folgen würde. Dann sagte er, sich selbst ermutigend: Es hilft alles nichts. Es ist geschehen. Du hast es nicht verhindern können. Das halbe Leben liegt noch vor dir. Du musst es fest umfassen, bevor es sich erneut davonzumachen versucht. Du bist schon so oft in ein großes Loch gefallen. Krankheiten, Unfälle, Misserfolge, Liebeskummer... Und hast es immer wieder geschafft, herauszukommen. Warum nicht auch diesmal?

Luise murmelte, trunken vom Schlaf: „Mir kommt ein Vers in den Sinn, ich weiß nicht, woher ich ihn habe: *Schnee wird fallen auf Wegweiser auch und auf Versprechen.*"

Und während sie schlief, wachte er, denn das Ereignis ließ ihn nicht los, auch wenn es schon das beträchtliche Alter von dreißig Jahren erreicht hatte.

Die vierte Nacht

Das Zimmer im Halbdunkel. Die Balkontür halb geöffnet, die Luft draußen so warm wie drinnen. Die Himmelslichter von Wolken überdeckt. Die Nacht fast schwarz. Unterbrochen durch gelegentliche Blitze im Südosten. Immer von dort näherte sich das Gewitter. Wenn das Gewitter über ihren Köpfen tobte, fiel regelmäßig der Strom aus. Die elektrischen Felder der Blitze drangen in die Häuser und demolierten Telefone und Fernseher. Die Versicherungen erhöhten die Prämien in der Region.

Luise hatte am Nachmittag Kiwi-Eis hergestellt und mit Minze garniert auf die Tischchen neben den Betten gestellt. Dazu ein großes Glas sprudelndes Wasser. Da der Sprudel eine flüchtige Erscheinung ist, Feuerbach sich andererseits von den Gasbläschen eine Art innere Erfrischung versprach, nahm er als Erstes das Glas und leerte es in einem Zug.

„Das Eis kann noch warten, ich werde mich während meiner Erzählung daran laben", kam er Luise zuvor, welche die kurzlebige Konsistenz des Eises im Blick hatte. Sie stieg in einen dicken wollenen Schlafanzug und schlang sich einen breiten Schal um den Hals.

„Was ist passiert, dass du dich hüllst, als hätten wir bereits winterliche Verhältnisse?"

„Gar nichts Besonderes, außer dass ich mich in deiner Kapelle erkältet habe."

„Welche Fernwirkungskräfte die Kapelle auszuüben imstande ist", sagte Fabian.

„Worum geht es heute Nacht?"

„Wie ich in die Stadt zurückkomme und wie ich dort aufgenommen werde."

Luise gab Zeichen der Zustimmung und Fabian erzählte ein weiteres Kapitel seiner Geschichte.

„Meine Schwester hatte Wort gehalten und ihren Mann am frühen Morgen ins Flugzeug geordert. Ihr Mann respektive mein Schwager war ein paar Jahre älter als ich, ein Mann ohne Besonderheiten. Stets zurückhaltend, was seine Gefühle betraf. Dabei hatte er sie, wie er mir in stiller Stunde offenbarte. Sprach wenig. Ein Mann, der immer zur Stelle war, wenn etwas aus dem Ruder lief. Er lebte und propagierte das Normale, repräsentierte es wie kaum ein anderer. Er war in extremen Situationen der Richtige, weil er das Extreme zum Normalen degradierte.

Ich sagte: *Gut, dass du gekommen bist.*

Er sagte: *Vor allem ist es gut, dass ich dich ohne Schwierigkeiten gefunden habe. Ich wusste nämlich nicht genau, wo du dich aufhältst.*

Ich sagte: *Aber du warst doch schon mal hier.* Das war er, als er in der Berghütte einige Zeit mit mir verbracht hatte. Er pflegte jeden Morgen im Wildbach zu baden, dessen Temperatur auch im Sommer zehn Grad nicht überschritt.

Er sagte: *Das ist richtig, aber die Umgebung ist weit, und es gibt alle möglichen Orte innerhalb dieser Umgebung, wo du sein konntest.*

Ich sagte: *Ich bin dir dankbar, dass du dich um mich kümmerst.*

Er sagte: *Das hast du vor allem deiner Schwester zu verdanken, sie hat mich hierher dirigiert. Sie hat dich nicht im Stich gelassen.*

Ich sagte: *Ich weiß, dass ich mich auf sie verlassen*

kann. Alle anderen, bei denen ich angefragt habe, waren sehr zurückhaltend.

Er sagte: *Das wundert mich nicht. Aber jetzt Schluss mit dem Gerede. Wir müssen handeln. Du musst sogleich fort von hier, es tut dir gar nicht gut, länger zu bleiben. Deshalb bin ich gekommen. Um dich von hier abzuholen.*

Ich sagte: *Aber bevor wir gehen, möchte ich noch mal hinauf und den Tatort besichtigen. Ich will die Situation ganz objektiv nachvollziehen, verstehst du, objektiv nachvollziehen.*

Er sagte: *Ich weiß nicht, was du dir davon versprichst, deine Schwester hat mich beauftragt, dich so schnell wie möglich hier herauszunehmen, und ich stimme darin mit ihr überein. Ich habe genau einen Tag Zeit, wenn du länger hier bleiben willst, dann musst du das ohne mich machen. Ich rechne auf deine Einsicht, du bist doch ein Mensch mit klarem Verstand. Er wird dir das sagen, was ich dir zu sagen versuche.*

Ich sagte: *Bitte versteh mich doch, Schwägerchen. Lass es mich tun. Oder willst du mich begleiten? Ich will mir klar werden, nichts ist schlimmer für mich in dieser Situation als in Unklarheit den Ort zu verlassen. Die Sonne scheint, es wird ein schöner Weg hinauf sein, der Weg ist nicht schwierig, bitte komm mit oder warte solange, bis ich wieder unten bin. Ich muss sehen, verstehen, was war, die Leute können viel sagen.*

Er sagte: *Kommt nicht in Frage. Der Weg ist schwierig, weil der Schnee zu hoch liegt und nicht trägt. Das weißt du doch selbst. Ich habe deiner Schwester versprochen, dich heil zurückzubringen. Und dabei bleibt es.*

Er hatte die Bergführer auf seiner Seite. Man dürfe das Schicksal nicht zweimal herausfordern, sagten die Bergführer. Es sei darauf zu achten, dass der Berg jetzt in Ruhe gelassen werde, der Berg könne zornig werden und eine große Lawine ins Tal schicken, mit unübersehbaren Folgen für die Bewohner. Dieses Argument war abergläubisch, aber doch irgendwie einleuchtend. Also fügte ich mich. Wollte nun wirklich nicht noch mehr Unheil anrichten. Folgte meinem Schwager. Miriam würde der Bestatter holen, hieß es, und sie tausend Kilometer nordwärts auf den Friedhof fahren, an eine bereits bezeichnete Stelle, die an ihren Vater und Bruder erinnert. Wir machten die Rückfahrt per Flugzeug.

Weil es schneller geht, sagte Andreas, mein Schwager. *Lieber würde ich langsam, unendlich langsam sein*, erwiderte ich. *Warum das*, fragte er erstaunt. *Um langsam von einem ins andere zu kommen*, sagte ich.

Er schaute mich verständnislos an. Wahrscheinlich hatte ich mich unverständlich ausgedrückt. Im Ernst: Im Flugzeug hatte ich zeitweilig nichts dagegen, wenn das Flugzeug den Einzugsbereich der Erde verließe und wie bei Jules Verne die Reise zum Mond anträte, aber, im Gegensatz zu seiner Geschichte, zur Erde nicht wieder zurückfände. Zwischendurch hätte ich meinen Schwager aussteigen lassen müssen, denn er wäre damit ganz gewiss nicht einverstanden gewesen."

Schweigen. Dann:

„Miriams Tod war ein Unfall. Er hatte kaum sichtbare Verletzungen verursacht. Es war kein Blut geflossen. Kein Blut auf der Straße, kein aufgeweichter Asphalt, keine neugierigen Zuschauer. Keine Sirenen. Keine Glassplitter. Kein Feuer, keine Gasmasken. Keine rotierenden Lichtsignale. Keine weißen Kittel und kein über die Brust gebeugter Rücken eines Arztes, der das Herz und die Atmung wiederherstellen will. Keine Presse, keine Psychologin, die sich um die Angehörigen und Überlebenden kümmert. Die Angelegenheit wurde ganz allein mit der Natur ausgetragen und von ihr entschieden. Das einzig Spektakuläre und zugleich Extreme daran: Der Tod war überraschend, ohne Ankündigung gekommen. Wir hatten den Schnee destabilisiert, der daraufhin in einem komplizierten Prozess nichts anderem als dem physikalischen Gesetz der Schwerkraft folgte. Ein Tod in Miriams Alter ist oft spektakulär, ihm können Folter, Demütigung, Vergewaltigung vorausgehen, der Tod aus dem blutrünstigen Arsenal der Fehlgeleiteten, Fanatiker und Verrohten. Fernsehen, Blitzlichter, Kriminalbeamte. Nichts davon im vorliegenden Fall. Hier hatte der Tod den Charakter des Privaten. Es gab eine kurze Anmerkung im österreichischen Rundfunk. Es war alles in allem eine saubere und natürliche Angelegenheit."

Luise nickte.

„Gegen Abend waren wir zurück, weit im Norden, wo der höchste Berg etwas über hundert Meter misst. Das Übliche: heftiger Wind und spärlicher Regen. Ich nahm den Zug, um die kleine Strecke, die mich von Miriams Kindern trennte, zu überwinden. Am Bahnhof wartete Gustav, Miriams Ehemaliger. Er umschloss mich mit seinen langen Armen und sagte:

Als Miriams Bruder starb, hat Miriam eine Woche lang getrauert. Danach hat sie wieder gelacht.

Ich war konsterniert. Was für eine Begrüßung! Ob er sie sich vorher ausgedacht hatte? Oder war sie ihm spontan über die Lippen gekommen? Ich erinnerte mich an eine andere Version. Der Tod des Bruders hatte sie zutiefst getroffen. So hatte sie es mir erzählt. Sie hätte monatelang getrauert und niemand hätte ihren Schmerz verstanden; sie fühlte sich in solchen Augenblicken allein gelassen, das war ihr Wort, allein gelassen, und das war das Schlimmste, was ihr widerfahren konnte.

Die stumpfen Scheibenwischer schlugen auf die Windschutzscheibe ein. Sie konnte nun wirklich nichts dafür, dass die Wischer wirkungslos blieben. *Es ist Miriams Auto*, entschuldigte sich Gustav. *Der Lärm, die Nässe, die Lichter. Alles zu viel für mich.* Eine Ewigkeit, bis wir in einer Nebenstraße die passende Lücke entdeckten.

Miriam hat die Wohnung mit viel altem Plunder gefüllt. Das war eine unserer ständigen Auseinandersetzungen; sie konnte nämlich nichts wegwerfen. So wurde die Wohnung immer voller und unbequemer. Es wird nicht leicht sein, Ordnung hineinzubringen, sagte Gustav, während er die Wohnungstür aufschloss. Aber achtundvierzig Stunden nach Ausstellung des Totenscheins lagen ihre Dokumente, Briefe und sonstige Schriftstücke, sorgfältig gestapelt und mit Zettelchen versehen auf dem Schreibtisch. Miriams Leben war nach Stichworten sortiert und zu einem guten Teil bereits weggepackt. Gustav hatte ein atemberaubendes Tempo vorgelegt.

Du wunderst dich, dass alles schon so schön geordnet ist. Nicht wahr, so ist es? Mach dir keinen Kopf deswegen. Ich hatte Zeit und habe mich sofort darangemacht, die Angelegenheit zu regeln. Da Miriams Tod überraschend gekommen ist, war keine Vorsorge getroffen. So habe ich es mir zur Aufgabe gemacht, aus Gründen der Anhänglichkeit und der Verantwortung für die Kinder, ihren Nachlass zu ordnen. Ich will das hier möglichst schnell erledigen und dann mit den Kindern eine neue Wohnung suchen, sagte Gustav.

Ich bewundere dein Tempo, sagte ich. *Dazu wäre ich jetzt nicht in der Lage.*

Natürlich nicht, und weil das so ist, habe ich mich sofort darangemacht, wiederholte Gustav. *Das ist nun mal meine Stärke, ich meine damit, dass ich in kritischen Situationen organisieren kann. Hätte ich diese Fähigkeit nicht, ich wäre nicht da, wo ich jetzt bin. Ich wusste zum Glück immer, was zu tun ist. Ich bin ein praktischer Mensch, der sich schnell anpassen kann. Und schnell entscheiden kann. Wir sind eine Familie, die schnell entscheidet.* Er machte eine Pause.

Und mit Trauer in der Stimme: *Du denkst sicher, nach all dem, was du hier siehst, dass ich herzlos bin. Sei versichert: Auch ich bin tief getroffen. Wer hätte das gedacht, mit vierzig bereits am Ende angekommen. Ich schlucke das hinunter, werde geschäftig, so ist das üblich in meiner Familie. Verdrängung oder Geschäftigkeit, das kommt auf das Gleiche raus. Ich halte nichts vom Trauern und doch bin ich schrecklich traurig, verstehst du das? Sieh, meine Kinder fordern mich, sie wollen mich stark, nicht schwach, sie erwarten Hilfe, nicht Resignation, sie brauchen mich, ich muss vorangehen, darf nicht zurückbleiben, ich muss ihnen Zukunft geben.*

Er sprach über meine Rolle in der Familie, die er verlassen hatte, und skizzierte meine Zukunft: *Sieh nach vorn. Es ist doch vorbei. Es ist unabänderlich zu Ende. Die Zeit mit Miriam und ihren Kindern ist für dich zu Ende, ich konnte mir auch gar nicht vorstellen, dass es mit euch immer halten würde. Die Kinder gehen mit mir. Vielleicht gibt dir das sogar ein Gefühl der Erleichterung. Denk an die Schwierigkeiten, die du mit den Kindern hattest, von denen sie mir manchmal erzählt haben. Du warst für sie immer so etwas wie ein Eindringling. Ich habe dich übrigens fast immer verteidigt, für Verständnis geworben, ja wirklich, ich weiß, du hast das anders vermutet. Es ist wirklich alles nur eine Frage der Zeit. Widersprich nicht, es ist so. Ich weiß, wovon ich rede. Es kommt eine andere Frau, dann wirst du Miriam vergessen, das ist so im Leben, zum Glück ist das Leben so.*

Gustav hatte Miriam geheiratet, da war er noch nicht volljährig. Er hatte die Volksschule absolviert und war seinen Lehrern aufgefallen. Diese meinten, er hätte Besseres verdient, und so empfahl man ihn für die höhere Schule. Zunächst machte er eine kleine Ausbildung, um die Familie zu ernähren. Dann holte er in Abendkursen das Abitur nach und studierte Medizin. Er kam gut an bei Männern und Frauen und hatte bald eine große Schar von Bekannten und Freunden. Unweigerlich wurde er untreu, und als Miriam dessen gewahr wurde, reichte sie, konsequent, wie sie war, die Scheidung ein.

Gustavs Rede löste eine Art Lähmung bei mir aus. Ich dachte an eine Lokomotive mit vier Waggons. Einer der Waggons war ich. Man koppelte mich ab, der Zug lief weiter und ich blieb auf den Gleisen stehen. Daran hatte ich nicht gedacht. Ich hatte das ganz anders erwartet. Ein vertrautes Gespräch mit den Kindern, in dem wir uns tröstend verbinden.

Es gab kein Gespräch. Sie sahen mich nicht an, stellten keine Fragen. Kein Vorwurf, kein Ausbruch, keine Träne. Wie konnte das sein? Sie bestraften mich. Sie wollten nicht reden, nichts wissen vom Hergang, hatten das Tuch drüber ausgebreitet. Sie waren fünfzehn und achtzehn, keine kleinen Kinder mehr. Taten mir nicht den Gefallen, mich anzuhören, erlaubten mir nicht, den Hergang zu rekonstruieren. Erlaubten keinerlei Sentimentalitäten. Ich war enttäuscht, fühlte mich jetzt erst richtig verlassen. Hatte darauf gesetzt, dass wir gemeinsam um Miriam trauern. Kerzen anzünden und Geschichten erzählen, Erzählungen von ihr und über sie...

Aber wie kannst du das nur erwarten, sagte Theresa, Miriams Schwester. *Kinder reden nicht über einen großen, noch dazu frischen Verlust.*

Aber sie haben sich verhalten, als hätten sie nie mit mir zu tun gehabt, sagte ich.

Auch das musst du verstehen. Der Vater ist wieder da,

sagte Theresa. *Deine Bedeutung stand und fiel mit Miriam.*

Vielleicht ist es so, sagte ich und war froh, dass sich Theresa kümmerte.

Wir werden mit Papa gehen, sagte Lydia fest und bestimmt.

Du besuchst uns dann mal, sagte Lore mit einem Anflug von Mitleid.

Ich legte mich in Miriams Bett. Das Gespräch mit Gustav saß mir auf der Brust, mehr noch das Schweigen der Kinder. Mir war klar, ich würde den Gang der Dinge hier nicht beeinflussen können, nicht einmal den Gang der kleinen Dinge. Ich musste meine wenigen Sachen packen, die ich bei Miriam deponiert hatte.

Noch in dieser Woche will ich sie hier weghaben, sagte Gustav. *Dann übergeben wir die Wohnung. Habe vom Vermieter ein außerordentliches Kündigungsrecht eingeräumt bekommen. Ist ein netter Kerl, der Eigentümer.*

Als ich aufwachte, sah ich eine mit Bildern geklebte Wand. Das war neu, ich konnte mich nicht erinnern, die Wand in diesem Zustand gesehen zu haben. Einige der Bilder zeigen Miriam aus Anlass ihres vierzigsten Geburtstages.

Darunter in großer Schrift: Mit vierzig fängt das Leben der Frau erst an. Mit vierzig war das ihre zu Ende.

Ich wollte im Bett bleiben. Aber im Bett bleibt nur derjenige, der Fieber hat, so war die Meinung, als ich noch Kind war. Und ich hatte kein Fieber, so sehr ich es mir auch wünschte. Das wäre ein vertrauter, verständlicher, definierbarer Zustand. Er würde mich als Kranken ausweisen. Ich hätte dann Anspruch aufs Bett, auf Pflege und Fürsorge.

Ich beschloss, ihre Mutter aufzusuchen.

Ihre Mutter empfing mich mit kaltem Blick. Ich setzte an, um mich zu erklären. Aber sie wollte nichts davon hören. Meine Erklärungen würden ihr die Tochter nicht zurückgeben, sagte sie. Richtig. Aber trotzdem...Darf ich nicht erzählen, wie es dazu gekommen ist? Nein, es bleibe dabei, sie wolle nichts hören davon, jetzt nicht und auch später nicht, nichts solange sie noch lebe. Ich hatte den Eindruck, sie fände es besser, wenn ich unter dem Schnee begraben worden wäre. Das wäre in ihren Augen die gerechtere Lösung gewesen. Irgendwie nachvollziehbar, fand ich.

Miriams Schwester Theresa kam in einem elegantem Schwarz. Schwarz ist ihre Farbe, fand ich. Sie lächelte mich an. Trotz der Schwärze der Kleidung: Was für eine farbenprächtige Frau, dachte ich.

Der Pastor stand vor der Tür. Man redete davon, dass sich Miriam den Segen der Kirche gewünscht hätte. War das so? Was sie nur aus Miriam machen.

Der Pastor setzte sich, stieß Beine, Arme und Bauch weit von sich. Seine Füße scharrten auf dem Teppich. Miriams Mutter verfolgte besorgt seine erratischen Bewegungen. Jedem anderen, insbesondere mir, wäre sie in ähnlicher Situation an die Kehle gegangen. Beim Pastor wurde eine Ausnahme gemacht, mit dem Pastor wollte sie es nicht verderben, schließlich hatte der Pastor schon Sohn und Mann unter die Erde gebracht. Der Pastor sollte endlich auch ihren Tod begleiten.

Er begann das Gespräch mit dem Hinweis auf seine außerordentliche Belastung. Der Druck der Termine: Taufe, Konfirmation, Hochzeit, Beerdigung, das ganze breite Spektrum der seelsorgerischen Tätigkeit müsse an einem Tag erledigt werden; also bitte, wir mögen uns doch alle kurz fassen, eigentlich sei ja auch gar nichts zu besprechen, der Tod sei heute ja schon fast zur Regel geworden;

die vielen Toten im Straßenverkehr! Und erst die Toten im letzten Krieg! Die Kameraden seien rechts und links von ihm umgefallen. Welches Glück, dass er stehen geblieben sei. Im Krieg habe er den Tod kennengelernt, sich an ihn gewöhnt, wie man sich eben ans Älterwerden gewöhne, jawohl, er habe mit dem Tod umgehen gelernt, sich mit ihm arrangiert. Er fürchte den Tod nicht. So sehr sei er dran gewöhnt, dass er fast einen Verlust des Todes beklagen müsse, auch eine Zeiterscheinung übrigens, es sei schon schlimm, den Tod aus der Gesellschaft zu verdrängen, sich stattdessen mit Leib und Seele dem materiellen Leben zu verschreiben. Immer älter werden, koste es die Gesellschaft, was es wolle. Man habe ja schließlich viel für die Versicherungen bezahlt. Jetzt werde zurückgezahlt. Wie schon gesagt, wiederholte der Pastor, das Leben sei der Güter höchstes nicht. Bitte, dass wir ihn nicht falsch verstünden, er wünsche uns die Erfahrung des Todes nicht, noch nicht, um bei der Wahrheit zu bleiben, aber es würde nichts schaden, eine gewisse Beziehung zum Tode zu pflegen, also besser wäre es schon, wenn wir vorbereitet wären, es würde ihm viel schwierige Seelsorge ersparen. Natürlich sei es betrüblich, dass die Verstorbene nicht mehr unter uns weile, aber alles Klagen und Weinen bringe sie nicht zurück, helfe nicht, im Gegenteil, mache alles nur schlimmer. Man möge den Tod akzeptieren, der Herr werde wissen, was er damit im Sinn hatte. Und man solle daran denken, dass jeden Tag so viele Menschen sterben. Deshalb: *Eure Tochter und Schwester ist nicht allein. Sie ist in guter Gesellschaft. Ich hoffe nun sehr, dass euch meine Worte Trost spenden und zugleich der Entschlafenen die nötige Entspannung für ihre ewige Ruhe geben werden.*

Die Augen des Pastors sprangen von einem zum anderen, von Theresa zu mir, von mir zu Gustav, von Gustav zur Mutter.

Theresa brachte das Persönliche zur Sprache.

Zur Beerdigung werden Sie doch sicherlich etwas Persönliches zum Leben meiner Schwester sagen. Nicht wahr, das werden Sie, sagte Theresa. Sie sprach nachdrücklich und erhöhte die Erfolgschancen ihres Anliegens durch eine warme, unaufgeregte Stimme, die das Gegenüber zu Akzeptanz und Verständnis nötigte. *Es ist doch gut und auch üblich, in die Predigt auch einige persönliche Worte über die Tote einzubringen. Sie wollen sich diesem Brauch doch sicher nicht verschließen. Sie haben ihn so trefflich auch schon beim Tode unseres Bruders praktiziert,* sagte sie.

Gewiss, das wird man gerne tun, erwiderte der Pastor. *Man hat dazu aber eine etwas andere Ansicht."*

„Es war in diesem Zusammenhang nicht ganz klar", erläuterte Feuerbach, „wen der Pastor mit man meinte, ob Gott, seine Kirche, deren Präsidenten, den Vorstand oder am Ende sich selbst. Mir erschien es am plausibelsten, dass er sich selbst meinte."

„Was für eine Figur, dieser Pastor", zischte Luise. „Ging es nicht ohne ihn?"

„Der Pastor hatte dazu eine dezidierte Meinung. Er sagte:

Man ist dafür, dem Tod das Besondere zu nehmen, also gerade nicht das Individuum in den Mittelpunkt zu stellen. Das ist im Übrigen ganz im Sinn unserer evangelischen Religion, die eine Religion für die Gesamtheit ist; der Tod darin ist Ausdruck der ständigen Erneuerung unserer Gemeinschaft. Man verabschiedet, aber man trauert nicht. Wie Sie, verehrte Frau Schwester, schon anmerkten, kann man gerne etwas Persönliches einstreuen, aber bitte nicht allzu Persönliches, eben nur das Offen-

sichtliche, das auch das Interesse der Andächtigen fin-
det, Geburtsdatum und Anzahl der Kinder, deren Na-
men, und was noch? Vielleicht hat man dazu noch ein
paar Vorschläge. Und bedenken Sie, es ist nicht gar so
viel Zeit, es wird ein weiteres Begräbnis geben an diesem
Tag, und der eigentliche Teil meiner Predigt ist natürlich
von anderer Art, man will von der Auferstehung reden,
Ostern steht vor der Tür, das passt recht schön, wer an
die Auferstehung glaubt, hat den Tod bereits überwun-
den, das ist es, was man Ihnen mit auf den Weg geben
muss. Und zum Auferstehungsgedanken gehört das Lied
von Paul Gerhardt, kennt man es? Es geht um Befiehl
du deine Wege, also bitte, mein Herr, man ist an einer
wichtigen Stelle, was gibt es denn da zu lamentieren?

Ich habe nicht lamentiert, das ist nicht meine Art, son-
dern kommentiert, sagte Gustav und setzte sein spitz-
bübisches Lachen auf, womit er, es wurde mir schlagar-
tig klar, seine zahlreichen Freundinnen gewonnen haben
musste. Im Übrigen entdeckte ich die Grübchen, die er
an Lydia weitergereicht haben musste. Lydia war nach
dem Vater, Lore nach der Mutter geraten. Er sagte das
längst Überfällige: *Himmel Herrgott, wen meinen Sie ei-*
gentlich mit man?

Man sollte nie unseren Herrgott in solch verletzender
Weise anrufen, mein Sohn. Kennen Sie das nützliche
Wort 'man' nicht? Die Bildung, mein Sohn, wo bleibt
die Bildung? Ich verstehe, man hat geglaubt, ich bezeich-
ne mit meinem 'man' den Mann. Dem ist natürlich nicht
so. Das eine Wort schreibt sich mit einem 'n', das andere
mit zwei 'n'. Das eine beginnt klein, mit einem Minuskel,
das andere groß, also mit einem Majuskel. Man muss die
deutsche Sprache tadeln, dass sie sich derartige Ambigui-
täten leistet. Nein, ich meine man mit einem n. Mann
mit zwei n steht hier nicht zur Debatte.

Miriams Mutter schaute ihn mit offenem Mund an. Ich war mir sicher, dass sie zu denjenigen gehörte, die in jedem Fall das doppelte N schreiben, egal ob nun man oder Mann gemeint ist.

Das Loblied von Paul Gerhardt, Pflichtgesang von Generationen deutscher Konfirmanden. Ich war empört und entsetzt. Ich machte meiner Empörung Luft.

Der Herr hat zugesehen, wie sie vom Schnee begraben und erstickt wurde. Der Herr hat es zugelassen. Jetzt sollen wir den Herrn dafür loben und preisen? Möge der Herr doch selbst vorbeikommen und nicht einen seiner Vertreter schicken, dann könnte er uns verraten, warum er ihr nicht beigestanden hat in höchster Not. Und auch dies möchte ich Ihnen sagen: Meine Freundin Miriam war keine Anhängerin der organisierten Religion, es kann sein, dass sie an Gott glaubte, ich weiß es nicht mit Gewissheit, über Glaubensfragen haben wir uns nicht unterhalten. Eines aber weiß ich: Eine Feier nach dem Geschmack der Kirche wäre nicht in Miriams Sinn. Herr Pastor, wir können auch ohne Sie auskommen. Wir werden das schon machen, werden Miriam doch auch ohne Ihre Hilfe recht ordentlich beerdigen. Dann hätten Sie Zeit und könnten sich ganz auf die andere Beerdigung konzentrieren.

Der Pastor blieb ruhig. Ließ sich nicht erschüttern. Er war mit allen Wassern gewaschen, die Vorwürfe waren ihm bekannt, er wusste damit umzugehen. Zugegeben, einiges von seinen Ausführungen wäre eine Diskussion wert gewesen. Die Relativierung des Todes. Aber wie er sagte – für tiefer gehende Auseinandersetzung war keine Zeit. Ein viel beschäftigter Mann. Wahrscheinlich stimmte das sogar. Die Anwesenden erwarteten, dass ich auch seine Seite sehe. Warum die Seite des anderen sehen, wenn der andere die meine nicht sehen will? Erinnerung an Himmerich. Er wollte mein Verständnis, wie war es um das seine bestellt? Der Pastor blieb beim man und sagte:

Man folgt dem Wunsch der Frau Mutter. Die Frau Mutter hat mich gebeten, der Entschlafenen Gottes Segen zu geben. Folglich wird man den Ablauf der Trauerfeierlichkeiten bestimmen. Wenn Sie anderes wollen: Dafür steht man nicht zur Verfügung. Und kam mit dem wohl Unvermeidlichen, meinem Verhältnis zu Miriam. *Im Übrigen, was wollen Sie, Herr... Entschuldigen Sie, ich habe Ihren Namen vergessen, sagen Sie mir doch bitte noch mal Ihren Namen.*

Ich war also nicht sein Sohn, wie Gustav, wenigstens das nicht.

Das ist der Herr Doktor und Privatdozent Feuerbach, schaltete sich Theresa ein.

Oh, sagte der Pastor und ließ die Titelei auf sich wirken. Dann: *Wenn Sie erlauben, bleiben wir der Kürze halber bei Feuerbach. Gefällt mir, der Name. Sagt uns doch etwas. Gleichwohl. Sie, Herr Feuerbach, sind nach meinen Informationen nicht legitimiert, Wünsche anzumelden. Wie ich erfahren habe, haben Sie in keiner gesetzlich anerkannten Beziehung zur Verunglückten gestanden.*

Miriams Mutter nickte auf das Nachdrücklichste. Sie bellte:

Feuerstein, du hast hier ja mal gar nichts zu sagen. Du warst Miriams Begleiter. Nur das. Du hast dich ihr gegenüber auch immer schlecht benommen. Sie hat immer das getan, was du wolltest. Hier und jetzt bestimme ich. Du hältst dich zurück. Wenn einer außer mir was zu sagen hat, ist das Gustav. Er ist ihr rechtmäßiger Mann."

„Du musst wissen, Luise", erläuterte Feuerbach, „dass die Mutter mich nie mit Vornamen angeredet hat. Und aus Feuerbach machte sie ganz einfach Feuerstein. Der war ihr wohl vertrauter. Das Ganze hatte heftigste Auseinandersetzungen mit Miriam provoziert. Ein Jahr lang war Funkstille zwischen den beiden."

Luise fragte nach Gustav.

„Was war mit Gustav? Ist er dir zur Seite gesprungen?"

„Eher nicht. Gustav grinste verschämt. Er schien nicht unbeeindruckt von dem Liebesbekenntnis seiner einstigen Schwiegermutter. Fast ein bisschen geehrt. Sogar gerührt. Ich sah Tränen in seinen Augen. Theresa kam mir zu Hilfe:

Mutti, er war doch nicht nur ihr Begleiter. Er war Miriams fester Freund. Sie wollte ihn. Mit Gustav war Schluss, ein für alle Mal.

Die Mutter: *Was auch immer. Gustav ist und bleibt für mich ihr Mann.*

Theresa: *Mutti, hast du vielleicht übersehen, dass die Scheidung seit vielen Jahren rechtskräftig ist?*

Die Mutter: *Das tut nichts zur Sache. Die Miriam hat damals einen Riesenfehler gemacht. Jetzt sieht man, was daraus geworden ist. Wie konnte sie nur. Ich habe sie immer gewarnt. Vertrau nicht dem Bach. Auch nicht dem Feuer. Schon gar nicht dem Feuerstein.*

Gustav musste laut lachen, und wenn er lachte, schüttelte sich im eigentlichen Sinne des Wortes das Haus. Theresa lachte auch, aber leise und vorsichtig, ich glaube, auch ich konnte mir das Lachen nicht verbeißen.

Aber Miriam, fuhr Erika, die Mutter, fort, *Miriam wollte davon nichts hören. Hat ihn stets verteidigt. Er ist viel zuverlässiger als Gustav, wollte sie mir weismachen. Würde besser zu ihr passen. Dass ich nicht lache. Sie sagte sogar, dass sie ihn liebe. Und was tut er, hatte ich gefragt. Da blieb sie die Antwort schuldig. Also für mich bleibt Gustav mein Schwiegersohn. Niemand wird ihm je diesen Platz streitig machen können.*

Ich war versucht, etwas zu erwidern, aber kam zu der

Ansicht, dass ich besser den Mund halte. Denn bei der Mutter gab es jetzt kein Halten mehr, sie begann heftig zu schluchzen und zu wehklagen. Ihre liebe Miriam! Nach dem Sohn nun auch sie. Wie konnte der Herr nur so ungerecht sein. Die Tränen stürzten ihr aus den Augen. Eine Menge Feuchtigkeit, dachte ich, wo doch der Körper im Alter (sie ging gegen die achtzig) eher den Zustand der Austrocknung erreicht haben sollte. Theresa reichte ihr ein Taschentuch. Gustav rutschte auf dem Sessel vor und zurück. Betretenes Schweigen allerseits.

Mutter, das wusste ich ja gar nicht, dass du so an mir hängst, sagte Gustav, als die Pause zu lang wurde.

Aber Mutti, das ist schon so lange her, versuchte Theresa zu vermitteln.

Für mich ist das, als wäre es gestern geschehen, heulte sie. *Wie konnte Miriam nur den Gustav fahren lassen. So ein gradliniger und gut aussehender Mann. Und immer freundlich zu mir. Alles das hier wäre nicht passiert.* Sie warf mir einen giftigen Blick zu. Theresa versuchte es noch einmal:

Gustav, sag du etwas, wie siehst du das?

Die Mutter nahm Gustav das Wort aus dem Mund:

Lasst mir den Gustav in Ruhe. Der hat genug zu tragen. Seht ihr nicht, wie blass er ist? Wie schweigsam? Sonst doch immer so redselig, lustig und guter Laune. Hier entscheide ich. Ich zahle das Begräbnis und entscheide. Basta.

Gustav und Theresa waren sichtlich erleichtert; denn sie wussten um die hohen Kosten einer herkömmlichen Beerdigung. Nun hatte die Mutter versprochen, alles aus der eigenen Tasche zu zahlen. Insofern war auch zu verschmerzen, dass sie vom Pastor nicht lassen wollte. Sie setzte nach:

Miriam ist mein Kind, und sie soll mein Kind bleiben.

Gegen soviel Mutterliebe konnte auch ich nicht anreden. Ich suchte nach einem Ausweg. Ich bat darum, bei ihrer Beerdigung meine eigenen Worte zu sagen. Das wäre doch wohl auch in Theresas und Gustavs Sinn (Theresa und Gustav nickten zustimmend) und würde den Pastor entlasten. Der Pastor schaute die Mutter an, die Mutter sah aus dem Fenster, sie rührte sich nicht, was den Pastor veranlasste, zustimmend sein Haupt zu neigen. Ja, das könne man zulassen, sprach er, sofern die Worte im Rahmen blieben, also keine Ausfälligkeiten gegen Kirche und Religion, das müsste ich versprechen, und vor allem, junger Mann: Rücksichtnahme auf die Gefühle der Mutter! Ich versprach es, und alle schienen zufrieden; und ich musste zugeben, dass es hätte schlimmer ausgehen können.

Noch aufgewühlt von der Diskussion betrachtete ich Stunden später Fotos von Miriam. Eins davon zeigte sie unter einem riesigen Holzkreuz im Hochgebirge, über ihr der gekreuzigte Jesus Christus. In ihr und ihm ist das gesamte Leid der Erde versammelt. Das Bild entstand bei unserem ersten Osterurlaub, nicht weit von dem Ort, an dem sie umgekommen ist.

Ich blätterte in den Büchern, die sie zuletzt gelesen hatte. Ich holte den Kasten mit Briefen; ihre Urlaubskarten lagen obenauf; Urlaubskarten mit Urlaubsstimmung, die oft mit Mein Liebster beginnen, vom Regen in Dänemark erzählen, dann fragen, ob ich sie noch liebe, und mit deine Miriam enden.

Kontakte zu Freunden pflegen, das helfe, sagten alle, das Netzwerk aktivieren, aber wo waren die Freunde, wer knüpfte das Netzwerk? Konrad meldete sich. Er war ein treuer Begleiter seit der Studentenzeit. Er meinte, helfen könne er mir in dieser Angelegenheit nicht. Ich stimmte ihm zu.

Ein Spaziergang mit dem Kollegen aus dem Nachbarbüro. Er hatte unter der wohlwollenden und fördernden Hand von Professor Himmerich Karriere gemacht. Nicht ohne eigenes Zutun; der Kollege war kein Schaumschläger und er wusste, wovon er sprach. Er war der Sache mit Leib und Seele ergeben, ideale Voraussetzungen für eine erfolgreiche Wissenschaftlerlaufbahn. Das Reden mit ihm war eine merkwürdig hastige Angelegenheit; aber hin und wieder entstand der Eindruck, als würde er sich Fragen zuwenden, die über das Berufliche hinausgingen. Mit diesem Kollegen am großen Strom in der Nacht. Das Wasser lief leise, zurückhaltend, die Schiffe fuhren vorsichtig, ohne große Kraft, so kam es mir vor, in dieser stillen, lauen Nacht im April. Er fragte ein paarmal, ich antwortete. Und wenn ich ihn fragte, hob er die Schultern und ließ sie fallen, er war nicht einer von denen, die mit sich herausrückten. Warum war er mit mir unterwegs? Ganz einfach ein bisschen Nächstenliebe? Ein bisschen Hilfe vom Kollegen nebenan? Hätte ich seine Frau gefragt, hätte sie gesagt: Ich habe ihn dazu angehalten.

Wenn Theresa mich besuchte, erzählte sie von ihrem schlechten Gewissen. Wenn ihre Kinder, ihr Mann wüssten, wenn die Mutter davon erführe. Aber was dann? Was dürfen sie nicht wissen? Sie vermittelte etwas sehr Ermutigendes, hatte etwas entschieden Belebendes, das aus ihren braunen Augen sprach. Eine großzügige, auf Ausgleich bedachte Frau. Nicht nachtragend. Tief in ihrem Inneren hatte sie ein großes Bedürfnis nach Freiheit, das aber von Verpflichtungen und Rücksichtnahmen umzäunt wurde. Sie war für mich vieles: die Verbindung zu Miriam, die attraktive Frau, die positive Verstärkung, wenn ich versuchte, in die Zukunft zu denken, über das

Ereignis hinwegzukommen. Ich mochte sie, sie war mir sehr nah. Es lag an den Umständen, dass nicht mehr daraus wurde."

Stille. Dann sagte Luise: „Es war also Theresa, die dich tröstete und deine Hand hielt?"

„Sie war es. Aber mehr erfährst du nicht, ich habe deinen ironischen Unterton wohl vernommen."

„Dann versuche ich es hiermit: Was wurde aus der Predigt? Wie hat sich der Pastor verhalten? Wer hat sie zu Grabe getragen?" Luise wollte die ganze Geschichte.

„Der Pastor warf ein paar schnelle Worte ins Grab, murmelte eine Entschuldigung wegen anderweitiger Verpflichtung und stahl sich davon. Das war alles, soweit es ihn betraf. Aber es gab noch was zu erledigen. Ich hatte eine Aufgabe."

Fabian hatte den Friedhof nicht das erste Mal besucht. Jahre zuvor hatte er mit Miriam das stattliche Gelände bewundert, wegen seiner Ausdehnung und der prächtigen, gesunden Bäume. „Die schönsten Bäume stehen auf Friedhöfen, Miriam, ist dir das auch aufgefallen?" Miriam hatte ihn zu Anfang ihrer Freundschaft, sechs Jahre vor ihrem Tod, zu dem Grab ihres Bruders geführt, der schon als junger Mann durch Krankheit gestorben war. Sie hatte sich ein helles Grün aus Rock und Weste angezogen, im Frühlingsgrün der ersten Birkenblätter; das stand ihr gut. „Sie zog mich mit warmen Fingern zu sich und flüsterte mir ins Ohr, dass hier ihr Bruder begraben liege, ihr Vater übrigens auch. Aber sie erwähnte erst den Bruder, der ihr ans Herz gewachsen war, und dann den Vater, von dem sie sagte, dass sie für ihn der Liebling gewesen war. Ich hatte Mühe, das ins Ohr Geflüsterte zu verstehen, mein Ohr ist fürs Flüstern nicht geschaffen, sie musste es wiederholen, und da ich noch immer nicht begriff, musste sie es schließlich laut sagen, was sie nicht beabsichtigt hatte. Das Flüstern hatte mein Ohr warm und kitzelig gemacht, das war sehr angenehm, sie spürte es und lächelte mich an, vor dem Grab ihres Bruders lächelte sie mich an, es waren solche Augenblicke, die zurückkamen, die kleinen Höhepunkte waren es, die in der Erinnerung zu großen wurden."

„Deine Aufgabe? Worin bestand deine Aufgabe?"

„Erinnerst du dich nicht daran? Nach dem Pastor sollte ich reden!"

„Natürlich, also das ist es. Ich bin gespannt", sagte Luise.

„Der Sarg erstickte unter einem bunten Haufen aus Nelken, Rosen, Lilien. Dazwischen Bänder mit schwarzen Buchstaben auf weißem Grund: Unserer lieben Miriam als letzten Gruß. Onkel Helmut und Tante Ursel. Die Mutter hatte die Nachricht von Miriams Tod rundherum verbreitet. Der Sarg war ein geschmackloses Stück Holz, auf Altdeutsch getrimmt. Dann Musik. Einpassen des Sarges in die vorbereitete Öffnung. Die Zeit des großen Abschiednehmens. Erinnerung an Johannes R. Becher. Der Prolog zu seinem Buch Abschied. Er passte, ich hätte ihn so gern vorgelesen, er sprach mir aus der Seele. Einige Leute begannen zu schluchzen. Ja, Miriam, so wolltest du es haben. Viele Gefühle und viel Bedauern. Ich musste mich zusammennehmen. Ich sollte sie verabschieden. Musste mit fester Stimme reden. Durfte nicht ins Schwimmen geraten.

Ich steige auf den Haufen ausgeworfener Erde, der, wenn alles beendet ist, auf den Sarg geschaufelt werden wird. Von dieser bescheidenen Höhe kann ich die Ansammlung der Trauernden übersehen. Es sind viele gekommen, darunter einige, die ich noch nie gesehen habe. Ich rede etliche Minuten. Stelle mich zunächst vor, denn alle sollen doch wissen, wer da redet. Die Kinder und Gustav stehen in vorderster Reihe. Ich beschreibe Miriam als Heldin, charakterisiere sie als eine Frau von Format, die sich durch Mut und Hartnäckigkeit, Festigkeit und Verlässlichkeit auszeichnete. Eine Frau, die sich entschlossen der täglichen Ungerechtigkeit widersetzt hat. Im Beruflichen und Privaten. Die Benachteiligungen nicht einfach hinnehmen wollte, sondern auch in auswegloser Lage dagegen angegangen ist. Eine Frau, die unter den ihr zugefügten Verletzungen litt, die sie nicht vergessen konnte. Meine liebe Freundin und Weggefährtin, der ich viel zu verdanken habe. Die ich nicht vor dem Tod bewahren konnte, weil der Schnee sie nicht hergab. Ich sagte: Ich konnte sie nicht finden. Und hätte ich, hätte ich eine Tote gefunden. Ich weiß, dass sie ohne mich noch leben würde, und ich bitte die Trauernden: Verzeiht mir.

Ich habe vermutlich etwas pathetisch geredet. Aber ich fand es damals richtig und kann mich auch heute noch damit anfreunden. Wann, wenn nicht zur Totenfeier, ist Pathos erlaubt? Die Kinder und Gustav umarmten mich nach meiner Ansprache, und ich fühlte eine euphorische Verbundenheit mit den dreien. Ich glaube, dass ich Miriams schönsten und besten Eigenschaften aufgerufen habe."

„Das war richtig", sagte Luise, nachdem sie einige Zeit überlegt hatte, „es war vollkommen richtig."

Fabian griff zum Sprudelwasser. „Dass du das auch so siehst, stimmt mich froh."

„Warte, ich sehe einen ersten Reflex der aufgehenden Sonne. Siehst du?", sagte Luise und sprang aus dem Bett, öffnete die Balkontür und ließ die Morgenröte ins Zimmer. „So ist es schöner. Findest du nicht auch? Die kühle

Luft wird uns guttun. Und bald werden die Vöglein ihr Konzert beginnen. So mag ich es. So könnte es immer sein." Sie schlüpfte wieder unter die Decke. „Und jetzt der Abschluss? Der Auszug aus deinem Paradies, respektive deiner Berghütte?"

„Später. Ich glaube, wir haben genug zu verarbeiten. Ich verabschiede mich fürs Erste aus der Geschichte. Ich brauche ein paar Augenblicke des Innehaltens."

„Das kann ich gut verstehen", sagte sie.

Auch seine Schwestern und Schwäger waren gekommen. Sie hatten seine Mutter mitgebracht. Damit hatte er nicht gerechnet, denn seine Verbindung zu Miriam war nicht in ihrem Sinn. Das hatte sie ihm mehrfach zu verstehen gegeben. Sie wollte ihren Sohn mit eigenen Kindern sehen. So war er nicht überrascht, dass sie unmittelbar nach den Feierlichkeiten ihm ins Ohr gezischt hatte, dass er zu weit gegangen wäre. Wie das? „Du hast Miriam idealisiert, das war übertrieben, und niemand hier wird dir das geglaubt haben."

Eine unerfreuliche Konstellation. Miriams Mutter gegen Fabian und Fabians Mutter gegen Miriam. Er war froh, dass er sich davon nicht hatte beeinflussen lassen. Aber durchaus möglich, dass tief in der Seele etwas liegen geblieben war.

Als er bei dem Begräbnis seiner Mutter, drei Jahre später, das Persönliche sagen musste, erinnerte er sich an ihren Kommentar. Und versuchte ihn schnell zu vergessen. Denn es war seine Mutter, die ihn gepflegt und zu ihm gestanden hatte, wenn er als kleiner Junge unter seiner aufgekratzten Haut litt; die sich schützend vor ihn stellte, wenn er sich wegen der Krankheit von seiner Umgebung ausgestoßen fühlte. Das alles wog schwerer als ihre boshaften Sätze.

Ortsbesichtigung

Nach zwei Monaten hielt er es nicht mehr aus. Er hatte das Trauern und Bemitleiden satt, das falsche und echte, das eigene und das der anderen. Er fuhr zurück an den Ort des Unheils.

Der Frühling war zaghaft das Tal hinaufgegangen. Allenthalben lagen noch Reste des großen Schnees. Eine Menge davon mussten Lawinen heruntergeschwemmt haben. Der Altschnee war mit den Nadeln der gefallenen Bäume bestreut. Arbeiter waren dabei, das vom Schnee mitgerissene Holz zu zerschneiden und am Straßenrand zu stapeln. Die Menge würde ausreichen, schätzte er, um das gesamte Tal für einen Winter mit Wärme zu versorgen. Feuerbach erreichte das Gasthaus gegen Mittag. Es roch nach Wurstsalat und Kaiserschmarren. Die überwiegend einheimische Kundschaft schien gut gestimmt. Viele rosige, gut gefüllte Gesichter. Alle Tische waren besetzt, die Bedienung eilte von Tisch zu Tisch. Einige der Gäste erkannten ihn sogleich. Man erinnerte und begrüßte sich. Das Ereignis lag acht Wochen zurück.

„Dieses Jahr sind mehr Lawinen abgegangen als die letzten fünf Jahre zusammengenommen", begrüßte ihn einer der Bauern. Offenbar gehörten Lawinen und Feuerbach zusammen.

„Schnee ist noch im Mai gefallen, der wollte dieses Jahr gar nicht aufhören. Und wie du wohl gesehen hast, sind die Berge noch nicht zugänglich. Du willst doch wohl nicht wieder da rauf", sagte der Wirt und schüttelte ermahnend den rechten Zeigefinger.

„Wir haben dich erwartet, wir wussten, du kommst zurück", sagte der Vorsitzende der Bergbauerngenossenschaft. „Wir haben dich gewarnt", sagte er leise, nachdem er ihn am Ärmel gefasst und beiseite genommen hatte. „Warum seid ihr trotzdem gegangen? Wir haben das immer und immer wieder beredet, am Abend hier an diesem Tisch."

Feuerbach wehrte ab.

„Keiner von euch hatte gewarnt. Auch du nicht, Franz."

Franz war verunsichert. Wenn er es überdenke, war die Warnung vielleicht nicht deutlich genug, ein bisschen zu unbestimmt. „Aber die Lawinenwarndienste hättest du fragen können."

„Hast mir auch davon nichts gesagt. Außerdem hätte es nicht viel genützt. Die können nur sehr globale Angaben machen. Allgemeine Warnungen aussprechen. Die hätten uns nicht weitergeholfen."

Franz ließ nicht locker. „Aber sie hätten dich vielleicht davon abgehalten."

„Lass es gut sein, Franz. So bekommen wir die Miriam nicht zurück."

„Du hättest dich bei unseren Bergführern vergewissern können. Du hast immer den Eindruck gemacht, als hättest du die Angelegenheit im Griff. Als wüsstest du, was du tust."

Feuerbach, erregt: „Was soll das, Franz. Also wenn du meine Meinung dazu hören willst: Ihr versteht doch auch nicht mehr als ich von den Abläufen in der Natur. Ihr habt das Wissen eurer Vorfahren längst vergessen, habt es bei der Seilbahngesellschaft abgegeben, die das Tal für ihre Zwecke nutzt. Das ist der Gang der Dinge hier und anderswo in eurem schönen Land."

Franz holte Josef, den Wirt. „Wir haben ihn doch gewarnt, sag du, dass es stimmt."

Der Wirt blickte von einem zum anderen, strich seinen schwarzen Bart, der kein Zeichen des Ergrauens zeigte, obwohl sein Träger die fünfzig wohl schon überschritten hatte.

„Ich weiß es nicht, lassen wir das sein, damit ist niemandem geholfen", entschied er und forderte die beiden auf, ein Bier mit ihm zu trinken.

„Also meinetwegen gehst du jetzt dort hinauf, nimmst deine Sachen und gibst mir, bevor du wieder abreist, den Schlüssel, das darfst du auf keinen Fall vergessen. Und dann wäre damit alles erledigt", sagte Franz.

„Soeben habe ich ihn gewarnt. Er soll doch da nicht wieder rauf. Franz, was fällt dir ein", sagte der Wirt, der sich genötigt sah, einzugreifen.

„Und was macht er mit seinen Sachen? Die muss er ja wohl holen. Die Hütte muss dem Hirten übergeben werden, damit er sich für den Sommer einrichten kann."

„Das hat Zeit. Ich jedenfalls möchte ihn nicht gehen lassen. Ich möchte mir keine Vorwürfe machen, wenn wieder etwas passiert."

„Dann begleitest du ihn", sagte Franz zum Wirt.

„Seid ihr verrückt?", sagte Feuerbach. „Da werde ich wohl noch allein gehen können. Liegt noch Schnee auf dem Weg?"

„Der Weg ist frei, Schnee ist noch im Bach, Schnee von den Ausläufern der Lawinen", sagte Franz.

„Ich will ja nicht im Bachbett aufsteigen. Ich kann sogar das Auto nehmen, wenn der Weg frei ist. Worauf also noch warten? In einer Stunde bin ich oben."

Es war ungerecht, sagte sich Feuerbach, als er wieder draußen war, den Franz so abzufertigen. Ich hätte mich für die Hilfe bedanken sollen, mit der sie alle zur Stelle waren. Aber warum musste er auch mit den Warnungen kommen und damit Wunden wieder aufreißen. Wollte sich doch selbst nachträglich nur reinwaschen. Ich habe vor dem Aufstieg mit ihm gesprochen, das stimmt. Aber alles, was er sagte, war: Wollt ihr da wirklich hinauf? Er hatte keine Einwände, und wenn, hat er sie, schlau wie er war, schön zurückgehalten. Ihm war einzig und allein wichtig, dass die Hütte bewohnt und instand gehalten würde. Nach der Winterpause gereinigt würde und auf Beschädigungen durch Schnee und Frost überprüft würde. Die Berghütte sollte ja wenigstens fünfzig Jahre, wenn nicht hundert halten.

Vor dem Gasthaus wartete der drahtige Schafhirte auf ihn, der ihm vor ziemlich genau fünf Jahren die Berghütte schmackhaft gemacht hatte. Auch dieser kam sofort auf das Ereignis zu sprechen.

„Ich hatte dich doch vor den Lawinen gewarnt und dir erklärt, welchen Weg du nehmen musst, um ihnen auszuweichen", sagte der Schafhirte und zog dabei hastig an seiner Pfeife, dabei viel Qualm ausstoßend. Die Zunge musste ihm brennen, denn er rauchte zu heiß. Damals rauchte auch Feuerbach Pfeife, es handelte sich also um das seltene Zusammentreffen zweier Pfeifenraucher. Er hatte die Pfeife von seinem Vater geerbt und war stolz, Pfeife statt Zigaretten zu rauchen. Man sagte, Pfeifenraucher lebten weniger gefährlich als Zigarettenraucher. Das wäre noch zu beweisen, erklärte Feuerbach. Er machte geltend, dass Pfeifenraucher eine Menge bösartigen Teer schlucken und schon deshalb einem relativ großen Risiko ausgesetzt seien, an Darmkrebs zu erkranken. Davon hörte man überraschenderweise nichts in den einschlägigen Warnmeldungen zu Gesundheit und Gesellschaft.

„Genau diese Warnung hatte ich im Sinn, als ich den

von dir beschriebenen Bogen machte, um die Lawine zu umgehen. Es könnte ja sein", und hier wurde Feuerbach leise, neigte den Kopf und sprach in des Schafhirten Ohr, aus denen die Haare, nach Schaf riechend, in Form schwarzer Büschel hervortraten, „es könnte ja sein, dass das genau der falsche Tipp war." Dieses sagte er erst in das eine Ohr und weil der Hirte nicht verstand, lauter auch noch in das andere.

„Wie meinst du das?", brauste der Schafhirte auf und trat zwei Schritte zurück. „Du willst doch wohl nicht sagen, dass ich euch ins Verderben habe laufen lassen."

Genau das meine ich", sagte Feuerbach mit überraschender Ruhe und Festigkeit.

„Das nimmst du zurück", drohte der Hirte, „sonst gibt es was..."

Feuerbach trat dicht an ihn heran, sodass er den scharfen Alkoholdunst zu spüren bekam, der aus dem Rachen des Hirten strömte. Der Dunst zwang ihn, den Abstand wieder zu vergrößern und dem Hirten mildernde Umstände einzuräumen.

„Nun hör gut zu. Niemand ist für das Unglück verantwortlich, wenn überhaupt, dann waren wir es selbst. Dennoch bleibt es dabei, dass dein Tipp, der gut gemeint sein mochte, grottenschlecht war."

„Das weißt du nicht, vielleicht wärst du heute nicht hier, wenn ihr geradeaus gegangen wärt. Hätte ich euch doch nur nicht die Berghütte gezeigt. Alles wäre ruhig geblieben, und mir wären die Vorwürfe erspart geblieben, die ich von der Genossenschaft zu hören bekam. Oh, wärt ihr doch nie aufgetaucht. Da zeigt es sich mal wieder. Undankbar und böswillig seid ihr." Er stand mit geballten Fäusten vor Feuerbach.

„Lassen wir es gut sein", sagte Feuerbach, der nicht das geringste Interesse hatte, mit dem alkoholisierten Hirten zu ringen. Und da dieser nicht aus dem Wege gehen wollte, schob Feuerbach, geübt in Selbstverteidigung und im Besitz nicht alltäglicher Kräfte, den Hirten zur Seite, was dieser wild gestikulierend mit zahlreiche Verwünschungen quittierte.

Der letzte Kilometer. Erst die Kurve, vorbei an der Friedhofskapelle, den eisernen hohen und niedrigen Kreuzen und dann nach der Kurve die Abzweigung zur Berghütte. Er öffnete das Viehgatter, fuhr über die Holzbrücke und hielt auf der gegenüberliegenden Seite. Hier standen wir vor zwei Monaten im tiefen Schnee und präparierten uns für den Aufstieg. Hier fiel ihre Ankündigung, nicht wieder mit mir zu gehen, wenn... Und jetzt das Ganze noch mal, so alleine, so ganz anders, vor allem ohne sie. Er fuhr im ersten Gang, mehr erlaubten der Weg und vermutlich auch sein Auto nicht. Er zählte die Biegungen. Die siebte und letzte wäre vor Jahren dem schlausten unter den Bauern, eben jenem Franz, beinahe zum Verhängnis geworden. Beim Zurücksetzen fiel sein Fahrzeug den Berg hinunter. Der Franz konnte rechtzeitig abspringen, zur Überraschung all derer, die ihm, schon wegen seiner Leibesfülle, solch behände Reaktion nicht zugetraut hatten. Sein Beifahrer, einer von den Mageren im Tal, schaffte es nicht mehr. Ein kleines Kreuz erinnerte an ihn.

Er war angekommen. Auf 1750 Meter ließ er das Auto stehen. Er setzte sich auf einen bemoosten Stein. Das Moos würde Luise interessieren, sie sammelte Moos für ihren Weihnachtsgarten, damit er recht schön natürlich aussähe und die von ihr gebastelten und geschnitzten Menschen und Schafe es weich hätten, sollten sie sich, wie die Weihnachtsgeschichte verkündet, zum Ruhen ausstrecken. Sie wollte für ihre Figuren das Beste. Miriam hatte vermutlich an dieser Stelle ihr letztes Brot gegessen und ein letztes, knappes Lächeln verschenkt. Was mochte sie so unmittelbar vor ihrem Tod gedacht und gefühlt haben? Was denken und fühlen Menschen vor ihrem Tod, der überraschend kommt? Wäre interessant zu wissen, denn vielleicht gibt es Muster, die dem Tod vorauseilen und untereinander ähnlich sind. Würden wir sie kennen, sagte er sich, hätten wir womöglich etwas in der Hand, um ihn in dem einen oder anderen Fall abwenden zu können? Aber ziemlich sicher gibt es keine, weil es dem Wesen der Überraschung entgegengesetzt wäre.

Etwa zehn Schritte weiter hatte er versucht, schräg in den Wald hineinzusteigen, um der durch Lawinen bedrohten Passage auszuweichen. Er war tatsächlich dem Vorschlag des Hirten gefolgt, weil er an dessen Erfahrung glaubte. In den Waldrand oberhalb des offenen Hangs war die Lawine gefahren, der Tradition folgend, nach der jedes Jahr im Winter oder Frühling dieses Monster aus nassem Schnee oder feinkörnigem Staub, je nach Temperatur und Jahreszeit, zu Tal donnert. Diese war eher staubig und musste im Winter gekommen sein, hatte die Luftmassen vor sich hergeschoben, die Bäume gespalten, ausgerissen oder umgerissen. Aber wo genau hatte das Schneebrett sie erwischt? Jedenfalls irgendwo in der Nähe des Weges, auf dem jetzt das Auto stand. Waren sie bis zur Lärche da vorn gekommen? Eher nicht. Das Gelände hatte dafür kein Gedächtnis. Es gab den Hang, der ohne Schnee ziemlich harmlos aussah. Es gab das wirre Geflecht aus Büschen und Bäumchen. Es gab die Erlen, die, gekrümmten Fingern gleich, aus dem Schnee gewachsen waren. Aber es gab keine Spur, die ihren Abgang angedeutet hätte. Weiter unten fiel der Hang über felsige Stufen zum Bach. Die Stufen waren bis zu fünf Meter hoch. Eine davon hatte ihn gerettet. Welche war nicht auszumachen.

Es war eine Schneebrettlawine. Eine Lawine der üblichen Art, die meist die Unerschrockenen trifft, die mit Skiern das Hochgebirge begehen. Der Auslöseprozess ist physikalisch kompliziert, ein Thema für die Physik komplexer Systeme. Das Wesentliche lässt sich aber mit ein paar Sätze beschreiben. Es handelt sich beim Schneebrett um einen Bruch der aus Neu- und Altschnee aufgebauten Schneestruktur. Ist der Neuschnee schlecht verbunden, können Erschütterungen, die in vorliegendem Fall durch die beiden Tourengeher ausgelöst wurden, den Neuschnee ins Rutschen bringen. Die Störung breitet sich aus, und da der Hang hinreichend steil ist, wird sie durch Reibung nicht abgebremst, sondern verstärkt. Weitere Schichten werden angesteckt und ebenfalls instabil. Der selbstverstärkende Prozess erfasst in Windeseile ein großes Areal. Das ist dann die Schneebrettlawine. Es gibt Heuristiken, wie man solche Situationen vorhersehen kann. Es sind eben nur Heuristiken. Aus der gut gepflegten Statistik der Alpenvereine ergeben sich wichtige Hinweise. Die mittlere Überlebenswahrscheinlichkeit im Fall der Verschüttung beträgt nach einer halben Stunde nicht mehr als 20%. Es gibt durchschnittlich hundert Tote pro Jahr durch Lawinen im gesamten Alpenraum. Gleichwohl ist der Lawinentod ein extrem seltenes Ereignis, bezogen auf andere Unfallarten, wie zum Beispiel Unfälle im Straßenverkehr. Doch bei den Toten durch Naturereignisse sind die Lawinen am wichtigsten: die *Lawinen und Schnee Forschung* in Davos gibt sie mit 37% an, gefolgt von den Toten durch Blitzschlag, die 16% ausmachen. Mit größerem Abstand folgen Tote durch Hochwasser, Sturm, Steinschlag und Rutschung. Er hatte die Gefahr gespürt, sie hatte die Gefahr gespürt, aber beide hatten sie nicht wahrhaben wollen. Er hatte sie für beherrschbar gehalten. Richtig wäre gewesen, er wäre allein vorausgegangen und Miriam hätte in sicherer Entfernung an der Stelle gewartet, wo er jetzt kauerte. Er wäre vermutlich vom Schnee umgeworfen worden, und sie hätte einige aufregende Minuten erlebt. Er wäre wie Phönix aus dem Schnee gestiegen und hätte erklärt, nun seien sie sicher, der restliche Schnee sei fest gebunden, der Weg zur Hütte frei. Aber vielleicht hätte er sich auch ganz elend gefühlt, dann wären sie umgekehrt und hätten am nächsten Morgen einen neuen Anlauf genommen. Oder sie hätten sich nicht mehr getraut, wären in ihrer Entscheidung von den Einheimischen bestärkt worden und hätten sich unverrichteter Dinge auf den Heimweg gemacht. Oder er wäre unter dem Schnee an ihrer Stelle erstickt. Es gab, wie so oft, mehrere Möglichkeiten. Die für ihn günstige war eingetroffen. Das war ungerecht. Denn er hätte sich zugetraut, das Schneebrett zu besiegen. Wäre an der Oberfläche geblieben.

„Da kannst du viel behaupten", hatte Luise gesagt. „Das ist anmaßend."

„Ja", hatte er gesagt, „das ist anmaßend."

Risiko, geschätzt

Feuerbach hatte mit seinem Freund Walter Löwenburg
die Frage des Risikos erörtert. Löwenburg war ein in-
ternational bekannter und angesehener Mathematiker.
Auch wenn er in Fragen der Praxis kein Geschick hatte, so war doch anzunehmen, dachte Feuerbach, dass er
die Frage im Theoretischen zu erörtern wusste. Gewöhnlich tranken die beiden gegen drei Uhr zusammen Tee,
vorausgesetzt, Walter hatte Zeit und die Verabredung
nicht vergessen. Das waren zwei Bedingungen auf einmal,
die nur ausnahmsweise erfüllt wurden. So geriet das gemeinsame Teetrinken zu einem außerordentlich seltenen
Ereignis. Da Walter diesmal mehr Zeit zu haben schien,
hatte Feuerbach die Gunst der Stunde genutzt und eine
Diskussion über das Thema Risiko in Gang gebracht.

„Meine Frage, Walter: Wie berechnest du Risiken?"

„Das in aller Allgemeinheit zu beantworten, ist unmöglich. Es handelt sich um eine Abschätzung, nicht mehr."

„Also reden wir über Abschätzungen. Wie schätzt man
das Risiko? Was ergibt sich dann für die Entscheidung,
die gerade ansteht?"

„Die vermutlich beste Abschätzung gelingt immer noch
auf der Basis von Daten. Damit sage ich nichts Neues,
aber du hast mich gefragt, und das ist alles, was ich dazu
sagen kann. So machen es die Risiko- und Krankenversi-
cherungen. Beide haben einen Haufen Daten, die in der
Regel von ihren Klienten stammen, und versuchen daraus mit mehr oder weniger Geschick, unter Benutzung
bewährter Verfahren, die Lebens- bzw. Krankheitserwar-

tung zu destillieren. Darüber will ich mich nicht weiter auslassen, das kannst du in den Büchern nachlesen. Ist eine grässlich langweilige Angelegenheit. Und auch mit allerlei Fehlern behaftet. Alles was auf Daten verzichtet, ist Theorie, die im praktischen Fall allerdings nur selten weiterhilft. Da bin ich mir mit Gerd Gigerenzer einig. Er plädiert in seinem Buch Risiko für einfache Heuristiken, die hilfreich sein sollen für die Entscheidung unter Unsicherheit. Faustformeln nennt er das. Übrigens: Wann treffen wir je Entscheidungen und sind uns sicher dabei? Oder anders gesagt: Wenn wir uns sicher sind, gibt es nichts zu entscheiden. Die Floskel Entscheidung unter Unsicherheit ist nichts anderes als eine Tautologie."

„Sehr wohl! Aber was machen die Banken, wenn sie das Risiko abschätzen, das sie mit ihren Finanzgeschäften eingehen? Das ist doch ihr täglich Brot."

„Die finanzmathematischen Risikoschätzung lebt von ziemlich komplizierten Modellen, die alle ihre Vor- und Nachteile haben. Die großen Banken nutzen sie, um ihren Finanzmanipulationen den Anschein von sicheren und seriösen Geschäften zu geben. Ich habe mich selbst eine Zeitlang damit beschäftigt, fand aber, dass ich meine Zeit anders nutzen sollte."

Feuerbach sagte: „Weder die Eintrittswahrscheinlichkeit des Ereignisses noch dessen Folgen, schon gar nicht der Verlust, mit dem das Ereignis verknüpft ist, sind a priori bekannt, mithin auch nicht das Risiko, das üblicherweise als Produkt aus Eintrittswahrscheinlichkeit und Verlust berechnet wird. Die Mathematik ist der Angelegenheit mit Tausenden Veröffentlichungen pro Jahr auf der Spur, aber ohne wirklichen Erfolg, wie du bestätigen wirst."

„Im Prinzip ist das richtig, was du sagst. Dabei ist zu bedenken, dass die Bewegung der Finanzen wie Aktien oder Devisenkurse nicht allein aus externen Bedingungen abgeleitet werden kann, das ist eine falsche Sicht der Dinge", bekräftigte Walter. „Die Veränderungen sind auch Folge der internen Dynamik dieser Produkte. Die ist aber viel schwieriger darzustellen. Die Analysten im Fernsehen oder in den Bankhäusern sehen meist nur die äußeren Gegebenheiten. Und konstruieren daraus den Aufstieg beziehungsweise Fall der Aktie. Das ist zum Teil sehr amüsant, was sie da für Erklärungen erfinden. Einige meiner Doktoranden arbeiten inzwischen am Londoner Finanzplatz und verdienen mit dieser Art Forschung etwa zehnmal so viel Geld wie ich."

„Andere setzen auf die Intelligenz der Computer und wollen diese, unabhängig vom Menschen, in Zukunft über die Risiken entscheiden lassen."

„Ohne den Menschen wird es nicht gehen."

„Lassen wir die verflixten Finanzen."

„Lassen wir die Finanzen, einverstanden. Nehmen wir uns zur Abwechslung die Natur vor", sagte Löwenburg.

„Ist die Natur einfacher zu durchschauen?"

„Oh ja, in gewisser Hinsicht schon", sagte Löwenburg. „Denn es gibt Naturgesetze, aber keine Gesetze des Finanzmarktes. Jedenfalls kenne ich sie nicht. Ich kenne aber die Gesetze der Natur, die sind in Lehrbüchern aufgeschrieben."

„Dem steht entgegen, dass es auch in der Natur überraschende Ereignisse gibt, und Überraschung ist mit Determinismus, der sich in den Gesetzen und Beschreibungen der Vorgänge ausdrückt, nicht vereinbar."

„Das stimmt, du vergisst aber, dass kleine Änderungen große Effekte haben können, die sich dann für uns als Überraschungen zu erkennen geben, obwohl sie mit den Gesetzen der Notwendigkeit verträglich sind."

„Das sind dann die sogenannten nicht linearen Effekte.

Insofern haben wir es nur scheinbar mit Überraschungen zu tun. Hätten wir richtig gerechnet und selbst die kleinsten Veränderungen berücksichtigt, die man der Einfachheit halber zufällig nennt, hätten wir dann auch die abrupten Änderungen, also zum Beispiel die Bildung und den Abgang des Schneebretts, voraussagen können?"

„In der Theorie ja, in der Praxis nein."

„Weil wir nicht alle Informationen zur Hand haben?"

„Ja, so könnte man das sagen. Und weil wir nicht genau genug rechnen können. Und weil unsere Modelle zu grobkörnig sind."

„Der Vollständigkeit halber illustriere ich unsere Diskussion mit einigen Beispielen", sagte Feuerbach. „Es kann ein Ast durch den Sturm knicken und den Spaziergänger erschlagen. Es kann sich ein Stein lösen und den Wanderer am Kopf treffen. Es kann eine plötzliche Flutwelle den harmlosen Bach zum reißenden Strom anschwellen lassen. Es kann ein falscher Tritt auf rutschigem, ansonsten harmlosem Gelände sein, der zum Sturz in die Tiefe führt. Es kann das Flugzeug abstürzen, weil der Pilot einen Fehler macht, es in ein Unwetter gerät, das Material versagt oder es von einer Rakete getroffen wird. Es kann eine Brücke einstürzen und Menschen und Fahrzeuge verschlingen, weil ihre Tragfähigkeit überschritten wurde oder jemand eine Bombe platziert hat."

„Neuerdings auch, weil der Flugzeug-Pilot absichtlich fehl steuert. Aber das nur am Rande. Wir können auf viele Weisen beschädigt oder umgebracht werden", schaltete sich Löwenburg ein. „Vieles ist möglich, aber nicht wahrscheinlich. Kann dennoch passieren. Für das reine Faktum, also die Tatsache des Eintritts, lässt sich im besten Fall eine Wahrscheinlichkeit angeben. Auf die Frage nach dem Wann und Wo gibt es meist keine Antwort, nicht mal eine Wahrscheinlichkeit. Also: Die Berechnung der Eintrittswahrscheinlichkeit ist fehlerhaft, und die Schätzung der Folgen ist in den meisten Fällen unrealistisch. Deshalb bleibt das Risiko eine unbekannte oder nur sehr vage Größe. Damit müssen wir leben. Damit hat die Menschheit seit Beginn ihrer Entstehung gelebt."

„Nochmals zum Schaden. Dessen Prognose ist besonders fehleranfällig. Der Schaden ist wichtig, für die Versicherungswirtschaft noch wichtiger sind aber die Kosten, die der Schaden verursacht. Angenommen, das Ereignis ist eingetroffen, der Schaden kann besichtigt werden. Welche Kosten sind damit verbunden? Der Schaden ist ein abgeschlagenes Bein, aber was kostet es, ein neues anzuschrauben oder mit dem Stumpf zu leben? Der Mensch ist verletzt, was kostet es, um ihn wieder herzustellen? Ist der Mensch tot, dann geht es nur noch um die Beerdigungskosten und die eventuelle Entschädigung für die Familie, die Vater oder Mutter verloren hat", sagte Feuerbach.

„Vergiss die Erbschaft nicht, die dann fällig wird", stellte Löwenburg fest, und zwirbelte die überschüssig gewordene Haut seines Halses.

„Setzt voraus, dass es etwas zu erben gibt", sagte Feuerbach.

„In mehr als fünfzig Prozent der Begräbnisse soll das der Fall sein."

„Diese gehört aber nicht in die Risikoberechnung. Und außerdem gehören wir nicht zur Erbengeneration", sagte Feuerbach. Für seinen Teil stimmte das, für ihn gab es nichts, aber Löwenburg, so munkelte man, hatte einst eine große Erbschaft gemacht, die verfallen war, weil er den alles entscheidenden Termin hatte verstreichen lassen.

„Also was ist das Ergebnis unserer Diskussion? Der

Versuch, das Risiko zu berechnen, das ein extremes Ereignis mit sich bringt, ist verschwendete Zeit. Das Ergebnis der Rechnerei, sofern es eins geben sollte, wird in den meisten Fällen nicht vertrauenswürdig sein. Können wir uns darauf einigen?", fragte Feuerbach.

„Das können wir", bestätigte Löwenburg. „Die Alternative?"

„Erfahrungen sammeln, Wissen und Information erwerben; wenn das nicht reicht, das eigene Urteilsvermögen trainieren, unsere Intuition spielen lassen."

„So etwas ähnliches wie adaptive Risikokalkulation? Sind wir dann doch bei Gigerenzer?"

„Warum nicht? Ich schätze ihn."

Die Motive

Es dämmerte schon, als Feuerbach den Rucksack aus dem Auto nahm. Er ging über die Brücke (eben jene Brücke, die im Frühjahr von einer Lawine blockiert war), dann achtzig Meter bergauf durch dichten Fichtenbestand, hinaus auf die grasbewachsenen Hänge, an der zerstörten alten Hütte vorbei, dann zur neuen Hütte, öffnete problemlos die Tür und legte als Erstes Feuer im Kamin. Anfang Juni und noch Schnee vor der Tür! Dann die Fensterläden geöffnet. Das erste Licht im Haus nach sieben Monaten. Er nahm das Bettzeug aus der Truhe und breitete es über das Bett. Es hatte den Winter gut überstanden, es roch nicht schlecht, sondern nach Wolle, so sollte es sein. Er zündete die Petroleumlampe an. Sie zeichnete Strukturen an die Wand. Ihm war nicht ganz geheuer zumute. Er hatte den Eindruck, als wenn Miriam ihm auf Schritt und Tritt folgte. Er erklärte das für normal in dieser besonderen Situation. War froh, dass das Wasser aus dem Brunnenstock den Trog aus Lärchenholz spülte. Friedliches Dunkel. Er schloss die Tür. Redete sich gut zu. Gespenster und Geister gibt es nicht. Bin aber nicht sicher. Alles ist möglich, nur nicht wahrscheinlich.

Er ging noch einmal zur Tür. Um die Hütte herum. Wieder nichts anderes als das Dunkel und das Plätschern des Wassers. Schloss die Tür fest zu und ließ den Schlüssel stecken. Er kletterte die steile Treppe hinauf, legte die Hand an den nicht mehr ganz kalten Schornsteinmantel und tastete sich im Dunkeln hinüber ins Bett. Redete sich ein, angekommen zu sein. Er spürte nicht die geringste Müdigkeit. Und weil er nicht schlafen konnte und auch wenig Hoffnung sah, in den nächsten zwei, drei Stunden Schlaf zu finden, stand er wieder auf und setzte sich in die Stube, wo der Kachelofen erst jetzt die Luft richtig zu wärmen begann. Er nahm ein Heft und notierte, was seine Erinnerung hergab. Und da sie noch frisch war, gab sie viel her.

Alles begann vor sechs Jahren, und es begann damit, dass ich mich verfahren hatte. Miriam und ich wollten nach Süden und landeten am späten Abend im Norden, in einem damals noch wenig erschlossenen Tal. Wir fanden Unterkunft in einer der kleinen Privatunterkünfte. Der Besitzer des Hauses hütete nebenberuflich die Schafherde der Region. Am Abend bei Feuer und Wein schwärmte er von der Berghütte der Talgemeinschaft. Ihre Lage sei einzigartig und das Haus selbst aus schönem Holz nach den Regeln der alten Kunst gebaut. Ich hörte ihm gebannt zu. Je länger der Schafhirt redete – er redete mit Händen und Füßen, erinnerte in Mimik und Gestik an den geschwätzigen Luis Trenker – desto größer wurde meine Begierde, es zu sehen. Schließlich versprach er mir, am nächsten Morgen die Berghütte zu zeigen.

Davon wollte er beim Frühstück allerdings gar nichts mehr wissen. Das war ein Spaß, wie er eben nach einer Flasche Wein entsteht, berichtigte er. Wie man ihn oft hier macht. Ich machte ihm klar, dass ich die Angelegenheit sehr ernst genommen hätte und jetzt darauf brenne, dass er sein Versprechen einlöse und den Weg zur Hütte zeige. Er gab nach, machte aber zur Bedingung, dass wir mit meinem Auto hinauffahren würden. Der Weg ging über fünfhundert Höhenmeter und war wie erwartet von rauer Beschaffenheit. Wäre es nach mir gegangen, hätte ich das Auto unten stehen gelassen und die Gelegenheit genutzt, eine Bergwanderung daraus zu machen. Das letzte Stück war abenteuerlich, nur mit Mühe und Not schaffte ich es, den tiefen Furchen und zahlreichen Gesteinsbrocken auszuweichen. Doch die Mühe hatte sich gelohnt: Oben angekommen eröffnete sich eine grasige, leicht ansteigende Mulde mit zahlreichen weit auseinander strebenden Lärchen, durch deren Mitte ein Bächlein floss. Eher ein Bach als ein Bächlein. Wahrhaft eine Idylle. Ein Paradies! Oberhalb des Waldes erhob sich das Gebirge bis in schneebedeckte Regionen. Am Rand der Mulde, wo die Wiese in den Wald überging, war das Haus errichtet worden. Man hatte Baumstämme aus Fichtenholz geschält und daraus Balken gemacht, die auf der inneren und äußeren Seite gerundet blieben und auf der oberen und unteren Seite plan gesägt worden waren. Die Hölzer waren mit der geebneten Seite übereinandergelegt und die Ritzen dazwischen mit Moos ausgekleidet worden. Die Ecken waren in Form von Schwalbenschwänzen verkeilt. Echte Zimmermannskunst. So war ein prächtiges Blockhaus entstanden. Es war ausgestattet mit einem gemauerten Ofen, dessen hellgrüne Kacheln den Blick einfingen. Eine wenig ausgearbeitete Treppe führte in das Obergeschoss, das als Schlafraum dienen sollte. Das Dach war mit Schindeln aus Fichtenholz gedeckt.

„Und diese Berghütte im Blockhaus-Stil wollt ihr verpachten?", fragte ich den Schafhirten.

„So haben wir es in der Talgemeinschaft beschlossen."

„Und du würdest mich als Pächter vorschlagen?"

Er schaute mich an, ließ sich Zeit mit der Antwort. Vermutlich wendete er mich in Gedanken hin und her, prüfte, ob er mich seiner Talgemeinschaft vorschlagen könnte, ohne damit Schiffbruch zu erleiden. Dann dachte er an das Geld, das auch er als Mitglied der Talgemeinschaft für den Bau des Hauses hatte hergeben müssen. Wenn es vermietet würde, würde er wenigstens einen Teil seines Geldes zurückbekommen. Mochte er noch so klein sein, es kam etwas zurück von dem, was er nur ungern gegeben hatte. Somit war die Entscheidung gefallen. Er sagte:

„Das würde ich tun."

„Würdest du das hinkriegen?"

„Wo denkst du hin? Auf mich hören sie alle wie sie da sind", sagte er stolz und nahm dabei seinen Hut ab. Seine Nase war außergewöhnlich stark gebogen, sie war das bei Weitem Auffälligste an ihm. Ansonsten ein drahtiger Mittfünfziger mit gebräuntem Gesicht und einem Gebiss, das man kaum mehr so nennen mochte, denn die meisten Zähne fehlten bereits.

Den steilen und teilweise verblockten Teil des Weges fuhr ich im ersten Gang hinunter. Jenseits der Brücke, ab Höhenmeter 1700 war der Weg entgegenkommender, und nach zwanzig Minuten waren wir wieder unten. Ich schrieb eine schriftliche Bewerbung und bekam keine Antwort. Nach einem halben Jahr war ich zurück im Tal, diesmal allein. Ich ging geradewegs zum Schafhirten.

„Es hat Schwierigkeiten gegeben. Die anderen wollen nicht verpachten", sagte der Mann.

Ich ging zum Vorsitzenden der Genossenschaft.

„Da hat er euch aber ganz was Falsches gesagt. Wir haben nicht vor, zu verpachten."

„Höre. Wir würden gern die Hütte bewohnen und könnten die Hütte und die Umgebung in Ordnung halten. Wir sind bereit, eine gehörige Summe für die Pacht zu zahlen."

„Wie viel?"

„So etwa 2000 Mark pro Jahr."

„Aber während der Almbetriebs, das sind drei Monate, könnt ihr nicht rein. Dann hat der Kuhhirt das Gastrecht."

„Dann würden die schönsten Monate wegfallen."

„So ist es aber. Daran gibt es nichts zu rütteln."

„Sei's drum. Wir wollen trotzdem. Für 2000 Mark pro Jahr."

Der Vorsitzende zögerte. „Habt ihr euch das auch wirklich gut überlegt? Das Leben in den Bergen ist nicht einfach, manchmal kann es sogar gefährlich werden."

„Das schreckt uns nicht. Wir sind keine Anfänger. Wir waren schon oft in den Bergen. Wir wissen mit den Bergen umzugehen. Wir würden die Umgebung in Ordnung halten. Die Einrichtung aus eigener Tasche aufstocken, zum Beispiel einen gediegenen Kochherd besorgen."

„Den könnte der Kuhhirt in der Tat gebrauchen, der hat sich schon oft beklagt, dass er nichts zum Kochen hat", sagte der Vorsitzende.

„Sehen Sie, und das wäre nur eine der Annehmlichkeiten, die ihr durch uns bekommen würdet."

„Ich werte eure Beharrlichkeit als Hinweis, dass es euch ernst ist mit dem Pachtvertrag. Ich verspreche euch, dass ich euren Wunsch unterstützen und ihn der Genossenschaft nochmals vortragen werde."

Einige Monate später kam der Vertrag. Wir wurden in allem geknebelt, mussten vielerlei Auflagen beachten (die wir später natürlich nicht eingehalten haben) und durften die Hütte an den drei kritischen Sommermonaten nur dann benutzen, wenn der Kuhhirt sie nicht brauchte. Ich überflog die vielen Seiten, interessierte mich nur für die Rechte des Pächters, die etwa zehn Prozent des gesamten Schriftstücks ausmachten, überlas die Pflichten, unterschrieb und überwies den ersten Jahresbeitrag.

Und so geschah es, dass ich Pächter einer Berghütte in den Tiroler Bergen wurde.

Ich meldete meinen Erfolg stolz bei Konrad, meinem Freund aus früheren Jahren. Der versprach, mitzumachen, und so waren wir schon zu zweit. Ob das gut gehen würde? Natürlich ging es nicht gut, wir lagen bald im Streit über den Ausbau im Innern, und nach zwei Jahren zog er sich zurück und ich war allein mit meiner Idylle und der Berghütte. Aber gelegentlich auch zu zweit, wenn Miriam mit mir kam. Miriam, ans Flachland gewöhnt, war bereit, die Berge auszuprobieren, fünf oder zehn Tage, weit weg von ihren Kindern, mit mir allein zu verbringen. Miriam, meine Freundin, hat sich auf die Berge eingelassen.

Ich erfüllte mir den Wunsch, den ich bereits als Heranwachsender verspürt hatte. Das einfache Leben inmitten starker Kontraste, die das Gebirge in so vielfältiger Weise bietet. Ganz allein in dieser Berg- und Waldwelt, weit und breit der Einzige und Eine. Aber natürlich nicht allein! Sondern vereint mit der Liebsten – sie und ich und die Natur in Übereinstimmung, verbunden als Ungebändigte und Ungezähmte. Das waren die unsterblichen Ausläufer meiner jugendlichen Schwärmerei. Der romantischen Bewegung des 18. Jahrhunderts nicht unähnlich, hatte ich das Naturerlebnis kultiviert und dem Anpassungsdruck der Gemeinschaft durch rebellisches Verhalten getrotzt. Da es vor allem ichbezogen war, hatte es mit der damals gängigen kollektiven Demonstrations- und Provokationskultur nur wenig gemeinsam.

Die Welt hier oben hatte ihren besonderen Reiz. Unten lag der Nebel und oben war die Luft trocken und warm, die normale Schichtung sozusagen umgedreht, trockene leichte Luft über die kalte schwere gesetzt, und das waren dann Zustände großer Stabilität. Und gar nicht mal selten. Ich war begeistert von der Landschaft, der Flora und den klimatischen Bedingungen. Ich war ja nicht allein mit meinen Empfindungen. Teilte sie mit unzähligen anderen, auch mit Heinrich Heine, dem einige hübsche Verse eingefallen sind, als er auf seiner Harzreise war und, so vermute ich, beim Wandern, ganz nebenbei, diese aufgeschrieben hat:

> Auf die Berge will ich steigen,
> wo die frommen Hütten stehen,
> wo die Brust sich frei erschließet,
> und die freien Lüfte wehen.
> Auf die Berge will ich steigen,
> wo die dunklen Tannen ragen,
> Bäche rauschen, Vögel singen
> und die stolzen Wolken jagen.

Die Übereinstimmung mit Heine fiel umso herzlicher aus, als ich den Harz gut kannte und als Heranwachsender und Student diese Landschaft, damals noch zweigeteilt, nur im westlichen, niederschlagsreichen Teil zugänglich, oft mit Ski und zu Fuß bewandert hatte. Aber wie unbedeutend erschien mir der Harz im Angesicht der hohen Berge.

Wenn Miriam und ich bei offenem Fenster vom Bett aus den Mond über die Berge ziehen sahen, spiegelten Eis und Schnee der Dreitausender das Mondlicht in das Zimmer. Anfang Oktober kam für gewöhnlich der erste Schnee, abends regnete es noch, und in der Nacht fing es an zu schneien, morgens früh ließ sich die Tür nur mit Mühe öffnen, weil der Schnee davor an die dreißig Zentimeter hoch lag. Wenn wir im April zurückkamen, tropfte der Schnee vom Dach und die Sonne ließ die Balken knacken, das signalisierte, dass sich Spannungen im Holz aufgebaut und entladen hatten, indem sie zusätzliche Risse in die Balken sprengten. Wenn dann der Wind von Süden über die Berge wehte, räumte er die Wolken ab und ließ den Schnee über dem Bach einbrechen und im Brunnen das Wasser wieder laufen. Im Sommer gab es die heftigsten Gewitter, vereinzelt ließ der Donner die Hütte richtig erbeben, es war, als würde sie durchgeschüttelt und angehoben, aber am nächsten Morgen stand sie genauso unerschütterlich wie am Tag zuvor. Nach dem Gewitter stiegen die Wolkenschwaden aus dem Tal herauf, uns einhüllend; aber wenn die Helligkeit zurückflutete, war die Nässe auf der Terrasse, aus Holz gebaut, im Nu verdampft. Das alles war große Meteorologie.

Kollegen und Bekannte charakterisierten meine Ausflüge in die einsame Bergwelt als eine Art Rückzug vom allgemeinen gesellschaftlichen Leben. Was sie nicht wussten und auch nicht wissen sollten: In der Stille und Einsamkeit der Berge erhoffte ich mir die Lösungen der mathematischen Gleichungen abzuringen, die meine Forschung repräsentierten. Dafür wurde ich bezahlt; man durfte zu Recht Ergebnisse erwarten. Ich saß mit Papier und Bleistift am Tisch, nicht aus Leidenschaft oder Interesse für die Aufgabe, sondern vorwiegend aus einem vertrackten Ehrgeiz heraus, meiner Umgebung zu beweisen, dass ich zu lösen imstande war, was bislang nicht gelöst worden war. Ich fand die Lösungen aber nicht, ungeachtet der Lautlosigkeit und Ungestörtheit in der Abgeschiedenheit, die zahllose Künstler und Wissenschaftler zu ihren großen Werken inspiriert haben sollen. So ging ich ein ums andere Mal enttäuscht, nicht selten sogar betrübt von dannen, in der bitteren Erkenntnis, dass die besondere Umgebung zur Lösung des beruflichen Problems nichts beitragen würde. Nach zwei Jahren der Vergeblichkeit entschloss ich mich, den Aufenthalt in der Berghütte als Ferien zu interpretieren, wo das Berufliche nichts zu suchen hatte. Erst dann erfüllten sich meine Vorstellungen vom freien Leben in wilder Natur.

Inzwischen war der Kachelofen mächtig in Fahrt gekommen. Als sichtbares Zeichen seiner Wärme machten die drei ursprünglich geraden Kerzen im Zimmer jetzt eine Verbeugung zum Kachelofen hin. Beim Überfliegen der geschriebenen Seiten stellte er fest, dass ihm der Bleistift gelegentlich von der Vergangenheit in die Gegenwart gerutscht war. Das erstaunte ihn, aber er konnte sich damit abfinden und ließ es stehen. Seine Schreiberei hatte sein Schlafbedürfnis eher geschwächt als gesteigert, und so verharrte er weitere Stunden ohne sonderliche Tätigkeit im Stuhl. Erst als das wiederkehrende Sonnenlicht dämmerte und die Stube schwach erleuchtete, raffte er sich auf, stieg die Treppe hinauf ins Schlafzimmer und war ohne sonderliche Mühe alsbald eingeschlafen.

Er erwachte gegen halb neun, der Himmel war grau und so blieb es den ganzen Tag. Die Wolken lagen tief, er schätzte etwas oberhalb von 2000 Metern, das konnte er an den Bergen ablesen, deren Höhe er kannte. Er lief gegen den Hang, machte ein paar Hundert Höhenmeter, sichtete oben auf dem Kamm eine Ziegenherde, die sich anschickte, ihn zu begleiten, als er sich abwärts wandte. Aber nach wenigen Metern blieb sie stehen und er rannte allein über den von Rhododendron gesäumten Ziegenpfad. Dann wärmte er einen großen Kessel mit Wasser und schüttete den Inhalt in seine Badewanne aus Zink, die er draußen auf der Terrasse postiert hatte. In einem ähnlichen Gefäß muss er schon als Einjähriger gebadet haben, jedenfalls konnte er sich an Bilder erinnern, die ihn in eben einer solchen Zinkwanne zeigten, glücklich der Mutter die Arme entgegenstreckend, die ihn wohl herausnehmen und abtrocknen wollte. Er labte sich an dem Gefühl, das ihm das heiße Wasser gewährte, als er sich nach dem Lauf in die Wanne quetschte, sie war zu klein, aber das schmälerte nicht den Genuss, als er, halb bedeckt vom heißen Wasser, den Regen auf Kopf und Schultern spürte. Der ging in Form dünner Striche zur Erde. Am Nachmittag kam sein Freund Konrad. Er wollte ihm helfen, die Sachen, die sich in den Jahren angesammelt hatten und die er stückweise heraufgeschleppt hatte, nun wieder stückweise nach unten zu schleppen. Er sah ihn, als er über die vom einstigen Gletscherfluss ausgehobene, jetzt von Gras überwachsene Kuppe stieg.

„Hallo Konrad, treuer Freund, hatte kaum mehr mit dir gerechnet. Ich bin froh, dass du hier eintriffst."

„Hattest du gedacht, Fabian, dass ich dich im Stich lasse?", antwortete Konrad.

„So ganz sicher war ich nicht." Fabian dachte an das Zerwürfnis, als es um die Einrichtung des Hauses ging. Er fragte:

„Kommst du mit, die Ski suchen?"

„Von denen du mir erzählt hattest?"

„Genau diese."

„Ich komme mit, aber zunächst muss ich mich erfrischen. Immerhin habe ich eine Fahrt von annähernd tausend Kilometern hinter mir. Da kann ich nicht sogleich mit dir auf die Suche nach Ski gehen. Sind die wirklich so wichtig?", fragte Konrad.

„Sie sind nicht lebensnotwendig, aber wenn ich zumindest meinen wiederfände, wäre das Paar komplett und ich könnte es wieder benutzen. Außerdem bin ich gespannt, wohin ihn Schnee und Wasser befördert haben."

Sie liefen hinunter und suchten den Ski. Den einen von Miriam, den anderen von Fabian. Sie gingen weit hinunter, bis zum engen und steilen Bachbett.

„Wenn sie bis hierher gerutscht ist, war wirklich kein Funken Leben mehr in ihr", sagte Konrad, „sie ist mit

Sicherheit erstickt." Sie kippten und drehten Steine und Äste, dicke und dünne, aber fanden die Ski nicht, sie waren unauffindbar, das Tauwetter hatte sie wohl mitgenommen. Dann rief Konrad, er hätte was gefunden. Es war Miriams Ski.

„Den lassen wir hier unten", sagte Fabian. Sie steckten den Ski in die Erde, genau dort, wo Konrad ihn gefunden hatte. Schweigsam stiegen sie zurück, querten den ausgedehnten Hang, der ohne Schnee kleiner als mit Schnee wirkte, erreichten den Weg, der zur Hütte führte, und präparierten an der Stelle des Unglücks den Boden, um ein Kreuz hineinzustecken. Konrad hatte aus einem dicken, wohlgewachsenen Eichenstamm ein Kreuz ausgesägt, das M mit einem Punkt versehen, also M. daraus gemacht und dieses mit dem Stechbeitel in das harte Holz gestemmt. Sehr gute, sehr präzise Arbeit. Darunter hatte er das besagte Datum eingebrannt. Das Kreuz war eher ein Kreuzlein, denn es maß nicht mehr als siebzig Zentimeter. Im Winter würde es im Schnee versinken.

„Es war beabsichtigt, die geringe Größe", stellte Konrad fest. „Du wolltest es klein."

„Ja, und es reicht, ist doch kein Mahnmal, ist für sie und mich, für niemanden sonst", verteidigte Fabian seine Idee. „Was macht das schon. Klein, aber fein. Den größten Teil des Jahres wird es zu sehen sein."

Die beiden Freunde gruben das Kreuz ein und legten Steine als Sockel drumherum. Konrad wackelte daran, es ließ sich nicht bewegen.

„Es wird eine Weile halten, aber niemand wird sagen können, wie lange", sagte Konrad. „Vielleicht fünf, vielleicht zehn Jahre."

„Nach zehn Jahren wird sich niemand mehr dran erinnern."

„Wir umso heftiger", sagte Konrad. Fabian drückte die

Hand des Freundes.

Sie wanderten zurück zur Berghütte, denn sie hatten noch einiges zu tun. Sie richteten im Haus Stühle und Tische und kochten eine ordentliche Portion Naturreis, steckten fein geschnittene und leicht gebratene Würstchen hinein, belegten die Oberfläche der Reisschale mit gedünsteten Möhren und etwas Ingwer und servierten das ihren Gästen, die heraufgekommen waren, um mit ihnen den Abschied zu begehen. Es waren die jungen Leute, die Miriam aus dem Schnee geschaufelt hatten. Auch Josef, der Wirt, war gekommen, mit einer mächtigen Flasche Wein und süßer Nachspeise. Stimmung wollte nicht aufkommen, die jungen Leute verabschiedeten sich nach zwei Stunden und Fabian musste dem Wirt versichern, dass sie auf jeden Fall wieder vorbeikommen würden. Sie seien jederzeit willkommen und könnten bei ihm nächtigen. Aber alle wussten, dass ein Wiedersehen unwahrscheinlich sein würde.

Es war, wie nicht anders zu erwarten, nach drei Tagen ein ziemlich trauriger Abgang. Aber das Wetter zeigte sich von der fröhlichen Seite. Nach Kälte, Schnee und Regen schien die Sonne, die Berge leuchteten in frischem Weiß. Fabian und Konrad waren erleichtert. Sie hatten das Haus geordnet und abgeschlossen. Sogar die Fenster geputzt und den Holzfußboden gereinigt. Fabian war auf das Dach gestiegen und hatte die Nadeln der Lärche entfernt, die sich Jahr für Jahr angehäuft hatten. Diese Arbeit hatten die Bauern in den Vertrag geschrieben. Und da er schon auf dem Dach war, hatte er sich auch um den Kamin gekümmert und mit dem Besen, den er an einem langen Stock befestigt hatte, die Kaminwände gekehrt. Sie wollten das Haus in gutem Zustand der Talgemeinschaft zurückgeben können. Man sollte nichts zu mäkeln haben. Man sollte sie, zumindest in dieser Hinsicht, in guter Erinnerung behalten.

Sie nahmen Abschied von ihrer Berghütte in Blockbauweise, die in die Natur gefügt war, als hätte diese selbst sie erbaut. Sie hätte nicht schöner sein können. Es tat weh, zu gehen. Abschied und immer wieder Abschied. Beide sahen im Abschied einen prägenden Bestandteil des Lebens. Sie kamen zu dem Schluss, dass es folglich nicht sinnvoll sein könne, sich ihm zu widersetzen. „Ein Abschnitt in deinem Leben ist unwiderruflich zu Ende gegangen, mein Freund", rief Konrad, der schon einige zehn Meter voraus war, „ein neuer wird sich auftun."

Die eigenen Sachen waren in einer großen Kiste verstaut, die Fabian gefertigt hatte. Schon in leerem Zustand war sie enorm schwer. Nach jeweils fünfzig Schritt setzten sie sie ab und wechselten die Hände. Beide fluchten. Sie konnten nebeneinander gehen, doch als der Weg eng wurde, mussten sie versetzt gehen, was die Unannehmlichkeiten noch erhöhte.

Als dann alles verladen war und der eine dem anderen Rücken und Arme massiert hatte, was beide in professioneller Weise erledigten, schrieb Fabian schnell ein paar Zeilen auf einen Zettel, schob ihn in eine Hülle aus wasserfestem Material und versteckte ihn unter dem Kreuz. Ob er ihm verrate, was er darauf geschrieben habe, fragte Konrad. Nein, das würde er nicht. Habe er ja auch gar nicht erwartet, sagte Konrad.

Weder die Berghütte noch das Kreuz und schon gar nicht den Zettel würden sie je wiedersehen.

Die fünfte Nacht

Luise griff zum Wasser. „Vergiss dein Kiwi-Eis nicht. Es hat sich, wie nicht anders zu erwarten, inzwischen vollständig aufgelöst."

Auch für diese Nacht hatte Luise das Eis vorbereitet. Fabian schlürfte den geschmolzenen Fruchtcocktail mit Behagen. Die fruchtige Mischung zwischen flüssig und fest, die mochte er.

„Ich würde das so nicht mögen", sagte Luise, „aber ich fürchte, du bist noch nicht zu Ende, du willst noch etwas schwelgen, nicht im Cocktail, sondern der einstigen Umgebung, habe ich recht?"

„Genauso ist es", sagte Fabian, „darf ich?"

„Doch, wenn es denn nicht zu lange dauert, ich spüre nämlich erneut eine aufkommende Schläfrigkeit, das liegt an meinem harten Einsatz im Garten, nicht an deiner Geschichte, das solltest du nicht falsch verstehen", sagte sie vorsorglich.

„Hätte ich nur etwas von deinem Schlafverlangen", kommentierte Fabian.

„Nur hier in den Bergen überkommt es mich. Allerdings muss ich zugeben, dass ich dafür lange und intensiv trainiert habe", erklärte Luise. „Es gab Zeiten, da konnte auch ich nicht schlafen. Nicht einschlafen und schon gar nicht durchschlafen."

„Welches von beiden war das größere Problem?"

„Ich denke, schwieriger ist für mich, mit dem zwischenzeitlichen Aufwachen umzugehen. Du wachst auf, und irgendein ungelöstes Problem steht vor dir, glasklar und unverrückbar. Alle Sinnesorgane sind alarmiert. Du bist wacher als zu irgendeiner x-beliebigen Tageszeit. Das ist das Merkwürdige und zugleich Beängstigende."

„Mir geht es ganz ähnlich. Man sieht das Problematische, sei es eine ungelöste Aufgabe, ein bevorstehender oder getätigter Kauf, die Störungen in einer Beziehung, scharf und deutlich, beim plötzlichen Erwachen in der Nacht."

„Und wie gehen wir damit um?"

„Hast du eine Idee?"

Luise: „Nein, das ist es ja. Die habe ich nicht. Hin und wieder gelingt es mir, durch irgendwelche beruhigenden Vorstellungen das Wachsein abzuwehren. Zum Beispiel vergegenwärtige ich mir das Meer, wenn es gegen den Strand und wieder zurückläuft, und so gelingt es mir dann meist, die wachmachenden Gedanken zurückzudrängen. Das Hin und Her des Meeres fördert bei mir den Schlaf."

Fabian: „Ich springe aus dem Bett, laufe einmal ums Haus, manchmal zweimal, mindestens solange, bis ich eine gewisse Entspannung im Körper verspüre; die Gedanken sind derweil auf das sehr elementare Körperliche gerichtet, sodass ich dann oft ruhiger ins Bett zurückgehen kann."

„Und wenn die Ruhe nicht einkehren will? Was machst du dann?"

„Wieder raus aus dem Bett, das Ganze wiederholen. So oft, bis es funktioniert."

„Nicht sehr einfallsreich."

„Stimmt. Aber solange mir keine bessere Idee kommt."

„Nun gut, hätten wir also auch das besprochen. Jetzt sind wir reif für die Fortsetzung der Geschichte", sagte Luise.

„Nach der Übergabe der Berghütte traf ich mich mit

Lore. Unser Ziel war Griechenland."

„Griechenland?" Luise blickte ihn erwartungsvoll an, als wenn Ferien in Griechenland bevorständen. „Mit Lore? Jetzt bin ich aber wirklich platt. Wie ist es dazu gekommen?"

„Himmerich hatte mir zu Griechenland geraten. Er reagierte sehr väterlich, als er von dem Ereignis hörte und meinte sofort, dass ein solches nicht vorhersagbar sei. Er sah das eben auch sogleich von der wissenschaftlichen Seite. Der interessante Aspekt war für ihn die Vorhersage, und ich nahm das zum Anlass, mich in den folgenden Jahren mit der Sache an sich, also der Vorhersage und den Möglichkeiten, die sie eröffnet, zu beschäftigen. Das nur so nebenbei. Später meinte er, die heitere Luft Griechenlands würde mir guttun. Er wäre selbst öfter dort mit dem Segelboot unterwegs gewesen, und der Aufenthalt hätte ihm immer gutgetan. Ich sollte mir Zeit lassen, ich könnte auch länger bleiben, er würde mir da keine Grenzen setzen wollen. Wichtig sei, dass ich wieder Fuß fasse. Ich fand das sehr großzügig von ihm, vor allem sein Angebot, die Dauer der Reise an meinem Befinden auszurichten. Am Abend der Abreise rief er mich an. Er müsse sich berichtigen. Oh, was er damit meine? Sein Verwaltungsleiter habe ihn darauf hingewiesen, dass ich nicht länger dem Dienst fernbleiben könne, als es das Gesetz vorgebe. *Wie viel Urlaub haben Sie noch? Vier Wochen? Also vier Wochen plus die Wochenenden, mehr wird nicht gehen, auch und insbesondere, weil dann die anderen Mitarbeiter kommen und gleiche Rechte beanspruchen.* Täte ihm leid, aber so sei es, nicht zu ändern, immerhin wären ja auch vier Wochen plus Wochenenden, wie gesagt, nicht zu verachten, er wäre froh, wenn er jemals so viel Zeit haben würde für sich selbst. Dann tauschen wir doch ganz einfach, wollte ich sagen, aber hielt gerade noch ein, er war kein Freund von flapsigen Bemerkungen, ausgenommen sie kamen von ihm. Er war, was die Lebensweise betraf, ein konservativer Mensch, bei dem nicht alles erlaubt war, was in den Jahren damals Mode war. Schönen Urlaub wünsche er, und wann ich denn abreisen würde."

„Das war ein klassischer Rückzieher, wie mit der in Aussicht gestellten Stelle. Da hätte er Standfestigkeit beweisen können. Er hätte zum Beispiel anbieten können, dass dein Urlaub sehr wohl die vorgegebene Zeitspanne überschreiten darf, dass die darüber hinausgehenden Tage aber zu deinen Lasten gehen. So ist das doch wohl üblich. Man nennt das unbezahlten Urlaub, der im Gesetz vorgesehen ist, aber der Genehmigung des Arbeitgebers bedarf. Er könnte den also auch verweigern, weil er dich für unabkömmlich hält. Ich verstehe nichts von Verwaltung, habe aber fast den Eindruck, dass ich besser informiert bin als dein berühmter Himmerich." Luise war empört, schüttelte ihre Haare, die wie die Mähne eines Löwen ihr Haupt bekleideten. „Was hast du gesagt? Ich hätte an deiner Stelle behauptet, dass seine Großzügigkeit schon fest eingeplant und die Griechenlandreise entsprechend organisiert sei."

„Gar nichts habe ich gesagt, wäre ja auch fast ein Wunder gewesen, wenn er bei dieser ungewöhnlichen Position geblieben wäre. Habe ihm und seiner Frau dann aber eine Karte aus Griechenland geschrieben. Seine Frau war die gute Seele des Instituts, sie kannte alle Mitarbeiter und behandelte alle gleichermaßen freundlich."

„Und dich nicht ein klein wenig freundlicher? Hatte den Eindruck, als wenn du so was erwähnt hattest."

„Weiß nicht. Kann sein, kann auch nicht sein. Sie wollte optimistische Leute um sich haben. Da ich das eher selten war, auch angesichts meiner misslichen Lage, war ich vielleicht doch nicht ihr Favorit, sofern von einem solchen überhaupt gesprochen werden konnte. Sie war ganz wissenschaftlich eingestellt."

„Dann schließen wir diese lächerliche Urlaubsakte. Konzentrieren wir uns ganz auf den Verlauf der Reise."

„Da bin ich mit dir einer Meinung."

„Mich interessiert, wie du mit Lore zurechtgekommen bist. Hättest du nicht lieber Lydia mitgenommen?"

„Wollten wir uns nicht auf die Reise konzentrieren? Auf den Ablauf, etwaige Erlebnisse und so weiter?"

„Dazu gehört ja wohl auch ganz wesentlich die Konstellation dieser Reise – du mit der Tochter der verstorbenen Mutter, das ist nicht etwas, was alle Tage passiert", beharrte Luise.

„Die *Konstellation* war sicher eine besondere, da stimmen wir überein. Und was deine Frage nach Lydia betrifft – natürlich hätte ich gerne mit ihr die Reise unternommen. Aber sie war nicht mehr das kleine Mädchen von damals, sie hatte sich, ich würde sagen naturgemäß, von mir und ihrer Mutter entfernt und ihre eigene Welt außerhalb der Familie gesucht. So war es nicht Lydia, sondern Lore, die mitkommen wollte. Lore hatte ein inniges Verhältnis zu ihrer Mutter. Vielleicht war es ein Zeichen der Solidarität, die Reise mit mir zu machen? Oder wollte sie vor allem etwas sehen von der Welt, nachdem sie die Schule beendet hatte, ihre Ferien stets an den Stränden von Dänemark verbracht hatte? Ich kann dir nichts über ihre Motive sagen. Ich habe auch nicht nachgeforscht, war vielmehr überrascht und froh zugleich, dass sie sich mit mir zusammen aufmachen wollte. Wenn auch etwas skeptisch, ob das gut gehen würde. Insgesamt sind wir besser miteinander zurechtgekommen als erwartet. Wir verbrachten die erste Nacht der Reise bei der Mutter des Schwagers, deren Haus sozusagen am Weg nach Griechenland lag. Das hätten wir besser nicht getan. Sie behandelte Lore in schändlicher Weise, tat, als existiere sie nicht. Der Mutter des Schwagers sagte man wenig Gutes nach. Noch bevor sich das Leben des ersten Ehemanns dem Ende zuneigte, soll sie schon den zweiten avisiert haben, der mehr Geld als sein Vorgänger in die Ehe einbrachte. Entsprechend ging es mit dem dritten und vierten. Jeder brachte mehr Geld mit als der Vorgänger, das war ihre Bedingung. Danach war dann Schluss, ihr Potenzial an Attraktion war aufgebraucht. Sie soll es dem Vernehmen nach auf diese Weise zu einem beträchtlichen Barvermögen, zahlreichen Ländereien und mehreren Häusern gebracht haben. Lore und ich waren froh, als wir ihr den Rücken kehrten.

Die Fahrt durch Italien ging per Eisenbahn, und wir hatten das Pech, dass zwei Lokomotiven ihre Dienste versagten. Um Mitternacht saßen wir auf dem Schiff nach Griechenland. Wir hatten wenig Geld, Lore gar keins und ich nur wenig, so mussten wir die Nacht mit dem Deck vorliebnehmen. Der Schlaf auf der harten Unterlage währte nicht lange, schon beim ersten Morgengrauen erhoben sich die Deckbewohner. Unaufhörlich passierten Füße mit und ohne Schuhe, schmutzige und saubere, stinkende und geruchlose die Stelle, an der ich mir eine Art Kopfkissen gebaut hatte. Es blieb mir nichts anderes übrig, dann doch den Kopf aus dem Getümmel zu nehmen und meinerseits über das Deck zu pilgern, wo nur noch wenige, meist jugendliche Touristen durchhielten, die, eingerollt in eine Decke, dem Getrappel der Füße und der Kälte des frühen Morgens trotzten. Dann ging es an Land, und erst da merkte ich, dass nicht nur meine Lendenwirbel, sondern merkwürdigerweise auch Arme und Beine schmerzten. Mein Hals war entzündet und ich fühlte mich fiebrig an und verlangte nach nichts anderem als einem Bett. Hier bewährte sich Lore. Sie organisierte eine passable Unterkunft, wurde aber betrogen, denn sie bezahlte das Doppelte des Preises für Einheimische. Das Gleiche wiederholte sich im Taxi. *Wenn das so weitergeht, sind wir bald pleite,* sagte ich. *Ja,* sagte sie, *aber das macht nichts. ich rufe dann Papa an. Das ist kein guter Einfall,* sagte ich und achtete in der Folgezeit darauf, das Geld zusammenzuhalten.

Am nächsten Morgen ging es mir besser, und wir machten uns auf, das Landesinnere zu erkunden. Dort hatten wir mehr Glück und mussten nicht mehr als die landesüblichen Preise zahlen. Wir teilten Brot und Käse und aßen die ölgetränkten Tomaten. Da wir beide ständig hungrig waren, war allerdings jeder darauf bedacht, möglichst viel vom gemeinsamen Vorrat für sich selbst zu ergattern. Ein bisschen fühlte ich mich an meine ersten fünfzehn Lebensjahre erinnert, als das Einkommen des Vaters knapp bemessen war und demzufolge auch die Mahlzeiten schmal ausfielen. Wir Kinder kämpften dann darum, den größeren Anteil an Marmelade, Fleisch und Bratkartoffeln zu ergattern. Ein Umstand, der dazu beitrug, dass jeder in der Familie, bis auf die Mutter, zuerst an sich dachte."

„Ich habe überlegt und sehe einige interessante Aspekte in Lores Verhalten", schaltete sich Luise ein. „Es war einzig und allein *ihr* Entschluss, mit dir zu gehen, niemand wird sie dazu gedrängt haben. Das war nicht nur der Mutter zuliebe. Das war auch ein Zeichen des Muts von ihr, den Gang mit dir zu wagen. Sie wollte damit sagen, glaube ich, ich geh mit ihm, ich gebe ihm keine Schuld an dem, was passiert ist. Ich vertraue ihm. Irgendwie verstehe ich ihn auch."

„Wenn das stimmt, war es schwer, diese Sicht über die

Zeit in Griechenland hinweg durchzuhalten."

„Vergiss nicht ihr Alter. Sie war doch eben gerade erst der Pubertät entwachsen."

„Ein bisschen war sie schon darüber hinaus. Sie war groß und kompakt, war eine gute Schwimmerin. Aber ich kann mich nicht erinnern, dass wir je zusammen baden gegangen sind. Weder in Griechenland noch die Jahre zuvor. Sie hätte mich im Schwimmen um Längen geschlagen."

Fabian nahm die letzten Reste der geeisten Kiwis. „Wir haben den Peloponnes durchstreift. Damit geht es weiter."

„Das weiß ich."

„Wer hat dir das gesagt? Ich dachte, die griechische Reise sei dir vollkommen neu."

„Ist sie auch, aber wo hättet ihr sonst umherstreifen wollen. Der Norden Griechenlands ist eher unwirtlich. Ich war ja, lange bevor ich dich kennenlernte, einige Male in Griechenland."

„Wo du überall gewesen bist. Ich bin kaum über die Alpen gekommen."

„Wie ging es weiter mit Lore? Wie hat sie sich verhalten?", fragte Luise.

„Sie war ein eher schweigsamer und zurückhaltender Mensch. Überlegte mehrmals, bis sie etwas sagte. Sie redete nicht oder nur ungern über ihre Gefühle."

„Wie viele Jahre lagen zwischen dir und ihr?"

„Etwa zwanzig."

„Eine Generation sozusagen. Was habt ihr in Griechenland gemacht?"

„Wir sind gewandert. Mal zu Fuß, mal mit dem Bus. Es war in gewissem Sinn eine Pilgerfahrt. Der Versuch einer Katharsis."

„Reinigung wovon?"

„Von meinen Gewissensbissen."

„Ja, natürlich, was sonst. Und Lore? Wovon musste sie sich reinigen?"

„Bei ihr ging es vermutlich darum, die gefühlsmäßige Abhängigkeit von ihrer Mutter zu mildern. Sie hatte ein sehr inniges Verhältnis zu ihrer Mutter, wie schon gesagt."

„Wie das so oft der Fall ist. Nur bei unserer Tochter nicht", seufzte sie, als hätte sie sich mehr Anhänglichkeit gewünscht. „Ich bin gespannt."

Feuerbach erzählte das Ende seiner Geschichte. Die Wanderung in Griechenland, die kleinen Abenteuer, über Lore, Schluss und Aus. Mehr nicht.

„Ich wollte den Berg des Propheten Ilias auf dem Peloponnes von der Westseite ersteigen. Von der Ostseite, über Sparta kommend, war das nicht schwer. Das hatte ich schon gemacht. Es gab auf der Westseite keine Markierungen, die den Weg wiesen, ich musste ihn selber finden. Damals gab es in Griechenland keine Orientierungshilfe für Wandersleute. Alles war einseitig auf den Seeurlaub ausgerichtet. So folgte ich, mich mehr und mehr vom Meer entfernend, einer ausgetrockneten, sandigen und leicht steigenden Schlucht. Im Frühjahr würde sie Wasser führen, das schloss ich aus den gebleichten Ästen, die rechts und links von mir verstreut lagen. Demnach war die Schlucht ein ausgetrocknetes Flussbett. Die eingeschlagene Richtung stimmte wohl, alles andere eher nicht. Sand und Steine blendeten, die Temperatur sicher an die vierzig Grad. Vor mir in weiter Ferne der Ilias und nach jeder Biegung eine neue Biegung, die Schlucht schien ohne Ende. Ich hatte Durst, die Lippen waren spröde und der Mund war trocken wie das Flussbett. Dann eine Steilstufe und darüber das Wasser, das aus dem Berg in eine kleine Vertiefung aus Stein tropfte. Über der feuchten Mulde schwärmten Wespen und Fliegen und Libellen. Ich legte mich auf den Bauch, der Schwarm wich respektvoll zurück, und ich trank und trank. Ich füllte meine Wasserflasche und ging weiter.

Irgendwann war der Prophet verschwunden, vom momentanen Blickwinkel aus unsichtbar, ganz einfach abhanden gekommen. Ich suchte nach Wegen, die aus der Schlucht herausführten, und ich fand Spuren, die in dichten, kräftigen Wald führten, der inzwischen aufgrund der zahlreichen griechischen Feuer womöglich abgebrannt ist; doch alle endeten nach ein paar Tausend Metern vor unüberwindbaren Wänden. So ging es mehrmals; das Steigen erzwang verstärkten Flüssigkeitsverlust, ich trank alle zehn Minuten genau einen Schluck aus meiner Flasche. Schließlich trieben mich Wassermangel und Mattigkeit zur Umkehr."

„Nicht gerade verheißungsvoll", unterbrach Luise. „Ich weiß, Wasser kann in Griechenland sehr knapp werden. Wann warst du dort?"

„Ende Juni."

„Dann war die Trockenzeit schon voll entwickelt, auf dem Peloponnes regnet es von Anfang Juni bis Anfang Oktober nahezu überhaupt nicht. Stimmt doch, nicht wahr?"

„Ich denke, der Peloponnes ähnelt in seiner Trockenperiode tatsächlich stellenweise einer mit vereinzelten Büschen bewachsenen, meist steinigen, gelegentlich auch sandigen Wüste."

„Und die Helligkeit?"

„Die quälte mich am meisten. Die Öffnung der Pupillen ist auf Minimum gestellt, die Umgebung verliert jede Struktur, das direkte und das vom Sand reflektierte Sonnenlicht machen dich blind. Lassen dich in Rillen und Rinnen tapsen. Ich schmorte in dem Bachbett und lief auf brennenden Füßen, Blasenbildung war die unvermeidbare Konsequenz. Ich suchte das Rinnsal des Hinwegs und fand es tatsächlich wieder. Es plätscherte immer noch munter, war also trotz der beständig von der Sonne emittierten Weißglut nicht versiegt. Ich dankte den Göttern, den griechischen selbstredend, ließ mich auf die Knie fallen und dirigierte mit der zur Mulde geformten Handfläche das Wasser in den Mund. Schließlich stieß ich auf ein Hirtenlager, das sich unter überhängenden Felsen verbarg und mir auf dem Hinweg wegen seiner versteckten Lage entgangen war. Es war unbewohnt, kein Schaf, keine Ziege, kein Hirte, kein Wasser. Unter dem rauchgeschwärzten Felsendach trocknete der Schafkäse. Sollte ich nicht einen davon mitnehmen? Essen könnte ich ihn jetzt nicht, das Salz darin würde den Durst nur verschlimmern; doch das Salz würde das Blut auffrischen, mich vor dem Eintrocknen bewahren. Ich widerstand der Versuchung, auch nur ein Stück an mich zu nehmen. Aber es war eine echte Versuchung, eine Verlockung, keine wie sie Székely in seinem großen Roman *Die Verlockung* schildert, aber immerhin, nicht weit davon entfernt. Ich begnügte mich mit einem Foto. Alles andere wäre unanständig gewesen. Dem Hirten war der Käse nicht in den Schoß gefallen. Aber warum bewahrte er ihn hier auf? Das musste den meteorologischen Bedingungen geschuldet sein, der Käse sollte in der trockenen Luft reifen, würde durch den kühlenden Felsen auf gleichmäßiger Temperatur gehalten und war vor dem direkten Lichteinfall geschützt. Würde wegen der extremen Trockenheit auch nicht schimmeln. Das war kluges Arbeiten mit den natürlichen Bedingungen. Vermutlich war ich der einzige Passant. Womöglich hätte der Hirte, wäre er vorbeigekommen, sich erschreckt und mich des

Raubes verdächtigt, mit seinem Knüppel bedroht oder mich durch seine rasenden Hirtenhunde ernsthaft in Bedrängnis gebracht. Es gab so viele Möglichkeiten, hier ein schmachvolles Ende zu finden. Aber tatsächlich hatte ich noch einige Stunden Weg vor mir, der Durst wurde heftiger, und zwischendurch fragte ich mich, ob es eine gute Entscheidung gewesen war, ohne eine genügende Menge an Wasser den Marsch durch die sandige Schlucht zu wagen. Aber wie sollte ich es wissen, und wen hätte ich fragen können, und wer hätte mir geantwortet, und was hätte ich verstanden ohne genügende Kenntnis der Sprache.

Das Wasser, das ich an der Quelle gesammelt hatte, reichte aus, um meinen Durst notdürftig zu stillen. Am frühen Abend fand ich zum Ausgangspunkt zurück, das Dorf einige Hundert Meter über dem Meer. Ich badete Gesicht und Füße im Brunnen und pflückte die Pfefferminze, die sich vom überlaufenden Wasser ernährte.

Ich lernte das Wasser schätzen, entdeckte eine Substanz von unschätzbarem Wert, weil sie zu einem knappen Gut geworden war. Ist es nicht mit allem so? Unter dem Gesichtspunkt der Entbehrung bekommt das Begehrte einen zusätzlichen, ganz neuen Wert. Dann wird jeder Tropfen eingesammelt, während er unter den Bedingungen des Überflusses unbeachtet platzen und verdunsten würde.

Nachdem ich genug getrunken und einige der Pfefferminzen gebrochen und im Rucksack verstaut hatte, stellte ich mich an die Straße und versuchte, auf mich aufmerksam zu machen. Schon das erste Auto hielt an. Ich fragte den Fahrer, ob er hinunter zum Meer führe. Er schüttelte den Kopf und deutete in unbestimmte Richtung. Also nicht. Ich fragte in einer Taverne. Warum sollten sie? Sie hatten Besseres zu tun, sie tranken und schwatzten. Also gut sah das nicht aus. Ein Bus würde nicht mehr fahren. Es schien, als bliebe mir nichts anderes übrig, auch die letzten Kilometer, und das waren mehr als zehn, die die Straße in vielen Schlingen und Abweichungen nahm, zu Fuß zurückzulegen. Ich war kaum zehn Minuten unterwegs, da kam der Fahrer vorbei, den ich schon angesprochen hatte; er winkte mich ins Auto. Ich war glücklich und wollte den Fahrpreis wissen. Er wehrte ab, er hätte alles, was er brauchte, so verstand ich ihn, er wollte kein Geld. Und während wir den Berg hinabfuhren, sang er ein Lied, und kaum war es zu Ende, begann er von vorn, hielt an jeder Kurve und sah hinunter zum Meer, als würde er es zum ersten Mal sehen. Zwischenzeitlich schien es mir, als würde ich zu Fuß nicht langsamer sein. Aber gerade wegen seiner absichtlichen Langsamkeit bewunderte ich ihn, er brachte es fertig, mich langsam hinunter zum Meer zu fahren, mit einem Gleichmut, den ich bislang noch nirgends gesehen hatte. Er wollte nicht einmal Geld für die Taxifahrt nehmen. Am Ende der Fahrt fühlte ich mich von der Ruhe des Fahrers angesteckt. Bewegte mich langsam in Richtung unserer Unterkunft, wo mich Lore verwundert fragte, warum ich erst jetzt, zu so später Stunde eintreffen würde."

Luise unterbrach. „Und jetzt zu später Stunde?"

„Jetzt bin ich wach."

„Schade. Hatte gehofft, der Gang durch die Wüste würde dich ermüden."

„Sie hat mich ermüdet. Jetzt ist sie Geschichte."

„War das der Schluss?"

„Nein!", rief Feuerbach erbost. „Wir haben doch von tausendundeiner Nacht gesprochen."

„Also, wie geht unsere fünfte zu Ende?"

„Ich hatte gut daran getan, diese Wanderung allein zu

machen. Lore hätte das nicht vertragen. Aber sonst haben wir vieles zusammen getan, zum Beispiel, als wir ein Kloster in Arkadien gefunden haben. Das ging so:

Hoch am Felsen lehnte das Kloster. Das war ein Ziel! Wir wurden freundlich begrüßt und von einem der Klosterbrüder durch die Räume geführt. Anschließend wurden Kaffee und Süßigkeiten angeboten. Es gibt nichts Klebrigeres auf dieser Welt als die gequollen, supersüßen griechischen Süßigkeiten. Als ich fragte, ob wir im Kloster nächtigen dürften, erfuhren wir, dass ich wohl dürfe, aber die Frau, damit meinten sie Lore, dürfe natürlich nicht. Schade, wir hätten gern in den kühlen und frommen Räumen geschlafen. Wir wanderten weiter, und als wir die einige Hundert Meter höhere Stufe erreichten, war es vollkommen dunkel. Nicht weit entfernt entdeckten wir die Lichter eines Dorfes. Was für ein Glück! Denn Lore wollte nicht weiter. Sie klagte:

Meine Füße brennen, ich glaube, sie sind mit Blasen bedeckt, die Schuhe sind viel zu heiß, und meine Schultern schmerzen, weil der Rucksack längst zu schwer geworden ist. Jetzt habe ich genug, kannst du nicht ein Taxi holen, ich kann nicht mehr.

Wie stellst du dir das vor? Wo soll das Taxi herkommen? Ich glaube eher, du kannst, aber willst nicht mehr. Sieh, du bist so gut gegangen (wir hatten einen zwanzig Kilometer langen Marsch durch die Berge hinter uns), *dieses letzte Stück wirst du bestimmt schaffen. Notfalls trage ich dir deinen Rucksack. Du siehst die Lichter, noch zehn Minuten, die wirst du schaffen, und dann verspreche ich dir ein feines Mahl deiner Wahl. Mit Eis als Nachspeise.*

Sie liebte das Speiseeis, für die farbigen Kugeln, in denen es dargeboten wird, ließ sie vieles stehen. Vielleicht war es das, was sie nochmals antrieb. Sicherheitshalber nahm ich ihren Rucksack, obwohl auch ich alles andere als frisch war. Zwei Rucksäcke, noch dazu so große, sind äußerst unbequem, ihren habe ich vor der Brust getragen, was wegen der Größe recht mühsam war, vor allem, weil mir die Sicht auf den Weg versperrt war. Es ging eine halbe Stunde. Auf der Mitte des Weges bat ich sie, ihren Rucksack wieder zu übernehmen. Das tat sie willig, wohl auch, weil ihr meine unbeholfene Schrittfolge nicht entgangen war.

Das Dorf wurde von einem wütenden Hund versperrt. Glücklicherweise ging ich mit einem starken Knüppel, den ich für solche Fälle bereithielt. Der Hund war weiß und sah aus wie ein echter Wolf. Der Unterschied zum Wolf: Der wäre im Wald verschwunden, dieser hier hatte es sich zur Aufgabe gemacht, das Dorf zu bewachen. Immer wieder wollte er sich auf uns stürzen, was ich nur dadurch verhindern konnte, dass ich den Knüppel nach ihm schwang. Wie gut, dass ich Augenblicke vorher den Rucksack übergeben hatte! Die Angelegenheit schien nicht ungefährlich. Ich sah bessere Chancen, wenn ich von der Verteidigung zum Angriff übergehen würde. Ich verständigte mich mit Lore. Lore nahm kleine Steine und warf sie in Richtung des Hundes. Ich schwang den Knüppel. Der Hund wich langsam, fürchterlich knurrend, zurück. Ich hielt ihn in Schach und eröffnete auf diese Weise Lore den freien Zugang zum Dorf. *Du wartest am Eingang*, rief ich ihr zu. Aber sie wollte mich nicht allein lassen und wartete auf mich in einiger Entfernung. Das Problem war, auch für mich einen Ausweg zu finden. Sobald ich dem Hund den Rücken kehrte, lief ich Gefahr, von ihm gepackt und niedergerissen zu werden. Ich hatte Glück. In der Nähe gab es einen kümmerlichen Schuppen. Durch das unablässige Gebell des Hundes aufgescheucht, kam ein zahnloser Mann herausgeschlurft und rief den Hund zu sich. Gerne hätte ich dem Eremiten ein paar unfreundliche Worte gesagt. Hier zeigte sich, dass ich es versäumt hatte, mir einige elementare Kenntnisse des Griechischen anzueignen. Ich kannte die griechischen Buchstaben, die in unseren mathematischen und physikalischen Formeln enthalten sind. Aber das war natürlich zu wenig. Mehr als fluchen konnte ich nicht, und wurde nicht einmal verstanden. Ich gelobte mir, für den nächsten Urlaub, sollte es mich noch einmal nach Griechenland ziehen, die wichtigsten Sätze parat zu haben. Das Problem würde sein, die wichtigsten als solche zu erkennen.

Es war ein stilles Dorf mit gelber Beleuchtung, die an schmiedeeisernen Haken aufgehängt war. Unsere Stimmung, die auf der Anhöhe ihren Tiefpunkt erreicht hatte, war schnell wieder geklettert, vor allem auch deshalb, weil wir ohne Mühe eine komfortable Unterkunft gefunden hatten. Die Zimmer waren kühl und sauber, und das Bad versorgte uns mit warmem und kaltem Wasser so viel wir wollten. Im Speisesaal warteten köstlicher Käse und frischer Salat, Früchte, Brot und gebackene Kartoffeln, die Reste eines umfangreichen Gelages, das kurz vor unserer Ankunft zu Ende gegangen sein musste. Wir waren ganz unbefangen, das hatte vermutlich der Hunger verursacht, wir nahmen uns von den Resten, ohne die Erlaubnis der Gastwirtschaft einzuholen. Wir aßen lange und ausführlich. Als wir schließlich gesättigt waren, fragte ich über den Tisch, was Miriam dazu sagen würde, wenn sie uns hier sähe? Sie würde sich freuen, entgegnete Lore, die der lange Marsch sichtlich ermüdet hatte. Sie sagte dann noch: Ich gehe jetzt schlafen. Gute Nacht. Ich sah ihr länger nach als nötig. Sie war längst durch die Tür verschwunden, als ich den Blick wegnahm. Zuvor hatte sie sich umgedreht und mir wie zum Abschied zugewinkt.

Anschließend übernachteten wir in einer kleinen Pension an der Westküste. Die Familie betrieb etwas Landwirtschaft und hatte einen Sohn und eine Tochter. Beide studierten. Einmal kauften wir Lammfleisch auf dem Markt. Die Wirtin machte ein gutes Essen daraus. Da die Kinder einigermaßen englisch sprachen, entwickelte sich beim Essen sogar etwas wie eine Unterhaltung. Die Eltern wollten wissen, ob Lore meine Frau sei.

Nein, rief ich aus, *sie ist meine Tochter!* Die Eltern lachten, als die Kinder übersetzten. Sie glaubten mir nicht. Ich dürfte es ruhig sagen, sie würden nichts machen. Heute sei ja alles so ganz anders. Früher durften sie erst dann zusammen sein, wenn sie geheiratet hätten. Die Kinder übersetzten.

Nein, protestierte ich ein zweites Mal, *sie ist die Tochter meiner Frau! Sie ist erst kürzlich gestorben, und wir sind hier, um vom Unglück etwas Abstand zu gewinnen.*

Deshalb seid ihr hier? Weil die Frau gestorben ist?

Deshalb sind wir hier, sagte ich.

Die Tochter betrachtete uns nachdenklich. Sie war gut anzusehen. Schlank und gerade, dunkle, fast schwarze Augen und dichte schwarze Haare. Zarte Schultern. Ein anmutig geschnittenes Gesicht. Der Altersunterschied war groß und Lore war an meiner Seite. Ich hatte mich ihrem Vater gegenüber verpflichten müssen, sie ruhig und sicher wieder nach Deutschland zurückzubringen. Ohne Lore wäre vielleicht alles ganz anders gekommen. Aber der Altersunterschied, er wäre geblieben.

Griechenland ist noch ganz im Naturzustand, sobald du die Küstenregionen verlässt. Das gilt ja für fast alle Mittelmeerländer. Die Masse der Touristen lässt sich am Strand nieder. Das Innere verharrt im Zustand eines Naturschutzgebietes. Aber in Griechenland hat selbst die

Küstenlinie noch naturbelassene Abschnitte. Das liegt daran, dass sie so unendlich lang sich erstreckt, mit ihren hunderttausenden Buchten und Vorsprüngen, Ecken und Kanten.

Nach sechs Wochen machten wir uns auf den Rückweg. Lores Vater hatte ihre Rückreise angemahnt, war vielleicht doch etwas in Sorge, und auch ich durfte die Ferien ja nicht beliebig ausdehnen. Himmerichs Abschiedsmelodie war nicht vergessen: *Von mir aus können Sie so lange bleiben wie Sie wollen, aber wenn Sie das tun, wird mir mein Verwaltungsleiter aufs Dach steigen. Deshalb kann ich Ihnen nicht erlauben, länger als der Jahresurlaub gestattet fernzubleiben.*

Obwohl Sie mich doch gar nicht brauchen, war ich damals versucht zu sagen, aber habe es unbegreiflicherweise nicht herausgebracht. Ich befand mich auf schwankendem Grund, eine Folge des Ereignisses, sehr naheliegend; hatte Widerstandskräfte verloren, die erst mal zurückerobert werden mussten.

Die Rückreise war furchtbar. Ich hatte Lore versprochen, mit dem Schiff bis nach Venedig zu fahren. Auf Deck war es unerträglich heiß, ein Tourist stand neben dem anderen, unter Deck stank es nach Diesel, der Lärm des Schiffsmotors war bestialisch. Das Meer präsentierte sich gleichmäßig langweilig. Vorbeiziehende Plastiktüten und Plastikbehälter eine unwillkommene Abwechslung. Lore wurde von einem etwa gleichaltrigen Mann angesprochen, er gab sich alle Mühe, ihre Aufmerksamkeit zu erringen, aber sie reagierte nicht. Sie hatte sich mit einem Buch in die Ecke gesetzt, zu ihrer von mir gefürchteten Sprachlosigkeit zurückgefunden, saß dort den ganzen Tag, und ich musste Ess- und Trinkbares besorgen und es ihr servieren."

„Konntest du dich nicht irgendwie in Szene setzen? Dir die Langeweile mit einer abenteuersüchtigen Frau vertreiben? Du warst doch in bestem Mannesalter, und an Frauen wird es nicht gemangelt haben", sagte Luise.

„Was dir durch den Kopf geht, Luise! Niemand hat mich angesprochen. Es herrschte Vollbeschäftigung, alle waren, so schien es, unauflösbar ineinander verhakt. Außerdem konnte ich zahllose Sugar Babys und die dazugehörenden Sugar Daddys ausmachen, du weißt, was ich damit meine. Da wird Liebesdienst der vornehmeren Art gegen ein festes monatliches Einkommen getauscht. Meist geht es dabei um Altersunterschiede von mehr als vierzig Jahren. Die Daddys glucksten glücklich in den Badepools und die Babys hatten die Aufgabe, ihre tapsigen Daddys wieder herauszuholen und abzutrocknen. Ein Dasein auf Gegenseitigkeit! Beide haben etwas davon."

„Heute finden sich die Paare in der Dating Bucht des Internets."

„In der Tat, diese segensreiche Einrichtung gab es noch nicht, aber vieles, was heute über das Netz läuft, ließ sich in ähnlicher Weise auch auf dem Normalweg ohne elektronische Unterstützung erreichen."

„Nach dem Schiff das Auto, oder? Ihr hattet noch einige Kilometer vor euch."

„In Deutschland fiel der erste Regen nach sechs Wochen heißer Trockenheit. Wir feierten den Regen, als hätten wir das erste Mal mit ihm zu tun. Wir hätten uns von ihm gerne vollständig benetzen lassen, was etwas schwierig war, denn wir befanden uns im Zug, der diesmal, wohl auch wegen der kürzeren Strecke, fehlerfrei das Ziel erreichte. Noch einmal, notgedrungen, zur Mutter des Schwagers, da ich dort mein Auto platziert hatte.

Sie empfing uns mit den süßesten Worten, Komplimente purzelten aus ihrem goldbestückten Munde, Bewunderung hörten wir wegen unserer gebräunten Haut, die ihre künstlich gebräunte, so sagte sie, in den Schatten stellen würde. Ihre runden Wangen waren rot gepudert, der Schmuck aus den verschiedenen Ehen kunstvoll aufgesetzt oder übereinandergelegt und das Haupt mit einem bayrischen Hütchen drapiert. In dieser Aufmachung hätte sie auch ein fünftes Abenteuer erfolgreich absolviert. Ob alles gut gegangen sei, wollte sie wissen. Bestens, antwortete ich und wurde erst da gewahr, dass sie ihren Hut wieder abgenommen und in kürzester Zeit das bunte Dirndl angelegt hatte. Dieses Mal durfte Lore sogar die Dusche benutzen, und so war zumindest der Abend gerettet, mehr musste nicht gerettet werden, denn schon am nächsten Tag ging es zurück, zehn Stunden lähmende Autofahrt lagen vor uns. Wir meisterten sie bravourös, ohne irgendwelche, schon gar nicht erwähnenswerte Zwischenfälle, und waren am Ende unübersehbar froh, glaube ich, dass wir beide wieder unsere eigenen Wege, unabhängig vom anderen, verfolgen konnten."

Korrekturen

Nachdem er seine Geschichte in fünf Nächten erzählt hatte, außerdem fünf Tage auf der Terrasse hin und her gewandert war, von Luise getröstet, beruhigt, ermahnt, kritisiert und gestreichelt, entschloss er sich, den Ort des Ereignisses noch einmal, jetzt unwiderruflich ein letztes Mal, in Augenschein zu nehmen. Welche Wirkung würde er auf ihn noch haben, war die bange Frage, die ihn auf der Fahrt dorthin bedrängte. Er hatte ihn nicht wiedersehen wollen. Jetzt aber verspürte er eben dieses unaufschiebbare Verlangen. Dreißig Jahre später, nachdem er die ganze Geschichte Luise erzählt hatte.

Er fuhr im September, dem Monat, der gewöhnlich stabiles Wetter verspricht und für die größten und schwierigsten Touren in den Alpen genutzt wird. Seit zehn, vielleicht sogar seit zwanzig Jahren war daraus ein unzuverlässiger Monat geworden mit Kälteeinbrüchen und tagelangen Regenfällen. Das Klima hatte sich ganz offensichtlich signifikant geändert, nicht zum Besseren, wenigstens nicht im September. Also stimmte es, was die Modelle der Wissenschaftler seit Jahren voraussagten? Diejenigen, die es schon immer gewusst hatten, vor allem aus Deutschland, lange bevor die Modelle solch weitreichenden Aussagen nachrechnen konnten, sagten „Ja, ja, ja" und wiederholten, dass es noch viel schlimmer kommen würde.

Er machte den Weg zu Fuß. Der Weg war so, wie er ihn in Erinnerung hatte. Keine Verbreiterung, keine Befestigung. Hin und wieder größere Steine, kleinere Hindernisse für das Auto. Erlaubt sowieso nur für Autos der Forst- und Weidewirtschaft. An der einen oder anderen Stelle Entwässerungsrohre. Breite Kurven, breiter als früher, so schien es ihm. Je näher zum Kreuz, das die Erinnerung barg, umso größer wurde die Unruhe. Ob dieses bescheidene Stück aus Eichenholz überlebt hatte, Regen und Schnee, vor allem der Sonne standgehalten hatte? Warum sie denn überhaupt ein Kreuz errichteten, hatte Konrad wissen wollen. Wo Fabian doch ein erklärter Gegner religiöser Symbole sei. „Das Traditionelle überrumpelt mich, wenn es sentimental wird", gestand Fabian.

„Ich hatte so was Ähnliches gedacht, aber nicht dran geglaubt", sagte Konrad.

Als er das Wegstück erreicht hatte, wo sie gerastet und sich beraten hatten, wo das Schneebrett sie mitgenommen hatte, war kein Kreuzlein zu sehen. Sie hatten es jenseits der schmalen Brücke auf sicherem Grund errichtet, im Schutz der mächtigen Lärche. Die Lärche stand selbstbewusst wie eh und je, aber wo war das Kreuz? Er suchte in der Umgebung, vielleicht hatte es jemand ausgerissen und unter Steinen und Ästen begraben. Das Kreuz war unauffindbar. Auch der Steinsockel war nicht mehr da. Alles weg, Kreuz, Sockel und das Blatt Papier für Miriam, das er regensicher umhüllt und dann unter den Steinen versteckt hatte. Konnte ja auch sein, dass es inzwischen verrottet war, dem Pilz und den Holzschädlingen zum Opfer gefallen war. Ich muss das im Gasthaus in Erfahrung bringen, sagte er sich, bestimmt können sie Auskunft geben. Besser, ich hätte vor dem Aufstieg dort reingeschaut und mich erkundigt.

Fabian machte sich an das letzte Stück Weg, das über

die Brücke hinein in den Wald und dann aus dem Wald hinaus ins freie Gelände führte, wo im Sommer die Rinder grasten. Alles so wie vor dreißig Jahren. Nach fünfzehn Minuten stand er in der Mulde, wo geradeaus sich der Lärchenwald gegen die Endmoräne hinzog, mittendrin der Bach, inzwischen doch eher ein Bächlein, links und rechts die aufragenden Berge, links mit dichtem Wald, rechts mit vereinzelten Lärchen und Zirben. Das stimmte alles soweit, seine Erinnerung war intakt. Links sollte die Berghütte sein, seine Herberge, die er wohl fünfzehn Mal bewohnt hatte. Die alte Hütte stand, aber das Haus in Blockbauweise war weg. Verschwunden. Er ging weiter, um die Angelegenheit zu untersuchen. Anstelle des Hauses gab es Bänke und Abfallkörbe, Grillplatz, Schaukel mit Pferdchen, das Einmaleins der europäischen Kinderspielplätze, aber keinen Hinweis auf die Hütte, von der er doch so viele Bilder hatte. Sie war doch keine Halluzination, keine Fata Morgana, er war klaren Verstandes gewesen, als er sie besucht hatte. Sie existierte! Vielleicht war sie abgebrannt? Und nicht wieder aufgebaut worden? Unter der Schneelast zusammengebrochen? Von einer Lawine mitgerissen? Oder ohne Genehmigung erbaut und in Folge von der Forstverwaltung abgerissen worden?

Im Sommer wurden Hütte und Umgebung von Touristen belagert. Normalerweise hatte Feuerbach die Sommerzeit gemieden, denn dann war der Hirte mit seinen Kühen hier, und der hatte Vortritt, die Hütte gehörte im Sommer dem Hirten. Da dieser nur sechs Wochen das Haus in Anspruch nahm, ergab sich die Möglichkeit, auch mal einen richtigen Bergsommer hier oben zu verbringen. Schon der erste Morgen war ein Desaster. Die Wanderer trafen gegen sieben Uhr in der Frühe ein, als Feuerbach noch gar nicht daran dachte, das Bett zu verlassen. Sie setzten sich schwatzend auf die Bank vor der Tür, holten Brote und Bier aus der Tasche und schmatzten und schluckten munter drauflos. Nach kurzer Zeit trafen die nächsten ein und so ging es fort. Um acht Uhr waren alle Plätze rund um die Hütte belegt, einige Gruppen mussten schon in den Wald ausweichen. Feuerbach, durch den Lärm der Touristen um weiteren Schlaf gebracht, der gewöhnlich gegen Sonnenaufgang erst richtig in Gang kommen wollte, ging zum Fenster, um die Lage zu prüfen. Ein umwerfendes Bild. An die hundert Wanderer zählte er, damals noch alle in roten Kniebundstrümpfen, grauen Kniebundhosen, rot karierten Hemden und grünen Hüten. Die meisten mit ihren Broten beschäftigt, die mit Butter und Salami bestrichen waren und deren Geruch Feuerbach schier den Atem verschlug. Nach zwei Stunden hatte sich die Zahl annähernd verdoppelt. Niemand wollte weichen, sodass sich die Zahl der niedergelassenen Touristen ständig vergrößerte. Nach drei Stunden hatte sich die Zahl ein weiteres Mal verdoppelt. Nochmaliges Zählen war wegen der Unübersichtlichkeit des Geländes und der schieren Größe der Menge unmöglich. Es war wie bei einem Open-Air-Festival, nur die Rockmusiker fehlten. Die Besucher lagerten auf der Wiese, blockierten den Hauseingang, ließen die Füße ins Bachwasser hängen, schlürften das Brunnenwasser, aßen und tranken, hatten überall Feuer entzündet und Abfall verstreut. Es war laut. Es war furchtbar laut. Feuerbachs Oase der Zurückgezogenheit und Stille war zum Rummelplatz geworden. Es musste etwas geschehen, die Ordnung zumindest im Ansatz wieder hergestellt werden. Also nahm er sich das grüne Jackett der Schweizer Forstbeamten vom Haken, das ihm ein Freund in Italien geschenkt hatte und begab sich unter die Gäste. Sagte ihnen, dass sie allen Abfall wieder mitnehmen müssten. Zuwiderhandlungen würden in Österreich streng bestraft! Er zähle auf ihre Einsicht.

Er sei sicher von der Forstverwaltung, sagten die älteren unter ihnen und demonstrierten durch launiges Nicken und aufmerksame Körpersprache Verständigkeit und Verantwortungsbewusstsein. Natürlich würden sie alles wieder mitnehmen, sie seien aus Deutschland und das sei bekannt für seine Sauberkeit. Ob er nicht auch etwas von der Wurst probieren wolle. Ich bin Vegetarier, log Feuerbach und hielt seine Nase abseits, denn die Leute rochen nicht nur nach Knoblauch, sondern auch nach Bier, und der gemeinsame Geruch war für einen geruchsempfindlichen Menschen wie Feuerbach schlechterdings nicht auszuhalten. Er konnte dem nur durch sofortigen Rückzug begegnen. Als am späten Abend alle wieder abgerückt waren und Feuerbach sein Terrain inspizierte, fand er keinen Grund zur Klage. Der Müll war beseitigt, die Uniform hatte gewirkt, auch wenn es nur eine schweizerische war.

Was das Verschwinden der Hütte betraf, schien ihm aufgrund seiner Erfahrungen die wahrscheinlichste Version, dass sie Feuer gefangen hatte, als leichtsinnige Touristen auf der Holzterrasse ihre Würste gegrillt hatten. Ein weiterer Punkt, den er bei seiner Rückkehr ins Tal erörtern musste. Die Hütte vermutlich abgebrannt, das Kreuz abgerissen und in die Tiefe geschleudert: es machte keinen Sinn, in dieser von den Objekten seiner Erinnerung entleerten Gegend zu bleiben. Er machte sich betrübt auf den Rückweg.

Im Gasthaus fragte er nach Josef. Die Bedienung gab Auskunft. Den gäbe es nicht mehr, er sei vor zwei Jahren gestorben. Wie das? Einen gesünderen Menschen als den Josef konnte es doch nicht geben. Nach dem, was ihr bekannt sei, hätte es am Herzen gelegen, sagte die Bedienung. Aber alles wüsste sie nun auch nicht, vielleicht war es auch etwas anderes. Er fragte, ob man sich an ihn erinnere.

„Wer sind Sie denn?"

„Eben das wollte ich erfragen. Ich schließe also, dass Sie sich nicht erinnern. Ich bin der Mann, der mit seiner Freundin vor dreißig Jahren oben im Wald in eine Lawine geraten ist."

„Vor dreißig Jahren, welches Gedächtnis ist so lang? Aber warten Sie, ja, gehört habe ich davon, es muss schrecklich gewesen sein. Ach so, Sie sind das also." Schweigen.

„Wissen Sie, was mit dem Kreuz passiert ist, das wir dort oben für meine Freundin errichtet haben?"

„Dazu kann ich nichts sagen, aber vielleicht weiß die Chefin etwas, ich werde sie grad geschwind herbeiholen."

Die Wirtin kam aus der Küche und wollte wissen, warum der Herr so viele Fragen stelle.

„Bisher waren es nur zwei", sagte Feuerbach, „aber ich habe einige mehr. Würden Sie mir sagen, warum das Kreuz oben im Wald bei der Brücke verschwunden ist?"

„Das ist schon ewig lange her. Ich erinnere mich, da gab es eine Diskussion im Dorf, ob man es wegnehmen dürfe, auch der Pfarrer hatte eine Meinung dazu. Er war unentschieden. Meinte allerdings, dass es sich bei der Toten um eine Andersgläubige gehandelt haben muss, womöglich sogar eine Nichtgläubige, und folglich interessierte ihn der Fall nicht weiter. Außerdem sei er nicht dabei gewesen, was ein großes Versäumnis darstelle, denn das mit dem Kreuz sei eine Angelegenheit des Pfarrers, wie jedermann wisse. Unser Josef, der vor einem Jahr gestorben ist, hatte sich für das Kreuz eingesetzt. Er sagte, das schulde man der Toten. Aber der Gemeinderat wollte es weghaben. Denn die Touristen wollten immer genau wissen, was es damit auf sich habe. Die waren dann zu Tode erschrocken, wenn sie die Wahrheit hörten. Der Geschäftsführer des Verkehrsbüros wollte sogar einen Rückgang der Besucherzahl festgestellt haben. Daraufhin hatte die Gemeinde beschlossen, das Kreuz sofort zu entfernen. Das Kreuz sei keine Werbung für das Tal, wurde gesagt. Das mache den Touristen Angst. Wo man doch auf die Touristen angewiesen sei. Die Forstverwaltung soll es schließlich weggeschafft haben."

„So war das also", sagte Fabian.

„Ja, so war das. Ich persönlich finde, dass der Gemeinderat richtig entschieden hat. Es geht nicht an, dass jeder sein Kreuz dahin stellt, wo er glaubt, dass es gut aufgehoben ist. Dann wäre unser schöner Wald ja bald mit solchen Kreuzen übersät."

„Sind schon so viele Leute im Wald umgekommen?"

„Das doch nicht, mein Herr, wo denken Sie hin. Aber es ist doch billiger, im Wald zu bestatten als die teure Gebühr für den Friedhof, der noch dazu so eng ist, zu bezahlen!"

„Da muss ich Ihnen zustimmen."

„Sehen Sie. Und Sie waren damals mit dabei?", wollte die Wirtin wissen, vertraulich ihre Stimme senkend, die bis dahin in voller Lautstärke Fabians Trommelfell malträtiert hatte. „Ich habe so was durch die Tür gehört."

„Sie haben richtig gehört. Ich war einer von den zwei", sagte Fabian.

„Und Sie waren der eine, der überlebt hat?"

„Wie Sie sehen."

„Sind Sie ein Glückspilz! Und der andere?"

„Der andere war meine Freundin. Ich muss Sie aber noch etwas anderes fragen."

„Ja gibt's denn das. Was wollen Sie noch alles wissen?“

„Was ist mit der Berghütte geschehen? Warum steht sie nicht mehr?“

„Das war eine Geschichte“, sagte die Wirtin. „An einem schönen Tag im Juli ist sie niedergebrannt, und niemand will es gewesen sei. Wir vermuten, es waren die Touristen, aber der Polizei ist es nicht gelungen, die Schuldigen zu finden. Man hat sich dann schweren Herzens entschlossen, die Hütte nicht wiederaufzubauen. Das Risiko erschien zu hoch, dass sie wiederum abbrennen und dann womöglich noch den Wald in Mitleidenschaft ziehen würde.“

„Und wo schläft der Kuhhirt, wenn er das Vieh auf die Almen getrieben hat?“

„Der schläft hier unten bei seiner Frau. Da ist er vermutlich besser aufgehoben. Obwohl die beiden auch schon mal von Trennung geredet haben.“

„So ist das also hier im Tal“, sagte Feuerbach.

„Ja, so ist das. Ja darf ich Ihnen ein Bier einschenken? Damit Sie den heutigen Tag in guter Erinnerung behalten?“

„Da bedauere ich, danke nein.“

Feuerbach verabschiedete sich, ging mit eiligem Schritt, musste draußen tief einatmen, das alles war doch etwas zu viel gewesen. Er gelobte, diesen Ort nie wieder zu betreten. „Mein Entschluss ist endgültig. Das Gebiet hier ist mit dem Bann des Bösen belegt. Die Freundin umgekommen, das Kreuz entfernt, die Hütte abgebrannt, der Wirt, ein Freund, vorzeitig verstorben. So schnell wie möglich weg von hier, bevor es mich doch noch erwischt.“

Dann war da noch die Angelegenheit mit Professor Himmerich. Es gab etwas zu bereinigen.

Die Sekretärin winkte ihn herein.

210

„Dass ich dich noch mal wiedersehen würde", rief sie aus.

„Nie und nimmer hätte ich gedacht, dass du noch hier bist", gab er zurück.

„Entschuldige mal, für wie alt hältst du mich denn?"

„Gegen Mitte sechzig. Ideales Alter für den Renteneintritt."

„Habe noch zwei Jahre. Hast du gehört? Sie haben den Chef auf die Vorschlagsliste für den Nobelpreis gesetzt."

„Ist das wahr? Wo steht er auf der Liste?"

„Das weiß ich doch nicht. Aber stell dir vor, es würde dazu kommen. Wir müssten eine weitere Aushilfe einstellen, die die Termine koordinieren würde."

„Wie das?"

„Na, das weißt du doch. Wenn er den Nobelpreis bekommt, steht das Telefon nicht mehr still. Und die Einladungen und Vorträge nehmen kein Ende."

„Ich glaube, er wird das begrenzen. Er will lieber Forschung machen. Liegt ihm auch eher, als unkundigen Presseleuten seine Forschung zu erklären. Die würden ihn doch nicht verstehen."

„Das dürfte stimmen. Ich habe ihn mal danach gefragt, wie dieses oder jenes zu verstehen ist, wovon er in seinen Berichten und Veröffentlichungen schreibt. Er hat mir eine ganze Stunde versucht zu erklären, aber ich habe trotz größten Bemühens rein gar nichts verstanden."

„Das liegt weniger an dir als an ihm", stellte Feuerbach fest, „erklären kann er nicht so gut. Er ist eher Forscher als Lehrer. Übrigens ist es eher ungewöhnlich, dass Talent für beides vorhanden ist."

„Du wolltest ihn sprechen?"

„Ich habe eine Verabredung mit ihm."

„Mal sehen, ob er da ist." Er war, und Feuerbach wurde auf Zuruf hereingelassen.

Himmerich, inzwischen für den Nobelpreis gehandelt. Das war in Fabians Kopf, als er sich Himmerich gegenübersah.

„Guten Tag, Fabian."

„Guten Tag, Kurt."

Man hatte sich damals mit Vornamen und Sie angeredet. Dabei war es geblieben, auch nach dreißig Jahren, unzweifelhaft ein gutes Zeichen.

„Wie kommt es, dass ich so viel älter bin und noch arbeite, schreibe und so weiter und Sie so viel jünger sind und nur noch in der Welt umherfahren?"

„Ganz so schlimm ist es nicht. Ich schreibe auch ein bisschen, Romane, für Sie wohl weniger von Interesse. In meinem neusten sind Sie übrigens eine der Hauptfiguren."

„Sie machen mich neugierig."

„Das war beabsichtigt."

„Und? Worum geht es in Ihrem Roman?"

„Wenn alles fertig ist, schicke ich Ihnen ein Probeexemplar zur Rezension."

„Das ist ein prima Gedanke. Aber Sie haben mir meine Frage noch nicht vollständig beantwortet."

„Dabei soll es auch bleiben, mehr will ich nicht verraten. Dass ich nicht mehr arbeite, liegt nicht an mir; wie Sie wissen, ist der öffentliche Dienst ganz strikt, wenn es um den Renteneintritt geht. Man ist doch froh, wenn das Alte geht. Frisches Blut wartet auf Einlass; man sagt, in nicht zu überbietendem Sarkasmus, die Ruhe habe man sich verdient."

„Sie hatten vergessen: Nach aufreibender beruflicher Tätigkeit."

„Genau. Da ist nichts zu machen. Nur die Lieblinge dürfen ein wenig länger bleiben."

„Und dazu zählten Sie nicht?"

„Hätten Sie es anders erwartet?"

„Naja, warum nicht? Wenn ich mich recht erinnere, waren Sie hier doch gut gelitten. Sagen Sie, was machen Sie denn jetzt so?"

„Wie gesagt, ich schreibe und denke über das Problem des Unvorhersehbaren."

„Da haben Sie sich aber was vorgenommen. Ich vermute, Sie schreiben über das Problem von falschen und richtigen Vorhersagen?"

„Ja, unter anderem auch darüber. Aber über noch viel, viel mehr. Apropos richtige Vorhersage – gibt es die überhaupt?"

„Damit hat es seine Schwierigkeit. Aber seien wir konstruktiv. Wenn Sie sich mit Vorhersage beschäftigen, können Sie einfügen, was ich die Vorhersage der zweiten Art nenne. Diese beantwortet die Frage, wie sich das System ändert, wenn ein Parameter geändert wird, entweder sprungartig oder als Funktion der Zeit. Diese Art Vorhersage beherrschen wir einigermaßen; aber eine mittelfristige Vorhersage der Dynamik von Systemen, die nichtlinear sind, also zum Beispiel Klima oder Erdbeben, die wird nie wirklich gelingen."

„Ganz Ihrer Meinung, und ich will gerne anmerken, dass das Statement von Ihnen stammt, falls ich es einfüge."

„Nein, das wäre zu viel des Guten, das brauchen Sie nicht. Das ist inzwischen Allgemeingut. Außerdem werde ich weltweit in ausreichendem Maße zitiert, manchmal ist es mir richtig lästig, zu sehen, wo mein Name überall erscheint; gelegentlich sehe ich sogar Missbrauch, wenn jemand mich als Kronzeugen beruft, der ich nicht bin und nicht sein will. Ständig soll ich irgendwelche Meinungen bestätigen, ständig soll ich Vorträge halten. Das bringt doch alles gar nichts. Ich muss jetzt ein wenig weniger präsent sein, das Alter geht auch an mir nicht spurlos vorüber. Vieles fällt schwerer im Vergleich zu früher. Und vieles will ich noch herausfinden."

„Sie wirken auf mich, als wären Sie sechzig", sagte Feuerbach, während er ein bisschen neidisch auf Himmerichs volles Haupthaar sah, und an das eigene dachte, das sich seit geraumer Zeit bedenklich lichtete.

„Sechzig? Ich dachte, Sie würden fünfzig sagen."

„War ein Versprecher. Natürlich machen Sie den Eindruck, als wären Sie fünfzig. Aber bleiben wir auf dem Teppich. Sechzig ist eine gute Zahl."

„Sind Sie mir eigentlich noch böse wegen damals?", fragte Himmerich plötzlich.

„Deswegen bin ich bei Ihnen vorbeigekommen. Ich will Ihnen sagen, dass ich nicht böse bin, im Gegenteil, ich kann Sie inzwischen sogar verstehen. Falsch: Ich konnte Sie schon damals gut verstehen. Aber Ihre Entscheidung hatte weitreichende Konsequenzen..."

„Ich weiß, ich weiß", murmelte Himmerich, „und jetzt? Sie haben alles doch recht gut in Ordnung gebracht, nicht wahr."

„Ob in Ordnung, das weiß ich nicht", entgegnete Feuerbach, „aber ich habe mich behauptet, mehr recht als schlecht."

„Das tut gut zu hören", sagte Himmerich und rief seine Frau herbei.

„Ach wie schön, Sie noch einmal zu sehen", zwitscherte seine Frau, klein und faltig, aber immer noch stark, lebendig und voller Selbstvertrauen. Herr und Frau Himmerich hielten jedes Problem für lösbar und ermutigten alle, es ebenso zu sehen. Insbesondere Himmerich plädierte dafür, dass jeder seinen ganz individuellen Weg einschlägt, vor allem rechtzeitig erkennt, wenn Überforderung im Beruf droht. Und dann schnell die nötigen

Konsequenzen zieht. Er dachte dabei wohl vor allem an die vielen jungen Leute, die bei ihm eine Karriere als Forscher angestrebt hatten und enttäuscht hatten aufgeben müssen.

„Freut auch mich, Sie wiederzusehen", sagte Feuerbach keck, „ich war nie böse auf ihren Mann, nur traurig, dass ich nichts geworden bin bei ihm. Die Zeit danach war furchtbar, ich hatte das Gefühl, auf das Abstellgleis bugsiert zu sein, schlicht und einfach dem Vergessen anheimgefallen zu sein."

„Ja, ich habe Ihren Kummer damals wohl verstanden, aber wir konnten nichts tun", sagte sie. Was natürlich nicht stimmte. Aber warum sich über Angelegenheiten streiten, die doch längst abgetreten waren.

„Aber Sie haben sich zu helfen gewusst, mein Mann hat mir erzählt, dass Sie in einem interessanten Bereich gearbeitet haben."

„Es ging; lieber wäre ich, glaube ich, hiergeblieben."

„Wir müssen jetzt gehen", sagte Frau Himmerich an Herrn Himmerich gewandt. Sie war die Frau, die jeder Mann zwischen siebzig und achtzig gern als die eigene gesehen hätte. Sie unterstützte ihren Mann, wo sie nur konnte, war Mitarbeiterin, Privatsekretärin und absolut treue Lebenspartnern in einem. „Wir haben eine Verabredung, eine von den vielen. Schön, dass wir uns noch mal gesehen haben." Sie blickte ihn treuherzig und braunäugig an mit dem Ausdruck ihrer nie versiegenden Zuversicht, die ihn damals, als es um den Vertrag ging, an ein Wunder hatte glauben lassen.

„Ich bin froh, dass es geklappt hat mit dem Wiedersehen", sagte Fabian.

„Vergessen Sie nicht, bei uns vorbeizuschauen, sollten Sie zufällig in der Nähe sein", sagten beide. Fabian war gerührt, als Himmerichs Frau ihn zum Abschied umarmte. Sie küsste nicht rechts und auch nicht links, diese in Mode gekommene plumpe Anbiederung hatte das eher konservative Paar nicht mitgemacht. Er erwiderte die Umarmung mit dem Gefühl, dass die Angelegenheit einvernehmlich ausgestanden sei.

Eine weitere, voraussichtlich nicht einfache, vorläufig letzte Reise durfte er nicht auslassen, wenn er schon in dieser Gegend war. Lore! Blonde Haare, blaue Augen, groß und stark, durch und durch norddeutsch.

Er hatte sie angerufen, sie hatte gesagt, sie wäre gespannt, was aus ihm geworden wäre. „Ganz meinerseits", hatte er erwidert. Ihre gemeinsame Griechenlandreise sei ihr in guter Erinnerung, hatte sie hinzugefügt. Davon konnte jedoch keine Rede sein. Als er ihr gegenübersaß, legte sie los. Er wäre nicht genügend auf sie eingegangen und hätte hauptsächlich seinen Kummer gepflegt. Dabei wäre doch auch sie betroffen gewesen.

„Aber du wolltest damals nicht darüber sprechen."

„Du weißt, dass ich nicht gern über mich rede."

„Das war mir sehr bewusst. Aber wenn du stumm bleibst in dem Augenblick, wo ich das Gespräch auf Miriam bringe, und auch all die anderen Male nicht den Mund aufmachst ... du sagtest am Telefon, unsere Reise hätte dir gefallen."

„Nur teilweise. Ich habe eben geschwiegen, wenn es mir nicht gefallen hat."

„Das sagst mir jetzt, ganz beiläufig, nach dreißig langen Jahren!"

„Besser jetzt als dass du mit der Illusion, alles war gut, von hier gehst."

„Diese Gefahr bestand zu keiner Zeit. Aber sollen wir nicht doch friedlich auseinandergehen?"

„Natürlich!" Sie fiel ihm um den Hals und sagte: „Was

ich dich dringlich fragen wollte. Worüber ich mir so oft den Kopf zerbrochen habe. Jetzt bist du hier und du kannst antworten. Damals in Griechenland hast du von deiner Lebenslinie gesprochen. Was meintest du mit der Lebenslinie? Du hast mir damals etwas dazu gesagt, aber ich hatte es nicht verstanden und nicht gewagt, nachzufragen. Also?"

„Ganz einfach, Lore. Dem täglichen Befinden ordnest du eine Zahl zu, die liegt zwischen minus fünf und fünf. Ganz schlecht ist minus fünf, durchschnittlich ist null und sehr gut ist fünf. Dann nimmst du dir ein Blatt Millimeterpapier, trägst auf der x-Achse die Zeit ab, ein Millimeter ist ein Tag oder so ähnlich, und das Befinden kommt auf die y-Achse, das ist die Zahl zwischen minus und plus fünf. Wenn du die Punkte verbindest, ergibt sich die Lebenslinie. Die wird bei jedem anders aussehen. Meist wird sie wohl um die Null schwanken, also ein mittelmäßiges Befinden anzeigen. Es kann auch ein Trend herauskommen, eine Linie, die sich systematisch mit den Jahren verändert, nach oben oder unten."

„Und? Hast du einen solchen bei dir ausgemacht?"

„Nicht leicht zu ermitteln. Ich habe noch zu wenige Daten, sammele ernsthaft erst seit einem Jahr. Bisher ist das Ganze sehr irregulär, wie schon gesagt, mit vielen Oszillationen und wenig Trend."

Lore konterte: „Nachdem ich verstanden habe, was du mit der Linie ausdrücken willst, muss ich dir sagen, dass ich nichts davon halte. Die Lebenslinie ist eine absolut subjektive Angelegenheit, hängt also sehr von der jeweiligen Person ab, das ist wenig überraschend. Was bei dem einen eine Null ist, kann bei dem anderen ins Positive oder Negative verschoben sein. Eine Frage der Interpretation."

„Richtig, und deshalb ist die Vergleichbarkeit solcher

Linien eingeschränkt. Aber um Vergleiche geht es mir nicht, sondern um die konkrete Aussage zum persönlichen Wohlbefinden. Solch eine subjektive Einschätzung kann sehr wohl von Wert sein."

„Das war alles in allem eine komplizierte Antwort auf eine harmlose Frage."

„Harmlose Fragen sind meist hinterhältig. Oft schwer zu beantworten."

„Fabian, es ist einfacher als du denkst. Fragst du heute: Wie geht es dir, sagt man gut. Fragst du morgen, sagt man wieder gut. Auch übermorgen gibt es die gleiche Antwort, obwohl man schon von Ferne sieht, dass es der Person, die mit gut antwortet, richtig schlecht geht. Manchmal geben die Fragesteller selbst die Antwort, wenn sie zu lange auf sich warten lässt, die Frager sagen dann: Ich weiß, es geht Ihnen gut. Meinungsumfragen bestätigen das individuelle Bild: Allen geht es gut. Wozu dann also die lästige Lebenslinie?"

„Aus der Lebenslinie lugt die Wahrheit. Sich selbst gegenüber ist man ehrlicher, eine Lebenslinie ist eine Art Selbstaufzeichnung, da darf man auch mal ein bisschen negativ sein", sagte Fabian. „Das scheint man bei Befragungen sich eher nicht leisten zu können. Warum das so ist, weiß ich nicht. Übrigens habe ich den Eindruck, dass auch Ärzte nichts anderes hören wollen, als dass es uns gut geht. Obwohl ihnen doch bei Wohlbefinden ein Verdienstausfall droht. Den Widerspruch habe ich bisher nicht lösen können."

Lore versuchte, ihn aufzulösen. „Ich glaube, das verhält sich so: Der Patient erklärt sich gegenüber dem Arzt für gesund. Damit hofft er, weitere Untersuchungen abwehren zu können. Es kommt jedoch anders. Zunächst wird der Arzt die Erklärung mit Befriedigung aufnehmen, denn er nimmt sie als Bestätigung seiner Heilkunst.

Das wiederum garantiert ihm einen guten Leumund und folglich einen festen Patientenstamm. Danach erklärt er, dass das positive Bild des Patienten natürlich rein subjektiv sei und es nun darum gehe, es auch objektiv zu sichern. Also ordnet er neue Untersuchungen an. Diese haben zweierlei zur Folge: Erstens – der Patient erwartet die Ergebnisse der neuerlichen Diagnostik bange und zähneklappernd; zweitens – das Einkommen des Arztes wird auf hohem Niveau gehalten. Aus meiner Deutung der Angelegenheit geht hervor, dass der Arzt ein schlaues Wesen ist, aber nicht notwendig ein guter Heiler, noch ein einfühlsames Wesen."

„Das ist er tatsächlich nur in den seltensten Fällen", sagte Feuerbach. „Er verabreicht Medikamente. Oft weiß er gar nicht, wie sie wirken, versteht nur wenig von der pharmakologischen Wirkung. Mixt aus Unwissenheit Tabletten, die nicht gemixt werden dürfen. Nicht, weil er böswillig ist, sondern weil er sich nicht informiert hat. Versteht auch nur in Ausnahmefällen etwas von medizinischer Statistik. Von der praktischen Tätigkeit ganz zu schweigen. Spritzen setzen, die richtigen Adern finden, dafür gibt es die geschickteren Hände seiner weiblichen Hilfen."

„Aber es gibt einen tröstlichen Ausblick", erwiderte Lore, „wenn die vielen Untersuchungen nichts Schlimmes hervorbringen. Zwar würde sich die Untersuchung im Nachhinein als überflüssig herausgestellt haben. Aber das weiß man ja nicht a priori. Die stereotype Hypothese des Arztes ist: Du wirst von einem Tumor geplagt. Die Untersuchung ergibt keinen Anhalt für eine Geschwulst. Also wird die Hypothese verworfen und du bist tumorfrei. Eigentlich ziemlich schlüssig, nicht wahr?"

„Die kostengünstigere und psychologisch verträglichere Hypothese wäre: Du hast keinen Tumor. Eine solche ist im Übrigen sehr viel wahrscheinlicher, folglich weniger kostspielig."

„Und wenn du doch einen Tumor hast? Dann stirbst du, weil er nicht diagnostiziert wurde."

„Das ist die Krux mit der statistischen und individuellen Betrachtungsweise. Statistisch gesehen ist die Annahme: Du hast einen Tumor und den gilt es zu widerlegen vor allem kostspielig. Individuell aber vertretbar, denn es könnte ja sein, dass dadurch Leben gerettet wird. Ein Dilemma."

Später, nachdem Lore einen guten Tee bereitet hatte, sagte sie, melancholisch und gerührt:

„Fabian, wir behalten uns in guter Erinnerung, nicht wahr?"

„Das tun wir", sagte Fabian, seinerseits gerührt. „Ich habe dich all die Jahre nicht vergessen. Immer wieder mal hast du dich bei mir eingespielt, und dann habe ich darüber nachgedacht, was wohl aus dir geworden ist."

„Nicht viel! Ich arbeite, aber warum, wozu? Habe keine Kinder, keinen Mann. Irgendwie habe ich das alles verpasst."

„Kann da nicht noch was kommen?"

„In meinem Alter? Ich bin doch nicht mehr zwanzig wie in Griechenland."

„Das hatte ich glatt vergessen."

„Ich nicht."

„Höre, liebe Lore, es gibt so viele Frauen – ich kenne einige davon – die hadern mit ihrem Mann. Der mag sogar zu den Spitzenverdienern gehören, rundherum angesehen sein; aber er ist nicht das, wonach es den Frauen verlangt. Sie fühlen sich vernachlässigt, werden bitter, ungerecht und unglücklich."

„Warum sagst du mir das? Was interessieren mich diese Frauen, auch wenn sie noch so zahlreich sind?"

„Deshalb: Du hast einen ordentlichen Beruf erlernt, bist nicht auf die finanzielle Hilfe eines anderen angewiesen, lebst in völliger Freiheit, hast einen offenen Blick und – du musst dich nicht grämen, weil du mit dem Falschen im Bett liegst."

„Ach du", sagte Lore, „das kannst nur du sagen" und lachte.

Das Lachen steckte an, also lachten sie beide. Er zog sie an sich und gab ihr einen Kuss. Das hatte er während der ganzen Griechenlandreise nicht getan. Und fuhr wieder zurück in sein Haus südlich der Alpen, östlich der hohen Berge, denn er musste Luise noch eines seiner Erkenntnisse verraten.

Die Erleuchtung

„Du hast geträumt, im Traum geredet, dich gewälzt, um dich geschlagen, gestöhnt, gezuckt, es hat in dir gearbeitet", hörte Fabian, als er im Liegestuhl auf seiner Terrasse blinzelnd ihr freundliches Gesicht über sich wahrnahm.

„Ich habe geträumt? Das glaube ich nicht. Was soll ich geträumt haben?"

„Das weiß ich nicht, das weißt nur du. Geräte, die Träume lesen, womöglich sogar interpretieren können, gibt es nicht. Noch nicht. Ich bin mir sicher, die Industrie arbeitet daran."

„Und du glaubst, ich habe geträumt, während ich hier im Liegestuhl lag?"

„Aber gewiss hast du geträumt, ich habe dich träumen lassen, vielleicht kommt etwas Gutes dabei heraus, am Ende bewirken deine Träume mehr als unsere tausendundeine Nacht."

„Es waren nur fünf."

„Ich habe dich abtrocknen müssen, du hast geschwitzt, der Schweiß stand dir auf den Augenlidern, die Brust war nass, das Haar verklebt, das konnte ich nicht mit ansehen".

„War es so schlimm?"

„Es war grässlich. Ich glaubte, du würdest zerfließen."

„Warte, ich glaube ich hatte eine Unterhaltung, ja ich bin sicher, es war eine Unterhaltung."

„Eine Unterhaltung? Wer war es, der sich mit dir unterhalten hat?

„Die Unterredung, ich meine die Person, mit der ich

geredet habe, hat überwiegend geschwiegen."

„Eine Person, die dir durch ihre Schweigsamkeit aufgefallen ist?"

„Ich glaube schon. Sie hat mich reden lassen. Nein, noch anders: Ich habe eine Rede geschrieben, und sie hat sie unter Stocken vorgetragen. Ihr zuzuhören, war äußerst mühsam. Ich hatte beständig Sorge, dass sie in die falsche Zeile rutscht."

„Das hört sich nicht gerade sehr aufregend an. Wie erklärst du dir deine Unruhe, die so sehr offensichtlich war?"

„Vermutlich war da mehr als diese langweilige Rede. Ich glaube, ich habe mich über ihre doppelten Maßstäbe aufgeregt. Die USA sind gut, sagte die Person, nicht mehr ganz so gut neuerdings, sagte sie auch, aber doch viel besser als Russland. Dabei haben beide stets nie etwas anderes als Machtpolitik betrieben, auf brutale Art und Weise."

„Aber das wäre Realpolitik, mein Lieber. Bewertungen auf der Basis verschiedener Maßstäbe!"

„Es ging noch weiter, jetzt sehe ich es wieder in voller Klarheit. Ihr Äußeres, so schien mir, so bieder, zugleich vertrauenserweckend; das Innere so abgeschlossen, undurchdringlich wie eine Brombeerhecke. Die ganze Welt hat sie gefeiert, sie wurde zu einer Bastion der Menschlichkeit erklärt. Aber zu Afrika hat sie nichts von Belang gesagt, und auch nichts zu den Menschen an den Grenzen von Europa, Menschen, die in größter Not nach Hilfe schreien, nichts gesagt zu den Perspektivlosen aus Afrika und Asien, die sich an den Zäunen der Union die Zähne ausbeißen, oder in den Weiten des Meeres und der Wüste verlorengehen. Stattdessen ist sie zur Bank gegangen. Dort hat sie großes Geld überwiesen, an afrikanische Diktatoren."

„War die Person vielleicht eine Frau? Stand sie vielleicht unter Druck, eine Frau, die nicht so konnte wie sie vielleicht wollte?"

„In ihrer Rede ließ sie Mitleid und Großzügigkeit aufblitzen. Dann fielen die Flüchtlingslager dazwischen, sie ließ ihre Blicke schweifen, und es kam nichts, nur langes Schweigen, ich wollte schon abdrehen, da ertönte sie wieder und lobte die Freiheit und Werte des Westens, setzte auf die Bewahrung unseres Lebensstils und auf europäische Lösungen. Beugte sich dem Druck der Nationalisten und setzte bei den Flüchtlingen auf Abschottung und militärisch-polizeiliche Überwachung."

„Man könnte nach allem, was du da vorträgst, auf die Idee kommen, dir sei unsere Kanzlerin im Traum erschienen..."

„Das muss reiner Zufall sein. Aber warum nicht. Hier und an dieser Stelle erkläre ich mich, Fabian Feuerbach, zum Merkelianer, halte ihr die Stange, komme, was wolle, reihe mich ein in die Phalanx der Wohlmeinenden, Gutsituierten, Haus- und Grundstücksbesitzer, Investoren, Kirchenleute, Gutgläubigen, Grünlinge...

„Hab ich es mir doch schon immer gedacht. Du konntest ihrem unschuldigen, kindlichen Lächeln nicht widerstehen."

Fabian: „Das wird es sein. Das sie übrigens immer dann aufsetzt, wenn die Dinge Erklärungen verlangen, die sie nicht geben will oder nicht geben kann. Im Ernst. Wie so oft, ist auch sie schlichtweg das kleinere Übel. Sie ist ein wenig intelligenter als die Konkurrenz. Ich kann ihr manches, wenn auch zähneknirschend, nachsehen."

Luise: „Ihre Formeln vom Lebensstil kommen an. Man lebt gut und gerne in Deutschland."

Fabian: „Aber ihr fehlt so oft das Wort. Und wenn es kommt, kommt nicht das richtige."

Luise: „Hab Nachsehen. Sie möchte, aber kann oft nicht. Merkwürdigerweise kommen ihr neuerdings die Worte leichter über die Lippen. Ich vermute, sie hat einen Trainer, mit dem sie reden übt. Im Übrigen tut sie zweifellos alles, um sich das Kanzleramt zu sichern. Und wenn es an die Gefühle geht, lässt sie den Präsidenten reden."

„Oh bitte, nicht auch den noch", beschwor Fabian seine Luise.

„Dann war er es, der dir im Traum erschienen ist?"

„Nein", schrie Feuerbach, außer sich, „auch er nicht. Ein Albtraum, dieser Pastor und sein Gerede von Freiheit."

„Eben deshalb. Jetzt haben wir den Zusammenhang. Nach deinem Verhalten im Liegestuhl zu schließen, hat dich ein Albtraum gequält, und in diesem Augenblick hast du ihn identifiziert. Der Albtraum war der allseits gefeierte Mann."

„Aber seine Amtszeit ist beendet, er genießt seine fürstliche Pension. Kein Grund mehr, sich zu echauffieren."

„Seine gestelzten Worte wirken nach."

„Kommen wir zurück zur Wirklichkeit", stöhnte Feuerbach. „Ich habe nachgedacht. Darf ich dir etwas sehr Theoretisches verraten?"

„Eher nicht. Ich bin doch fürs Praktische. Aber wenn es denn sein muss. Also?"

„Du weißt, seit einiger Zeit grübele ich über ein Modell, das die Wirkung extremer Ereignisse auf den Verlauf des Lebens beschreiben kann. Ich will zeigen, wie solche Ereignisse das Leben des Individuums, im engeren Sinn dessen Immunsystem schwächen oder stärken können. Welche Möglichkeiten der Abwehr es gibt", sagte Fabian.

Luise: „Das wäre ein großes Projekt, wenn etwas daraus werden würde. Aber ehrlich gesagt, halte ich es für eine Illusion, den Menschen in seiner Vielschichtigkeit und Variabilität im Modell abzubilden. Von dieser Sorte Modelle gibt es wohl inzwischen einige, und sie alle versagen, wenn ich richtig informiert bin, in wichtigen Punkten, weil die Verhaltensweisen der Menschen, ihre Reaktionen und Entscheidungen nur in grob vereinfachender Weise durch Gesetzmäßigkeiten zu erfassen sind. Das wollte ich dir übrigens schon lange sagen. Jetzt endlich kann ich es loswerden, nachdem du selbst den Anstoß dazu gegeben hast."

„Aber von einem Modell habe ich doch noch gar nicht gesprochen."

„Aber was sonst hast du im Sinn?

„Natürlich ein Modell."

„Na also. Und wie stehst du zu meinen Vorbehalten?"

„Es ist das Problem aller Modelle, dass sie immer nur eine reduzierte Wirklichkeit wiedergeben können. Das Ganze einzufangen, wie noch in der griechischen klassischen Philosophie verlangt wird, ist schlicht unmöglich. Man ist sehr viel weitergekommen, auch in der Philosophie, als man begann, sich auf Teile der Welt zu beschränken und für diese Modelle zu erfinden. Alle Modelle, selbst die aufwendigsten, sind immer unvollständig. Wenn sie aber die wichtigen Eigenschaften des in Frage stehenden Systems wiedergeben können, ist schon sehr viel gewonnen. Alle Details mit einzubeziehen, ist oftmals, glücklicherweise, auch gar nicht nötig. Aber ich gebe zu, dass die Modelle der belebten Welt sehr grobe Gebilde sind, es gibt eben keine allgemeingültigen Gesetze wie beispielsweise in der unbelebten Welt der Physik. Und doch spielt die Modellbildung inzwischen auch in der Psychologie oder Soziologie eine wichtige Rolle, denn so und nur so kann man verstehen, wie das System funktioniert, nur so und nicht anders kann man die Zukunft des Systems abschätzen."

„Also wenn es denn sein muss. Du hast Zeit, du kannst es in Ruhe angehen lassen. Niemand drängt dich. Du bist in einer beneidenswerten Lage, würden die Leute ohne Zeit sagen", sagte Luise.

„Das stimmt nicht ganz, die Zeit wird mit zunehmendem Alter immer knapper, die Sorge, die Sachen nicht zu Ende zu bringen, größer ... Die Jahre gehen schnell vorbei, du weißt doch, die Zeit erscheint mit dem Alter verkürzt, im Gegensatz zur Kindheit, wo sie nicht aufhören will, keinen Anfang und kein Ende hat", bemerkte Fabian.

„Du bist mit allem spät dran, es kann also noch was kommen", prophezeite Luise. Genau in diesem Augenblick setzte das Glockengeläut ein, das die Gläubigen zum Kirchgang animieren sollte.

„Was gibt es heute zu feiern?", fragte Fabian.

„Im Zweifel einen Heiligen, der durch das Dorf getragen wird, den es sich zu eigen gemacht hat, an den erinnert werden muss, damit er auch weiterhin seine schützende Hand über Dorf und Bewohner hält", sagte Luise. „Das Geläut finde ich aber gar nicht schlecht, es hat dieses Feierliche, das mir oft fehlt."

„Du und das Feierliche. Kein Fest lässt du aus. Was im konkreten Fall auch sehr angenehme Folgen haben kann."

„Wie nachsichtig von dir."

„Zu Ostern liegen die halbierten Zuckereier mit rotem Eidotter, umschlossen von Eiweiß, auf dem Tisch, und zu Weihnachten sind es die Schokoladenmänner, rot eingewickelt, die mich morgens früh, wenn die Welt am hässlichsten ist, aufmunternd anstarren", sagte Fabian.

„Du sagst es selbst. Niemand hat es besser als du."

„Das überrascht mich. Darf ich dir, die Gunst der Stunde nutzend, ein weiteres Geheimnis verraten?"

„Ich bin gespannt."

„In der Hauptsache geht es mir um die Frage der Vorhersage. Je mehr ich in die Problematik eindringe, umso sicherer bin ich, dass Ereignisse unter günstigen Bedingungen vorhergesehen werden können. Denn Ereignisse fallen nicht vom Himmel, sie haben eine Vorgeschichte, die sich in Form von Zeichen kenntlich macht. Diese müssen dechiffriert werden. Ganz oft finden wir sie in unseren Träumen und Ahnungen."

„Das Problem ist aber", sagte Luise, „welche Ahnungen ernst nehmen und welche verwerfen."

„Lass es mich präzisieren. Ereignisse lassen sich vorhersehen, aber nur schwerlich vorhersagen. Vorhersehen betrifft das Ereignis an sich, das reine Faktum, ist Ausdruck der durch vielerlei Umstände bedingten Überzeugung, dass es irgendwann, vielleicht schon morgen, vielleicht erst in einem Jahr, hier oder dort, in einer nicht genau definierten Form eintritt. Im Gegensatz dazu ist Vorhersagen die bestimmte, wissenschaftliche Form des Vorhersehens: Es umfasst gleich mehrere Aspekte – die Lokalisierung in Raum und Zeit, sowie die Bestimmung von Intensität und Dauer des Ereignisses, alles in Form einer Wahrscheinlichkeitsaussage. Das ist schwierig. Aus mehreren Gründen, einer davon ist, dass die Dynamik der Ereignisse von Zufälligkeiten abhängt, wie mein Freund Löwenburg ausgeführt hat. Aber auch die Wahrscheinlichkeit ist nur eine Zahl, eine unzuverlässige zumal, da sie nicht exakt bestimmbar ist. Sie liegt zwischen einer oberen und unteren Grenze. Wo genau, kann niemand sagen. Es kommt also darauf an, die Grenzen möglichst genau zu bestimmen. Aber selbst wenn wir diese kennen, wissen wir noch nichts über die Ursachen des Ereignisses. Und schon gar nicht, wie wir entscheiden sollen, wenn es etwas zu entscheiden gibt. Aber das gibt es fast immer. Hier liegt das Dilemma: Das Wissen, das in der Vorhersage steckt, das dem komplexen Geschehen entlockt worden ist, ist in erster Linie von akademischem Wert. Es verlangt aber, wenn es genutzt werden soll, nach mehr. Es muss mit einer Anleitung zum Handeln ergänzt werden. Ohne diese ist die Vorhersage vom praktischen Standpunkt her sinnlos, kann sich sogar als schädlich erweisen, weil sie Verwirrung, Angst, im schlimmsten Fall sogar Panik stiften kann."

Feuerbach war überzeugt, dass bestimmte Ereignisse, wie zum Beispiel lebensbedrohende Krankheiten, sich über Jahre hinweg ankündigen können, indem sie immer wieder kurzzeitig quasi wie in einem geöffneten Fenster für Momente in Umrissen sichtbar werden. Der schottische Dichter Thomas Campbell hatte dazu einen trefflichen Spruch gefunden: *Coming events cast their shadows before*. Feuerbach nannte es das Schattenphänomen — es ermöglicht die Voraussicht der Ereignisse und versetzt in die Lage, sich mit den erforderlichen Gegenmaßnahmen zu befassen. Wenn andererseits Vorläufer fehlen, das Ereignis wie ein Blitz aus heiterem Himmel fällt oder Vorläufer existieren, aber nicht erkannt werden, dann ist es nicht einmal vorhersehbar, so dass eine effektive Gegenwehr unmöglich sein wird. Das Wann und Wo und Wie des Ereignisses, die essenziellen Parameter der Vorhersage, können in den meisten Fällen nicht bestimmt werden. Und das allein ist es ja nicht. Die Parameter sind nur dann aussagefähig, wenn deren Unbestimmtheit, nach oben und unten, nach rechts und links angegeben werden kann. Ist diese nicht spezifiziert, ist die Vorhersage nicht vertrauenswürdig.

Etwas Ähnliches hatte er Walter Löwenburg, dem Mathematiker, vorgetragen. Er konfrontierte ihn mit dem fundamentalen Problem der Vorhersage.

„Walter, hörst du mir zu? Ich habe etwas, was ich als Ergänzung zu unserem Gespräch vor einiger Zeit verstehe. Wenn die Vorhersage in den meisten Fällen sich als undurchführbar erweist, gewinnt, wie schon angesprochen, die Intuition in Form der Voraussicht an Bedeutung. Voraussicht basiert auf der eigenen Wahrnehmung. Sie kann trainiert werden. Das Training besteht aus folgenden Schritten. Erstens, du musst die vielfältigen Formen und Zeichen, die dem Ereignis vorauslaufen, erkennen, im Gedächtnis gespeicherte Zeichen zu Hilfe nehmen und mit den aktuellen vergleichen, also den individuellen Schatz an Erfahrungen nutzen. Zweitens, diesen Prozess musst du mehrmals durchlaufen, Resultate iterieren und Zug um Zug verbessern. Auf diese Weise wird die Vermutung bestätigt oder verworfen. Wenn du sie für gesichert hältst, kannst du sie verwerten; der Überraschungseffekt wird abgeschwächt. Drittens, du solltest das psychologisch günstige Klima nutzen, um das körpereigene Frühwarnsystem zu aktivieren. Eine proaktive Entscheidung treffen. Diese wird umso erfolgreicher sein (den zu erwartenden Schaden als Folge des Ereignisses gering halten), wenn du überzeugt bist, das Richtige zu tun und wenn du Vertrauen zu dir selbst hast. Wenn du haderst, hast du verloren."

So könnte es gehen, hatte Walter gesagt, Fabian seiner Unterstützung versichert und sich wegen anderweitiger Verabredungen entschuldigt.

Seltsam, fand Feuerbach, wenn es zur Sache geht, haben die Leute immer Verabredungen. Sie könnten sich doch auch etwas anderes ausdenken. Aber nein, es sind immer Verabredungen. Wahrscheinlich ist deren Dringlichkeit allgemein anerkannt. Das wäre die Erklärung. Er dachte in diesem Zusammenhang auch an Himmerich.

Der hatte auch immer Verabredungen, die auf ihn warteten.

Luise schaute ihn an, als wartete sie auf eine weitere Erklärung. Darum ließ er sich nicht zweimal bitten.

„Für den Laien mag meine Deutung der Angelegenheit nachvollziehbar sein, dem Wissenschaftler wird sie nicht viel bringen, solange ich nicht ein konkretes Modell vorlegen kann, das sich auf dem Computer durchrechnen lässt. Das Problem, über das wir beide die Nächte diskutiert und gerungen haben, die Frage nach der Entstehung von extremen Ereignissen und dem rationalen, oder wie man so sagt, angemessenen Umgang damit, ist nicht geklärt, die Forschung wird das Problem nie oder erst in weiter Zukunft lösen. Die individuelle Seite der Angelegenheit ist eine ganz andere. Stets wird es verschiedene Interpretationen und Reaktionen geben, bessere und schlechtere. Wäre das nicht so, würde es keinen Grund geben, daraus eine Geschichte zu machen."

Die Ermittlung

Fabian hatte geträumt, das stimmte, aber weder von der neuen deutschen Königin, noch von dem Präsidenten im Ruhestand; auch nicht von Modellen, Vorhersagen und Risiken. Es war das fehlende Stück der Angelegenheit, der letzte Akt der Reinigung, die er sich vor vielen Tagen, im Liegestuhl auf seiner Terrasse, südlich der hohen Alpen, westlich des großen Sees, mit Blick auf die bewaldeten Berge, vorgenommen hatte. Im Traum war die Ermittlung zurückgekommen.

Der Richter blätterte im Notizbuch. Er hatte eine Liste von Fragen notiert, die er für die gerechte Beurteilung der Angelegenheit brauchte. Zu diesem Zweck hatte er sich bei Experten des alpinen Rettungsdienstes kundig gemacht. Der Richter fragte: „Haben Sie eine Ausbildung zum Bergführer gemacht?"

„Nein, das habe ich nicht."

„Also sind Sie ahnungslos und ungeübt da hinaufgegangen?"

„Weder ahnungslos noch ungeübt. Wir beide wussten, dass Gefahren möglich sind, konnten das Risiko aber nicht quantifizieren. Es hätte eben auch gut gehen können. Es ist an dieser Stelle noch nie etwas passiert."

„Sie haben das Signal zum Aufbruch gegeben?"

„Daran erinnere ich mich nicht mit hundert Prozent. Ich glaube aber, dass sie es gegeben hat."

„War das immer so, ich meine, dass sie das Signal gegeben hat?"

„Nein, normalerweise habe ich das getan."

„Und wie erklären Sie sich, dass es dieses Mal anders gewesen sein soll?"

„Ich glaube, sie wollte die Angelegenheit hinter sich bringen."

„Weil sie einen Zwischenfall befürchtete?"

„Das würde ich nicht ausschließen wollen. Sie hat mir ihr Inneres, was diese Angelegenheit betrifft, nicht freigelegt."

„Zurück zu Ihrer Verantwortung. Sie fühlen sich also verantwortlich für das, was geschehen ist?"

„Im moralischen Sinn. Das sagte ich schon."

„Haben Sie die Leute informiert von Ihrem Vorhaben? Bergwacht oder Bekannte aus der Gegend?"

„Wir waren zuvor im Gasthaus, von dem der Aufstieg abzweigt. Wir hatten dem Wirt davon erzählt."

„Was hat der Wirt gesagt?"

„Der meinte: Na ihr wisst ja, was ihr tut."

„Ich würde aus solch einer Aussage schließen, dass man besser vom Vorhaben ablässt, vernünftigerweise wartet, bis sich die Lage entspannt hat. Haben Sie es nicht auch so gesehen? Wollte der Wirt, wenn auch nicht explizit, Sie von Ihrem Unternehmen abhalten?"

„Das wollte er nicht", sagte Feuerbach mit fester Stimme, in vollem Bewusstsein, dass man den Satz des Wirtes sehr wohl im Sinne des Richters hätte interpretieren können. „Die Leute dort reden so oder so. Etwas Konkretes lässt sich aus ihren Sätzen eher nicht entnehmen." Feuerbach wurde lauter. „Herr Richter, Sie argumentieren mit dem Wissen im Rücken, das wir im Augenblick des Aufstiegs nicht zur Verfügung hatten."

„Hätten Sie", fragte der Richter unbeeindruckt von Feuerbachs Einlassung, „von Ihrem Unternehmen abgelassen, wenn der Wirt eine konkrete Warnung gegeben hätte?"

„Nein. Er war mir wohlgesonnen, nachdem wir vor Jahren einen Streit zwischen uns beiden gütlich beigelegt hatten. Aber ich hielt ihn für nicht kompetent. Hätte dagegen der Bergführer, den ich persönlich kannte, der aber nicht zugegen war, abgeraten, wäre ich seinem Rat gefolgt."

„Diesen vorab zu konsultieren, ist Ihnen nicht in den Sinn gekommen? Sie wussten doch um die prekäre Schneelage, und es wäre Ihnen kein Zacken aus der Krone gefallen, wenn Sie sich bei ihm erkundigt hätten."

„Die Lage war nicht vorhersehbar. Der Bergführer sagte mir im Nachhinein, er hätte sich nicht vorstellen können, dass an dieser Stelle etwas passieren könnte. Ja, das hat er gesagt."

„An dieser Stelle, das hat er gesagt. Aber hat er vielleicht gesagt, dass an den anderen Stellen, die Sie passieren mussten, etwas passieren könnte?"

„Es ist an dieser Stelle passiert, andere standen nicht zur Diskussion."

„Damit haben Sie recht."

Der Richter setzte sich zurück, sah Feuerbach an. Überlegte, stand auf, ging zum Fenster, verharrte, gab vor, als fände er die Lösung der Angelegenheit außerhalb, dort unten auf der Straße, unter den Leuten, die sich in großen Mengen in die eine und andere Richtung bewegen. Stellte fest: Es gab einen Mangel an Achtsamkeit. Fragte:

„Aber vermeidbar, war das Unglück vermeidbar?"

„Wenn wir etwas anderes gemacht hätten, zum Beispiel unten im Tal geblieben wären, den Ort gemieden hätten, ja, dann wäre es natürlich vermeidbar gewesen."

„Also vermeidbar, aber nicht vorhersehbar?"

„Ja."

Dem Richter schienen die Fragen auszugehen, er brauchte lange, bis er fragte:

„Sagen Sie mir etwas zu Ihrer Ausrüstung. Waren Sie für den Notfall gerüstet?"

„Sie denken wahrscheinlich an Schaufel und Lawinenpiepser. Beides hatten wir nicht dabei, und beides hätte mir nicht geholfen."

Der Untersuchungsrichter lehnte sich über den Schreibtisch, sah Feuerbach geradewegs in die Augen. Feuerbach hatte keine Mühe, dem direkten Blick des Gegenübers standzuhalten. Er hatte nie ein Problem damit, allenfalls mit seinem Vater, wenn dieser ihm ein Bekenntnis entlocken wollte, ihm mit seinem Blick das Eingeständnis erpressen wollte, etwas Unrechtes verbrochen zu haben. Dann hatte er seine Augen schon mal abgewendet. Später, als der Vater der Schwächere und er der Stärkere war, konnte der Vater Fabians Blick nicht halten, verirrte sich in Fabians Augen, schwenkte aus Verlegenheit zu den Büchern, die ihn umgaben, deren Inhalt er vergessen hatte oder ihm nichts mehr sagten. Der Richter:

„Eine höchst persönliche Frage, die Sie nicht beantworten müssen: Wie würden Sie Ihre Widerstandsfähigkeit einschätzen? Genauer: wie widerstandsfähig sind Sie gegen Überraschungen?"

„Darauf zu antworten, fällt mir wirklich schwer. Meine Robustheit hängt von der Tiefe der Überraschung ab. Bei der verhandelten würde ich sie eher gering einschätzen." Der Richter:

„Wir können nur dann das Verfahren eröffnen, Anklage erheben, wenn wir beweisen können, dass Sie sich strafbar gemacht haben. Davon würde ich aufgrund Ihrer Aussage, die ich für glaubwürdig halte, jedoch nicht ausgehen. Woraus folgt, dass wir den Vorwurf der fahrlässigen Tötung ziemlich sicher nicht weiter verfolgen werden. Sofern nicht andere, Sie belastende Gesichtspunkte auftauchen, wovon ich nicht ausgehe, werde ich das Verfahren einstellen lassen. Wir werden Sie über das weitere schriftlich informieren. Falls Sie noch Fragen haben, nur zu. Ich habe noch einige Minuten Zeit, bevor ich in die nächste Verhandlung muss."

Feuerbach kam Luise in den Sinn, ihre Ermahnungen, die Körperspannung nicht zu vernachlässigen. Setzte sich aufrecht, die Brust herausgedrückt, die Arme zurückgenommen. Die Frage, die er stellen wollte, musste mit Haltung und großer Entschiedenheit vorgetragen werden.

„Ich habe in der Tat eine Frage, Herr Richter."

„Ja bitte, ich höre."

„Meine Frage gehört eigentlich nicht zur Vernehmung, sie drückt meine ganz private Neugier aus. Ich würde gerne von Ihnen wissen, wie Sie sich an meiner Stelle verhalten hätten."

Der Richter schien überrascht, fasste sich aber schnell.

„Das sollen Sie wissen", sagte er mit leiser Stimme .und geschlossenen Augen. „Da die Situation ja offenbar von Anfang an kritisch zu bewerten war, hätte ich mich entschieden, nicht zu gehen."

Feuerbach erhob sich. Er hatte sich die Vernehmung schlimmer vorgestellt. Der Richter hatte Milde walten lassen. Weil er dem Gesetz nach nicht anders konnte? Oder weil ihn Mitgefühl überfallen hatte? Ersteres hielt er für wahrscheinlicher.

„Ich danke Ihnen", sagte Feuerbach. Er war erleichtert. Glättete seine Jacke und nahm seine Tasche, in der er Karten, Fotografien der Bergführer das Ereignis betreffend, Ausweis und eine Erklärung zum Hergang untergebracht hatte, die er, falls erforderlich, vorgelegt und gegebenenfalls sogar verlesen hätte. Damit er nichts vergessen würde. Das war glücklicherweise nicht erforderlich gewesen. Er war, davon konnte er jetzt ausgehen, im Sinne des Gesetzes unschuldig. So jedenfalls hatte er den Richter verstanden. Er überlegte. Was wäre als Nächstes zu tun?

Theresa besuchen, um ihr von der Vernehmung zu berichten. Ihr mitten im Bericht seine Zuneigung anvertrauen. Worauf sie erwidern würde, das wüsste sie doch längst. Den Bericht abbrechen und sie küssen. Sie darum bitten, ihrer Mutter vom Ausgang der Verhandlung zu erzählen. Dass der Richter ihn für unschuldig befunden hätte. Theresa würde ein gutes Wort für ihn einlegen? Würde Aussöhnung vorschlagen? Aber würde die Mutter die ausgestreckte Hand ergreifen?

Das würde sie, davon waren beide überzeugt. Würde Frieden schließen, und wenn auch nur Theresa zuliebe.

*Danke Tanya – für deine wundervollen Mahlzeiten,
mit denen du das Schreiben begleitet hast*

Volker Jentsch

Im Wilden Norden von Italien

Fabian Feuerbach erfüllt sich den Wunsch seines Lebens: im vorgerückten Alter findet er in Assedo, einem kleinen Bergdorf auf der Alpensüdseite, abseits vom großen Tourismus in naturbelassener Umgebung, ein verfallendes Haus. Er erneuert und gestaltet es. Und verbringt fortan dort die Hälfte des Jahres. Mitten unter engherzigen Einheimischen, geschickten Bauarbeitern, intakten Invaliden, inkompetenter Verwaltung und eigenbrötlerischen Zuwanderern...

Volker Jentsch

Die Forschergruppe

Fabian Feuerbach wagt in vorgerücktem Alter das Experiment seines Lebens: er versammelt sieben renommierte europäische Forscher in einem Bergdorf in Norditalien, um ein Forschungsprojekt zu schmieden, das extreme Ereignisse in Natur und Gesellschaft entschlüsseln und vorhersagen will. Die Forscher einigen sich nach kontroverser Erörterung auf ein veritables Forschungsprojekt und reichen es zur Förderung ein...